바스커빌가의 개

클래식 보물창고 33

바스커빌가의 개

펴낸날 초판 1쇄 2015년 2월 10일
지은이 아서 코난 도일 | **옮긴이** 한지윤
펴낸이 신형건 | **펴낸곳** (주)푸른책들 | **등록** 제321-2008-00155호
주소 서울특별시 서초구 양재천로7길 16 푸르니빌딩 (우)137-891
전화 02-581-0334~5 | **팩스** 02-582-0648
이메일 prooni@prooni.com | **홈페이지** www.prooni.com
카페 cafe.naver.com/prbm | **블로그** blog.naver.com/proonibook

ISBN 978-89-6170-475-5 04840
* 잘못된 책은 구입한 곳에서 바꾸어 드립니다.

이 도서의 국립중앙도서관 출판시도서목록(CIP)은 서지정보유통지원시스템 홈페이지(http://seoji.nl.go.kr)와
국가자료공동목록시스템(http://www.nl.go.kr/kolisnet)에서 이용하실 수 있습니다.
(CIP제어번호: CIP2014037799)

표지 이미지 | 카스파르 다비드 프리드리히 作 '달을 관찰하는 두 남자'(1819-1820)

보물창고는 (주)푸른책들의 유아, 어린이, 청소년, 문학 도서 임프린트입니다.

The Hound of The Baskervilles

바스커빌가의 개

아서 코난 도일 지음 | 한지윤 옮김

보물창고

차 례

1. 셜록 홈즈 · 7

2. 바스커빌가의 저주 · 17

3. 문제 · 31

4. 헨리 바스커빌 경 · 44

5. 끊어진 세 가닥의 실마리 · 62

6. 바스커빌 저택 · 77

7. 머리핏 하우스의 스테이플턴 · 91

8. 왓슨의 첫 번째 보고서 · 111

9. 황야의 불빛-왓슨의 두 번째 보고서 · 122

10. 왓슨의 일기에서 발췌함 • 146

11. 바위산 위의 사나이 • 161

12. 황야에서의 죽음 • 180

13. 그물을 드리우다 • 199

14. 바스커빌가의 개 • 218

15. 회상 • 235

역자 해설 • 251

작가 연보 • 263

1. 셜록 홈즈

셜록 홈즈는 밤을 새는 일이 많아 아침에 늦게 일어나는 편이었다. 그런데 그날은 웬일인지 그가 벌써 일어나 아침을 먹고 있었다. 나는 벽난로 앞 매트 위에 서서 바닥에 떨어져 있던 지팡이를 집어 들었다. 어젯밤 우리를 찾아왔던 손님이 두고 간 지팡이였다. 좋은 나무로 만들고 머리 부분이 둥근 '페낭 로이어'(*머리 부분에 봉을 박은 지팡이 종류의 별칭. ─ 이하 *옮긴이의 주)에 바닥은 2.5센티미터 폭으로 은색 테두리 마감이 되어 있었고, 그 위에 '제임스 모티머 M.R.C.S.(*왕립외과의사협회의원, Member of the Royal College of Surgeons의 약자.)에게 ─ C.C.H.의 친구들'이라는 글귀와 '1884'라는 연도가 함께 새겨져 있었다. 개업의들이 가지고 다니는, 품위와 권위 그리고 신뢰감이 느껴지는 전형적인 구식 지팡이였다.

"자, 왓슨. 무슨 생각이 드나?"

뒤돌아 앉아 있던 홈즈는 내가 지팡이를 보고 있는 것을 알 수 없는 상황이었다.

"내가 뭘 하는지 어떻게 알았지? 설마 뒤통수에도 눈이 달렸나?"

"아니, 잘 닦인 은도금 커피 주전자가 있지."

그는 이렇게 대답하고는 다시 물었다.

"어쨌든, 말해 보게. 그 지팡이로 뭘 알 수 있을까? 아쉽게도 손님을 만나지 못한 탓에 왜 왔었는지는 듣지 못했지만, 실수로 놓고 간 그 지팡이로 많은 것을 알 수 있어. 자, 우리의 손님에 대해 좀 추리해 보겠나?"

"내 생각에는……"

내가 홈즈의 말투를 흉내 내며 대답하기 시작했다.

"모티머 씨란 사람은 나이가 좀 들었고, 존경받는 성공한 의사 같아. 이런 글귀를 새겨 감사를 표시한 사람들이 있으니까."

"좋아! 훌륭해!"

홈즈가 칭찬했다.

"그리고 자주 걸어서 왕진을 다니는…… 그러니까 시골 의사가 아닐까 하네."

내가 계속했다.

"어째서?"

"도시 의사의 것이라기엔 두툼한 쇠로 된 지팡이 끝이 너무 많이 닳았으니까. 아주 많이 걸어 다녔다는 뜻이 아닐까?"

"완벽하군!"

"그리고 여기 이 'C.C.H.의 친구들'이라는 문구, 내 생각에는 사냥과 관련 있는 것 같군. 모티머 씨는 언젠가 시골의 한 사냥

모임 회원에게 의학적인 도움을 준 게 아닐까? 답례로 이 선물을 받은 것이고 말이야."

"왓슨, 정말 대단한걸."

홈즈는 의자를 뒤로 밀며 담배에 불을 붙이고는 말했다.

"이 말을 하고 싶네. 이제껏 내가 이룬 크고 작은 성과들은 모두 자네의 탁월한 조언 덕분이었다고 말이네. 자네는 본인의 능력을 너무 과소평가하지. 하지만 혹 자네가 빛을 발하는 사람은 아닐지라도 다른 이들을 빛으로 이끄는 탁월한 조력자야. 그래, 왓슨. 어떤 사람들은 천재가 아니지만 천재를 자극하는 놀라운 힘이 있다니까? 고백컨대, 나의 친구여, 나는 자네 덕을 아주 많이 봤다네."

홈즈가 나를 이렇게 칭찬한 것이 처음이었기에 나는 기뻤다. 사실 홈즈에 대한 찬사와 홈즈의 사건 해결 능력을 널리 알리려는 나의 여러 시도에 홈즈는 언제나 무관심했고 나는 그것에 내심 서운했던 터였다. 그런 그가 나를 자신의 조력자로서 이렇게 인정해 주니 기분이 좋지 않을 수가 없었다. 홈즈는 내게 지팡이를 넘겨받아 잠시 살펴보았다. 그러고는 흥미롭다는 듯 담배를 내려놓고 지팡이를 들고 창가로 가 볼록 렌즈로 자세히 관찰하기 시작했다.

"흥미로워. 아주 쉬운 것이긴 하지만."

홈즈는 자신이 항상 앉는 소파로 걸어가며 중얼거렸다.

"지팡이에 한두 개의 명확한 단서가 있어. 이걸로 몇 가지 추리를 할 수 있네."

"내가 놓친 게 있단 말이야? 그런 것 같지 않은데."

내가 당당하게 물었다.

"유감스럽지만, 친애하는 왓슨. 사실 자네가 한 추리의 대부분은 틀렸네. 자네가 천재를 자극한다는 말의 의미는, 좀 더 정확히 말하면 자네의 잘못된 추리가 내게 사실로 접근하는 계기를 만들어 주곤 한다는 뜻이었다네. 그래도 이번 추리의 경우 모두 다 틀린 것은 아닐세. 우리의 손님은 시골 의사가 맞고, 많이 걷는 것도 사실이지."

"그럼 맞은 것 아닌가?"

"거기까지는."

"그럼 그게 다가 아닌가?"

"아니, 아니네, 왓슨. 그게 다가 아니야. 사냥 모임이라기보다는 병원에서 주었을 가능성이 더 높네. 그리고 머리글자 C.C.에 병원이란 글자를 뒤에 붙여 보면 채링 크로스(Charing Cross) 병원이 떠오르지 않나?"

"자네 말이 맞는 것 같군."

"그리고 그걸 바탕으로 또 다른 추리가 가능하지."

"C.C.H.가 '채링 크로스 병원(Charing Cross Hospital)'의 약자라고 해서 우리가 뭘 더 알 수 있지?"

"뭘 더 알 수 있냐고? 자네는 내가 어떻게 추리하는지 많이 알지 않나? 한번 해 보게."

"내가 추리할 수 있는 건 그 남자가 시골로 가기 전에 도시에서 의사 생활을 했었을 거라는 정도뿐인데."

"내 생각에는 그보다 더 과감하게 추론할 수 있을 것 같네. 이런 관점은 어떤가? 왜 이런 선물을 받았지? 지인들이 마음을 담은 인사를 할 때는 언제일까? 분명 모티머 씨가 개인 병원을 열기 위해 도시의 병원을 그만 두었을 때였겠지. 기념품은 보통 그럴 때 만들어 주니까. 아마 이 지팡이는 모티머 씨가 도시 병원을 그만두는 송별회 때 받은 걸 거야."

"그럴 수도 있겠군."

"자, 그럼 이제 거기서 조금 더 추리를 할 수가 있네. 런던의 병원에서 성공했다면 시골로 내려갈 이유가 딱히 없으니 아마 병원의 정직원이 아니었을 가능성이 높아. 병원에 있었는데 정직원이 아니었다⋯⋯ 아마 외과나 내과의 인턴이었을 가능성이 높네. 의대 졸업반 학생보다는 조금 더 경력이 쌓인 자리, 지팡이의 날짜로 알 수 있듯이 모티머 씨가 병원을 떠난 건 5년 전이네. 그렇게 따지면 그가 나이 든 의사라는 자네의 추리가 완전히 빗나간 셈이지. 대신 30대 미만의 젊고, 친절하고, 순수하지만 덜렁대고, 개를 키우는 사람일 거야. 아마 테리어(*매우 활달하고 용감한 성격을 가진 작은 크기의 애완견.)보다는 크고 마스티프(*원산지가 영국인 초대형 투견 겸 사역견으로 가장 오래된 개의 품종 중 하나이다.)보다는 작은 개 말이네."

나는 약간 의심이 들었지만 그래도 웃었다. 홈즈가 의자에 등을 기대고 담배 연기로 흔들리는 작은 원들을 만들어 천장으로 내뿜었다.

"자네의 추리 중 마지막 부분을 확신하긴 어렵지만, 그 남자의 나이와 이력을 알아내는 것은 그리 어렵지 않네."

나는 이렇게 말하며 의학 관련 자료를 모아 둔 선반에서 런던의 의사 명부를 꺼내 이름을 찾기 시작했다. 모티머라는 이름의 의사가 몇 명 나오긴 했는데 우리의 손님으로 추측할 수 있는 사람은 한명으로 좁혀졌다. 나는 그의 기록을 소리 내어 읽었다.

"제임스 모티머, M.R.C.S., 1882 데번 주 다트무어 시 그림펜. 1882년부터 1884년까지 채링 크로스 병원에서 외과 인턴으로 근무. '질병은 격세 유전(*생물의 성질이나 체질이 한 대나 여러 대 뒤에 나타나는 유전적 성질.)인가?'라는 논문으로 비교 병리학 분야에서 잭슨 상 수상. 스웨덴 병리학회 객원 회원. 저서 및 논문:『격세 유전으로 인한 기형』(랜싯 출판사, 1882년), 「인류는 진보하는가?」(심리학 저널, 1883년 3월.) 현(現) 그림펜, 소슬리 그리고 하이 배로우 지역의 보건소장."

"시골 사냥 모임에 대한 언급은 없군, 왓슨."

홈즈가 장난기 가득한 얼굴로 말했다.

"하지만 시골 의사인건 맞았네, 자네의 추리력도 대단했어. 어쨌든 내 추리가 꽤나 맞았군. 내가 모티머 씨는 친절하고 순수하지만 덜렁댄다고 했었나? 내 경험으로 보면, 친절한 사람만이 그런 기념품을 받아. 그리고 순수하기 때문에 런던의 요직을 마다하고 시골로 갈 수 있었지. 그리고 덜렁대기 때문에 지팡이를 놓고 갔으며 우리 방에서 한 시간이나 우리를 기다렸는데도 명함을 두고 가는 것을 잊었겠지."

"그럼 개는 어떻게 알았나?"

"개는 본래 주인을 따라다니며 지팡이 밑 부분을 무는 습성이 있네. 여기 이빨 자국들이 아주 선명하게 보이지? 그래서 이 이빨 사이의 거리를 보면 개의 턱 길이를 대충 짐작할 수 있는 거네. 그래서 테리어보다는 훨씬 폭이 넓고 마스티프보다는 작다고 한 거네. 그리고 그것은 아마도…… 역시 그렇군. 털이 곱슬 곱슬한 스패니얼(*몸높이가 약 45~60㎝의 중형견.)이었어!"

홈즈는 말을 하면서 자리에서 일어나 방을 가로질러 창문 앞에 멈춰 서 있었다. 방금 전 홈즈의 목소리가 너무 확신에 차 있어 나는 놀랐다.

"홈즈, 어떻게 그렇게 확신하나?"

"간단해. 지금 우리 집 현관 앞에 바로 그 개가 있거든. 주인이 초인종을 누르고 있어. 왓슨, 여기 있게. 같은 의사니 자네가 도움이 많이 될 거야. 이제 운명의 순간이 다가오네. 왓슨, 계단을 올라오는 발소리가 들리나? 우리의 삶을 향해 걸어오고 있어. 그런데 좋은 일일까, 나쁜 일일까? 의사이자 과학자인 모티머 씨가 이 홈즈에게 묻고 싶은 것이 뭘까? 네, 들어오시죠!"

촌스럽고 전형적인 시골 의사일거란 나의 예상과 완전히 다른 손님이 들어와서 나는 깜짝 놀랐다. 그는 키가 크고 말랐으며 미간이 좁고 매부리코였다. 금테 안경 뒤에서 날카로운 회색 눈이 빛나고 있었다. 의사다운 옷차림이긴 했어도 외투가 지저분했고 낡은 바지 자락이 단정하지는 않았다. 젊은 나이임에도 불구하고 허리가 구부정했고 고개를 앞으로 숙이고 걷는 듯했는데 전체적으로 매우 선한 인상이었다. 그는 홈즈가 들고 있던 지팡이를 보자 급히 걸어와 기쁜 목소리로 이렇게 외쳤다.

"앗, 여기 있었군요! 이걸 여기에 두었는지 해운회사 사무실에 두었는지 기억나지 않았는데, 이렇게 찾아 정말 다행입니다!"

"선물로 받으신 건가요?"

홈즈가 물었다.

"예, 그렇습니다."

"채링 크로스 병원에서요?"

"거기에서 일할 때 알았던 친구들이 제가 결혼할 때 준 겁니다."

"이런, 이런, 틀렸군!"

홈즈가 고개를 저으며 중얼거렸다.

"아니, 뭐가 틀렸다는 말씀이신지?"

홈즈의 반응에 모티머 씨가 놀란 눈을 크게 뜨며 물었다.

"우리의 추리를 혼란스럽게 하는 게 있었습니다. 결혼하셨다고요?"

"네, 했습니다. 그래서 교수에 대한 희망도 포기하고 병원을 떠났습니다. 자립해 개원해야만 하는 상황이었기 때문입니다."

"그럼 우리의 추리가 다 틀린 건 아니군요, 제임스 모티머 의사 선생님."

홈즈가 말했다.

"그냥 '모티머 씨'라고 불러 주십쇼. 평범한 의사협회 회원일 뿐인걸요."

"정밀한 과학적 사고방식을 가진 분이기도 하시고요."

"그냥 과학자 나부랭이죠, 뭐. 과학이라는 거대한 미지의 바닷가에서 조개를 줍는다고 해야 할까요? 저와 대화하고 계신 분이 홈즈 씨죠? 맞나요?"

"맞습니다. 이쪽은 제 친구 왓슨입니다."

"만나 뵈어 반갑습니다. 왓슨 선생님. 선생님의 존함도 홈즈 씨와 함께 많이 들었습니다. 이런, 홈즈 씨 얼굴이 매우 흥미롭습니다. 얼굴형이 길고 안와(*눈이 위치하는 두개골 내의 구멍.)가 이렇게 잘 발달한 분이신지 몰랐습니다. 실례가 안 된다면 제 손으로 두개골을 좀 만져 봐도 될까요? 홈즈 씨의 두개골 모형은 인류학 박물관에 진열할 가치가 있을 정도인걸요? 기분 나쁘게 들지는 마시고요, 홈즈 씨의 두상은 제가 꼭 한번 연구해 보고 싶은 부분입니다!"

홈즈는 이 특이한 방문자에게 의자에 앉으라고 손짓했다.

"모티머 씨는 자신의 분야에 매우 충실하시군요. 저도 제 분야에 대해 그렇지요. 검지를 보니 담배를 직접 말아 피우시는군요. 아, 담배를 피우고 싶으시면 언제든 피우셔도 좋습니다."

모티머 씨는 이 말이 떨어지자마자 주머니에서 담배와 종이를 꺼내 놀랄 만큼 빠른 속도로 담배를 말았다. 길고 날렵한 손가락이 곤충의 더듬이처럼 민첩하고 빠르게 움직였다.

홈즈는 아무 말도 안 했지만, 그의 눈에서 이 손님에 대해 많은 호기심을 느끼고 있다는 것을 알 수 있었다.

"그런데 모티머 씨께서는 단순히 제 두상을 살펴보기 위해 어젯밤에도 오셨다가 오늘 또다시 오신 건 아니시겠죠?"

한참 후에 홈즈가 이렇게 입을 열었다.

"물론 아닙니다, 홈즈 씨. 전 그저 이런 두상을 볼 수 있는 기회가 되어 기뻤다는 말씀입니다. 아무튼 홈즈 씨, 다름이 아니라 제가 너무 심각하고도 비상식적인 문제를 아는데, 제 스스로는 그 문제를 풀 수가 없습니다. 유럽 전체에서 홈즈 씨가 두 번째로 뛰어난 전문가라는 말을 듣고 왔습니다."

"아, 그러십니까? 그 영광스러운 첫 번째 분이 궁금해지는군요."

홈즈가 무뚝뚝한 얼굴로 물었다.

"정밀한 과학적 사고를 하는 사람들에게는 베르티용(*프랑스의 두개골 연구가이자 인류학자, 파리 경찰국에 고용되어 전과자 식별 문제에 관련해 일하며 현대 과학 수사 발전에 크게 기여한 수사과학자.) 씨의 업적이 아마 가장 대단해 보이겠지요."

"그럼 그분에게 가야 하지 않습니까?"

"아, 정확한 과학적 분야까지 보면 그렇다는 말씀입니다. 범죄 분야에서의 최고는 당연히 홈즈 씨지요. 혹시 제가 기분을 상하게 해 드렸나요?"

"아니, 꼭 그렇지는 않습니다. 그런데 모티머 씨, 또 다른 이야기가 없다면 이제 조언을 필요로 하시는 문제가 정확히 무엇인지 말씀해 주시면 좋겠습니다."

2. 바스커빌가의 저주

"문서 하나를 가져왔습니다."

모티머 씨가 대답했다.

"모티머 씨가 이 방에 들어올 때부터 보고 있었습니다."

홈즈가 대답했다.

"오래된 문서입니다."

"위조된 것이 아니라면 18세기 초반의 문서군요."

"어떻게 아셨습니까?"

"주머니에서 3센티미터 가량 빠져나와 있어 대화하는 동안 관찰할 수 있었습니다. 어느 문서가 되었든 쓰인 연도를 10년 안팎의 오차 내에서 추정하지 못한다면 이쪽에서 전문가라고 할 수 없지요. 읽어 보셨을지 모르겠지만, 이에 관해 짧은 논문을 쓴 적도 있습니다. 그 문서는 1730년대 것으로 보입니다만."

"정확하게는 1742년입니다."

모티머 씨가 주머니에서 문서를 꺼내며 대답했다.

"찰스 바스커빌 경의 부탁으로 제가 보관하고 있는 것입니다. 약 3개월 전 그분의 갑작스럽고도 비극적인 죽음 때문에 데번셔(*영국 잉글랜드 남서부에 위치한 주.)에 큰 소란이 있었습니다. 저는 그분의 주치의였고, 꽤 가깝게 지냈던 사람입니다. 찰스 경은 심성이 올곧고 현명하며 현실적인 분이셨습니다. 저만큼이나 미신을 믿지 않으셨지요. 하지만 이상하게도 이 문서만큼은 매우 심각하게 받아들이시더군요. 어쩌면 결국에 이런 일을 당하리라는 것을 예상하셨던 건지도 모르겠습니다."

홈즈가 손을 뻗어 문서를 받아 무릎 위에 펼쳤다.

"왓슨, 이리 와서 보게. S자를 길고 짧게 교차해서 사용했네. 이게 바로 내가 연도를 측정했던 몇 가지 단서 중 하나야."

나는 홈즈의 어깨 너머로 누렇게 바랜 종이를 살펴보았다. 윗부분에는 '바스커빌 저택'이라고 쓰여 있었고, 아래에는 크게 휘갈겨 쓴 글씨로 '1974'라는 연도가 적혀 있었다.

"어떤 진술서 같군요."

"그렇습니다. 바스커빌 가문에 전해져 내려오는 전설에 대한 기록입니다."

"모티머 씨가 제게 상담하고 싶은 것은 좀 더 현대적이고 실제적인 것이라고 생각했습니다만?"

"홈즈 씨, 바로 그렇습니다. 이 일은 매우 현대적이고, 실제적이면서도 긴급한 문제입니다. 게다가 24시간 이내에 결정을 내려야 합니다. 하지만 이 문서의 내용은 이번 문제와 매우 깊은 연관이 있죠. 괜찮으시다면 제가 읽어 드리겠습니다."

홈즈는 손가락 끝을 모으고 눈을 감은 채 의자에 몸을 깊이

기댔다. 모티머 씨는 문서를 불빛 방향으로 돌려 그 기이한 과거의 이야기를 읽어 내려가기 시작했다.

'바스커빌가의 개에 대한 기원은 여러 가지가 있지만 나는 휴고 바스커빌의 직계 자손으로 나의 아버지께 이 이야기를 들었으며, 아버지는 조부님께 이 이야기를 들으셨다. 그렇기에 나는 그 일이 실제로 일어났다고 믿으며 이 문서를 작성한다. 그리고 우리 후손들이 죄를 범하시는 정의의 신은, 동시에 너그럽게 용서하시기도 한다는 사실을 잊지 말고 아무리 가혹한 저주라도 기도와 참회로 풀 수 있다는 것을 명심하기 바란다. 그리고 이 이야기를 통해 지난 과오에 대해 두려움을 갖기보다는 우리 가문을 그런 참혹한 고통 속에 빠뜨렸던 더러운 욕망이 다시 살아나 활개 치는 일이 없도록 매사에 신중하기를 바라는 마음으로 이 글을 쓴다.

때는 청교도 혁명 시기였다. (이와 관련된 역사는 박식한 클래런던 경에게 많이 배웠다.) 당시 바스커빌 저택에는 휴고가 살고 있었다. 휴고 바스커빌은 성격이 매우 사나운 데다 신을 믿지 않고 외려 신성을 모독하던 사람이었다. 지역에서 성자가 나온 적이 없었기 때문에 사람들은 그를 심각하게 생각하지 않았는지도 모르지만 어쨌든, 휴고는 그 잔인하고 주색을 밝히는 행실로 서부 지역에서 악명이 높았다. 그런 휴고가 우연히 바스커빌 저택 주변에서 농사를 짓는 농부의 딸을 보고 사랑에 빠졌다. (그런 추잡한 열정을 감히 사랑이라고 부를 수 있는지는 모르겠지만 말이다.) 이 처녀는 그의 소문을 익히 알고 있었던 데다 착하고 지혜로웠기에 그를 계속 피했지만, 성 미가엘 축일에 휴고는 역시 게으르고 사악한 친구 대여섯과 함께 그녀의 아버지와 오빠들이 외출한 틈을 타 처녀의 농장에 몰래 숨어들어 결국 그녀를 납치했다. 휴고와 그의 친구들은 그녀를 위층 방에 가두어 놓고 으레 하던 대로 흥청거리고 있었다. 불쌍한 그 처녀는 밑에 층에서부터 들려오는 술 취한 사내들의 노랫소리와 고함소리, 욕지거리에 공포로 벌벌 떨고 있었을 것이다. 그러다 처녀는 용맹하고 민첩한 사내들도 하기 어려운 행동을 했다. 남쪽 벽을 덮고 있는(지금도 저택에 남아 있는) 담쟁이덩굴을 타고 창문을 통해 아래로 내려간 것이다. 그리고 자신의 집을 향해 황야를 가로질러 무려 15킬로미터가 넘는 그 거리를 달리기 시작했다. 휴고는 자신의 친구들을 뒤로 하고 술과 음식을 들고 처녀가 있는 방으로 올라갔다. 물론 그녀에게 먹을 것을 주려는 목적이 아닌, 더한 짓을 저지르려고 했겠지만 말이다. 방에 들어선 휴고는 처녀가 도망친 사실을 알게 되었다. 그는 바로 악마로 돌변해 계단을 뛰어내려 식당으로 들어갔다. 휴고는 제 패거리들 앞에서 그 처녀를 잡아 오기 위해서는 자신의 육체는 물론 영혼까지도 기꺼이 악마에게 팔겠다고 미친 듯이 소리쳤다고 한다. 그들이 휴고의 그런 미치광이 노릇에 정신이 없을 때 그들 중 가장 사악한 녀석 하나가, 아니면 좀 더 술에 취한 녀석이었을지도 모르지만, 사냥개를 풀어야 한다고 외쳤고 휴고는 그 말을 듣자마자 밖으로 뛰쳐나갔다. 휴고는 마부들에게 당장 말에 안장을 올리라고 소리치고, 사냥개에게 그 처녀의 손수건 냄새를 맡게 한 다음 황야로 풀었다. 휴고는 그렇게 괴성을 질러 대며 사냥개와 함께 황야의 달빛 속으로 말을 내몰았다.

갑작스러운 일에 남은 패거리들은 어리둥절했겠지. 제 아무리 술에 취했어도 황야에서 어떤 일이 벌어질지 금방 예상할 수는 있었을 게다. 열세 명 중 일부는 총을 준비하고, 나머지는 술병을 챙기고 정신을 추슬러 말을 타고 휴고를 따라갔다. 환한 달빛 아래 이들은 처녀가 집으로 돌아가려면 반드시 거쳐야 하는 길을 따라 황야로 달려 나갔다. 2, 3킬로미터쯤 추적했을 때 그들이 야간작업을 하고 있는 양치기를 만나서 처녀를 보았는지 묻자 양치기는 겁에 질려 제대로 말을 하지 못하다가, 결국 도망치는 처녀와 그 뒤를 쫓는 사냥개들을 봤다고 말했다. 그런데 양치기는 '그보다 더 놀라운 것도 봤어요.'라고 말을 잇더니 '휴고 바스커빌이 흑마를 타고 저를 지나쳐 갈 때 그 뒤에서 지옥의 사냥개가 따라 붙었어요. 오, 제발! 저에게는 그런 일이 일어나지 않기를…….' 하면서 몸을 떨었다고 한다. 술에 취한 패거리들은 무슨 헛소리냐며 양치기를 욕하고는 다시 말을 몰았지. 하지만 그들은 곧 소름 끼치는 광경을 목격했다. 휴고의 흑마가 거품을 물고, 풀린 고삐와 안장을 질질 끌며 패거리를 지나쳐 달려갔던 것이다. 패거리들은 겁에 질린 상태에서도 계속 황야 속으로 말을 달렸다. 아마 혼자였다면 바로 말을 돌려 돌아갔을 것이다. 그들은 마침내 사냥개들이 있는 곳에 도착했다. 용맹한 혈통을 지닌 것으로 알려진 사냥개들은 어찌된 일인지 깊은 구멍 같은 계곡 앞에서 무리를 지어 앉아 낑낑거리고 있었다. 패거리들이 사냥개를 부르자 몇 마리는 슬금슬금 뒷걸음을 치고 어떤 녀석은 털을 곤두세우고 앞에 있는 좁은 계곡을 노려보았다고 한다.

패거리들은 출발할 때보다 훨씬 술이 많이 깬 상태로 계곡 앞에 있었다. 이들 대부분은 아마 밑으로 내려가고 싶지 않았을 것이다. 그러나 가장 배짱 좋은, 아니 어쩌면 가장 술이 덜 깬 세 명이 계곡 아래로 말을 타고 내려갔다. 계곡 밑에는 옛날 사람들이 세운 것으로 보이는 거대한 크기의 돌기둥 두 개가 서 있는 넓은 공간이 나타났는데, 그들은 달빛 아래서 그곳을 선명하게 볼 수 있었다고 한다. 그리고 그 공간 한가운데에 그 불쌍한 처녀가 공포와 탈진으로 숨진 채 너부러져 있는 것을 보았다. 그런데 그들 셋이 머리털이 곤두서도록 놀란 것은 그 아가씨의 시체나 그 옆에 있던 휴고 바스커빌의 시체 때문이 아니었다. 휴고의 시체 앞에는 사냥개처럼 생긴 거대한 검은색 괴물이 휴고의 목젖을 물어뜯고 있었다고 한다. 그때껏 한 번도 본 적 없는 엄청나게 큰 동물이었다고 한다. 패거리들이 찢겨진 휴고의 목덜미에 시선이 고정된 채 서 있었을 때, 그 개가 이글거리는 눈빛과 피가 뚝뚝 떨어지는 얼굴을 그들 쪽으로 돌렸고 세 사내는 공포에 질린 채 날카로운 괴성을 지르며 그대로 말을 달려 도망쳐 나왔다. 그 뒤로 한참 동안이나 그 개의 울부짖음이 황야에 울려 퍼졌다. 소문에 의하면 세 명 중 한 명은 그 광경을 본 그날 밤 죽었고 나머지 두 명 역시 평생을 폐인으로 살다 죽었다고 한다.

나의 후손들이여, 이것이 우리 가문을 그토록 고통스럽게 만든 사냥개에 관한 전설이다. 내가 이것을 기록한 이유는 분명하게 전달하는 것이 막연한 추측보다 공포감이 덜할 것이라는 판단 때문이다. 우리 가문 사람들이 갑작스럽고 흉측하게 비명횡

사한 것은 사실이나, 신의 자비가 우리를 구원해 줄 것이다. 성경에도 나와 있지만, 신은 3, 4대 이후의 후손에게까지 무고하게 벌하는 분은 아니다. 나는 그런 신의 섭리를 믿으며, 동시에 나의 후손들에게 간곡하게 권고한다. 부디 악의 세력이 미쳐 날뛰는 어두운 밤에 황야를 건너는 일이 없도록 하여라.

— 휴고 바스커빌의 후손 로저와 존에게 전하며, 누이 엘리자베스에게는 이 이야기를 비밀로 할 것을 당부하는 바이다.'

이 이상한 이야기를 다 읽고 난 후 모티머 씨는 안경을 이마로 치켜 올리면서 맞은편에 앉은 홈즈를 빤히 바라보았다. 홈즈는 하품을 하면서 다 핀 담배를 벽난로 속에 던지고 이렇게 말했다.

"그렇군요."

"흥미롭지 않습니까?"

"설화 수집가에게는 그럴지도 모르겠습니다."

그러자 모티머 씨가 접혀 있는 신문을 주머니에서 꺼냈다.

"홈즈 씨, 이제 좀 더 최근의 이야기를 들려 드리겠습니다. 이것은 올해 5월 14일자 〈데번 주 신문〉입니다. 신문이 발행되기 며칠 전에 발생한 찰스 바스커빌 경의 죽음에 관한 기사가 실려 있습니다."

홈즈는 관심이 생긴다는 듯 몸을 조금 앞으로 숙였다. 모티머 씨가 다시 안경을 쓰고 기사를 읽어 내려가기 시작했다.

'다음 선거에서 중부 데번 주의 유력한 자유당 후보로 거론되었던 찰스 바스커빌 경의 갑작스러운 의문사는 주 전체를 슬픔에 빠트렸다. 그가 바스커빌 저택에 기거한 기간은 비교적 짧았으나 그의 선하고 올곧은 성품은 모든 이의 존경을 받기에 충분했다. 벼락부자들이 판치는 시대에 불행한 일로 몰락한 명문가의 후손이 가문의 위엄을 재건하기 위해 돌아온 것은 이 지역에 활기를 불어 넣는 일이었다. 찰스 경은 남아프리카에 투자해 큰돈을 번 후 영국으로 돌아왔는데, 바스커빌 저택에 거주한 지는 2년 밖에 되지 않았지만 가문의 재건에 대한 경의 노력은 널리 알려진 사실이다. 하지만 경의 죽음과 함께 모든 계획이 중단되었다. 자식이 없었던 찰스 경은 자신의 재산으로 지역 주민들에게 도움을 주겠다고 이미 선포한 상태였기에 지역의 많은 사람들이 경의 죽음을 더욱 안타깝게 생각하고 있다. 그간 지역과 주자선 단체에 많은 양의 돈을 기부해 본지에서 자주 기사화되기도 했던 찰스 경이었다. 그의 죽음과 관련해 모든 상황이 명확히 밝혀졌다고 말하기는 힘들지만, 최소한 이 지방의 전설이 되살아났다는 소문을 잠재우기에는 충분했다. 찰스 경이 자연적 요인이 아닌 다른 이유로 죽었다고 의심되는 점은 하나도 없다. 찰스 경은 막대한 부를 소유하고 있었음에도 불구하고 개인적으로 간소한 것을 선호했으며, 저택에 거주하는 하인이라고는 집사와 가정부인 배리모어 부부뿐이었다. 측근들의 말에 따르면 찰스 경은 건강이 좋지 않았으며 특히 심장 질환으로 고통받아왔다고 한다. 그로인해 안색이 나빴고, 호흡 곤란이 오거나 심각한 우울증을 겪기도 했다고 알려졌다. 친구이자 주치의인 제임스 모티머 씨의 증언이 그 사실을 뒷받침하고 있다.

본 사건은 매우 간단한 사건으로, 찰스 바스커빌 경은 매일 밤, 잠자리에 들기 전이면 저택 주변에 있는 잘 꾸며진 주목(* 키가 큰 침엽수로 가지가 넓게 퍼지며 가지와 줄기가 붉은 빛을 띤다.) 산책로를 걷는 습관이 있었다. 집사인 배리모어의 증언에 따르면 이것은 경의 오랜 습관이었다고 한다. 5월 4일, 찰스 경은 다음 날 런던으로 떠날 거라며 배리모어에게 여행 가방을 준비해 두라고 지시한 후 늘 하던 대로 저녁 산책을 위해 저택을 나섰다. 그는 산책 중에 시가를 피우는 버릇이 있었다. 하지만 그날 찰스 경은 돌아오지 않았다. 밤 열두 시에 배리모어는 저택 현관문이 아직 열려 있는 것을 발견하고 깜짝 놀라 등불을 들고 주인을 찾아 나섰는데, 그날은 날씨가 습했기 때문에 산책로를 따라난 찰스 경의 발자국을 쉽게 추적할 수 있었다고 한다. 산책로의 중간쯤에 황야로 나가는 문이 있는데 그 주변에 찰스 경이 잠시서 있었던 흔적이 있었다. 배리모어는 길을 따라 계속 내려가다 산책로 끝에서 찰스 경의 시신을 발견했다. 배리모어의 진술 중한 가지 주목할 점은, 찰스 경의 발자국이 황야로 나가는 문을 지나는 시점부터 뒤꿈치를 들고 걸어간 것으로 보인다고 말한 부분이다. 집시인 말 장사꾼 머피가 그 시간 황야에서 멀지 않은 곳에 있었다. 당시 술에 많이 취해 있었던 그의 진술을 전적으로 신뢰하기는 어렵지만, 그에 의하면 방향을 알 수 없는 어디선가 어떤 울음소리가 들렸다고 한다. 찰스 경의 몸에 폭행의 흔적은 없었다. 다만 의사 제임스 모티머 씨는 그의 얼굴이 심하게 일그러진 상태였다고 전했는데, 처음에 자기 앞에 있는 시체가 정말 찰스 경이 맞는지 믿기 힘들 정도였다고 한다. 하지만 그런 현상은 심장 마비나 호흡 곤란으로 사망한 경우에 드물지 않게 나타난다고도 덧붙였다. 후에 검시를 통해 찰스 경이 오랫동안 심장 질환을 앓고 있었다는 사실이 밝혀졌고, 이를 바탕으로 검시원단은 찰스 경이 자연사했다고 결론을 내렸다. 이것은 찰스 경의 상속자가 저택에 다시 거주함으로써 그의 죽음으로 안타깝게 중단된 자선 사업들을 유지해 나가는 데 매우 뜻깊은 결론이었다. 그러한 결론으로 하여금 이 사건과 관련해 은밀하게 퍼지고 있는 기괴한 소문을 막을 수 있었으며, 바스커빌 저택은 새 주인을 맞을 수 있게 되었다. 현재로써 찰스 경의 상속자는 그의 동생의 아들인 헨리 바스커빌이며, 그는 현재 미국에 있는 것으로 알려졌고 유산 상속 절차를 위해 그를 찾는 작업이 진행 중이다.'

모티머 씨는 신문을 접어 다시 주머니에 넣은 다음 이렇게 말했다.

"이것이 찰스 바스커빌 경의 사망과 관련해 공개된 사실입니다, 홈즈 씨."

"감사합니다."

홈즈가 대답하고는 말을 이었다.

"몇 가지에 있어서 이 사건은 매우 흥미롭군요. 저도 당시 이 사건에 대한 신문 기사를 몇 꼭지 읽었던 적이 있습니다만, 당시 바티칸 카메오 사건에 바빴던 터라 모든 관심을 교황에게 두던 때였지요. 때문에 영국에서 발생한 흥미로운 사건들을 몇 개 놓쳤지만 말입니다. 이 기사가 사건에 대해 공개된 것들은 모두 설명하고 있다고 하셨습니까?"

"네."

"그럼 이제 공개되지 않은 사실을 말씀해 주시지요."

홈즈는 의자에 등을 기대고 손가락 끝을 맞대었다. 홈즈가 매우 침착하고 이성적인 상태가 되었음을 말해 주는 자세였다.

"그럼, 그럴까요? 지금까지 그 누구에게도 말하지 않은 사실을 말씀드리겠습니다."

모티머 씨는 다시 이야기를 시작했다. 잠시 그의 얼굴에서 긴장감이 엿보였다.

"검시관 조사 때 당시 제가 알고 있던 사실들을 다 말하지 않은 이유는 과학을 하는 사람이 미신을 지지하는 것처럼 보이지 않기 위해서이기도 했고, 저의 그런 증언이 바스커빌 저택에 대한 흉측한 소문을 더 확산시키게 되면 그 저택은 그대로 흉가로 전락할 게 뻔했기 때문입니다. 이런 두 가지 이유로 실제적인 이익을 얻지 못할 바에는 제가 알게 된 것을 말하지 않는 게 더 낫다고 생각한 겁니다. 하지만 홈즈 씨에게는 솔직하게 털어놓지 않을 이유가 없습니다.

황야에는 사람이 많이 살지 않아 서로 매우 친밀하게 지내지요. 덕분에 저와 찰스 경도 막역하게 지냈습니다. 래프터 저택의 프랭클랜드 씨와 박물학자 스테이플턴 씨를 제외하면 황야에는 제대로 된 교육을 받은 사람이 없습니다. 찰스 경은 내성적인 분이었지만 경의 병 때문에 저와 만나게 되었고, 둘 다 과학을 좋아했기에 친해질 수 있었습니다. 찰스 경은 남아프리카에서 많은 과학 정보를 수집한 상태였고, 우리는 부시맨(*남아프리카에 사는 키가 작은 원주민 종족.)과 호텐토트(*남아프리카의 또다른 유목민족이고 부시맨과 신체적 특성, 언어, 그리고 문화 등의 요소가 매우 비슷하다.)의 비교 해부학에 대해 몇 날 며칠 동안 밤을 새며 토론하기도 했죠.

최근 몇 달 사이에 찰스 경은 신경이 극단적으로 날카로워져 한계에 이른 것이 분명해 보였습니다. 제가 두 분에게도 읽어 드린 그 전설에 대해 찰스 경은 매우 심각하게 생각하고 있었으며, 찰스 경은 사실 산책을 하긴 했지만 밤에는 결코 황야로 나가지 않았습니다. 그렇습니다, 홈즈 씨께는 우습게 들릴지도 모르지만, 찰스 경은 당신의 가문에 얽힌 그 흉측한 전설을 믿고 계셨습니다. 물려받은 그 편지도 경의 마음을 편하게 하지는 못했습니다. 저에게도 밤에 왕진을 다닐 때 이상한 생물체를 보거나 사냥개가 울부짖는 소리를 들은 적은 없는지 여러 번 물었습니다. 그런 질문을 할 때마다 경의 목소리는 흥분으로 떨렸습니다.

치명적인 사건이 일어나기 3주 전쯤 밤에, 제가 저택으로 마차를 몰고 갔을 때 경은 현관에 서 계셨습니다. 저는 마차에서 내려 경에게 다가갔는데 그분의 눈이 제 어깨 너머를 뚫어지게 응시하고 있다는 것을 알았습니다. 그분은 완전히 공포에 사로잡혀 있었습니다. 휙 몸을 돌려 둘러본 저는 커다랗고 검은 송아지 한 마리가 위쪽을 지나가는 모습을 얼핏 보았습니다. 찰스 경이 너무나 두려워하셔서 제가 그곳으로 달려가 봤지만 그때는 이미 사라지고 없었습니다. 찰스 경은 그때 이후로 매우 힘들어 하셨습니다. 그날 밤 제가 경과 함께 있으면서 들은 이야기가 그 전설에 관한 것이었고 문서도 그날 받은 것입니다. 이런 말씀을 드리는 이유는 이 사건이 찰스 경의 죽음과 연관이 있다고 생각해서입니다. 확실한 것은 그날 밤 봤던 동물은 그렇게 놀랄 만한 것이 아니긴 했습니다. 하지만 찰스 경이 워낙 힘들어하셨기에 제가 런던에 가 계시라고 조언을 드렸습니다. 본래 심장이 안 좋기도 했지만 거기서 그렇게 불안해하시는 것 자체가 건강에 매우 해로웠기 때문입니다. 사람들 많은 도시에서 몇 달 정도 지내시면 건강이 좋아질 거라고 생각했습니다. 우리와 친하게 지내는 스테이플턴도 그분의 건강을 염려했기에 동의했습니다. 하지만 그분이 런던으로 떠나시기 바로 전날 밤, 그런 비극이 일어난 것입니다.

집사 배리모어가 시체를 발견했고 마부 퍼킨스 편으로 제게 소식을 전해 주었습니다. 저는 마침 늦게까지 깨어 있었기 때문에 한 시간 만에 바로 저택에 도착했고, 제가 직접 신문 기사에 난 모든 사실을 확인했습니다. 발자국을 따라 산책로를 따라가 보았고, 경이 잠시 머물던 곳인 황야로 나가는 쪽의 문에서 지체했던 흔적도 보았습니다. 그리고 발꿈치를 들고 걸었다는 발자국 모양도 확인한 다음 직접 찰스 경의 시신도 조사했습니다. 그때까지 아무도 시신에 손을 대지 않은 상태였습니다. 시신은 엎드린 채 양 팔을 벌린 자세였고, 손가락은 땅을 파고 들어가 있었습니다. 얼굴은 제가 알아볼 수 없을 정도로 심한 고통에 의해 일그러진 상태였습니다. 그런데 경찰 조사 때 집사 배리모어가 한 가지 잘못된 진술을 했습니다. 배리모어는 시신 주변에서 다른 어떤 것도 못 봤다고 진술했습니다만, 저는 시신에서 좀 떨어진 곳에서 그것을 보았습니다. 생전 처음 보는 것이었습니다."

"발자국 말입니까?"

"네, 발자국이었습니다."

"남자 발자국이었습니까, 아니면 여자?"

모티머 씨는 약간 머뭇거리며 우리를 잠시 바라보다 속삭이듯 작게 대답했다.

"홈즈 씨, 그것은 거대한 사냥개의 발자국이었습니다."

3. 문제

나는 그 말을 듣는 순간 몸을 떨 수밖에 없었다. 모티머 씨의 목소리에서도 그조차 지금 자신이 한 말을 믿는다는 듯한 공포감이 느껴졌다. 홈즈는 이제 몸을 앞으로 숙였다. 강렬하고 무섭게 빛나는 그 눈빛에서 그가 큰 흥미를 느끼고 있다는 것을 알 수 있었다.

"확실합니까?"

"제 두 눈으로 똑똑히 봤습니다."

"그런데 아무에게도 말하지 않았다고요?"

"어떻게 그 말을 할 수 있겠습니까?"

"왜 다른 사람들은 그걸 보지 못한 겁니까?"

"시신에서 약 20미터쯤 떨어진 곳에 있었습니다. 아무도 거기까지 볼 생각은 못 했겠죠. 저도 그 전설을 몰랐으면 보고서도 그냥 넘겼을 겁니다."

"황야에는 양치기 개가 많지 않습니까?"

"많습니다. 하지만 그건 분명 양치기 개의 발자국이 아니었습니다."

"더 컸단 말이죠?"

"많이요."

"발자국이 시체로 다가간 흔적은 없었습니까?"

"네."

"그날 날씨는 어땠습니까?"

"춥고 습도가 높았습니다."

"비가 오지는 않았고요?"

"네."

"산책로는 어떤 형태인가요?"

"양쪽으로 주목 울타리가 있는데 높이가 약 3.5미터쯤 되서 외부에서 들어오기는 힘듭니다. 산책로는 폭이 2.5미터쯤 됩니다."

"울타리와 산책로 사이에는 뭐가 있습니까?"

"황야로 통하는 문이 있습니다."

"다른 문은 전혀 없습니까?"

"전혀요."

"그럼 산책로로 가기 위해서는 저택에서부터 내려가거나 그 문으로 밖에 못 들어온다는 말이군요?"

"산책로가 끝나는 곳에 여름 별장으로 통하는 문이 하나 더 있긴 합니다."

"찰스 경이 거기에 있었나요?"

"아닙니다. 시신은 그 문에서 50미터쯤 떨어진 곳에서 발견

됐습니다."

"모티머 씨, 지금부터 매우 중요한 질문입니다. 그 개의 발자국이 산책로에 있었나요? 풀밭이 아니라?"

"풀밭에는 어떤 발자국도 없었습니다."

"그럼 그 발자국은 산책로에서 황야로 나가는 문 쪽 방향으로 나 있었습니까?"

"네, 황야로 나가는 문이 있는 쪽의 산책로 가장자리를 따라 나 있었습니다."

"흥미롭습니다. 그럼 다른 중요한 질문입니다. 그 문이 닫혀 있었나요?"

"닫혀 있었고 자물쇠도 채워져 있었습니다."

"높이가 얼마나 되지요?

"한 1미터쯤 됩니다."

"누구나 쉽게 넘어올 수 있겠군요."

"그렇죠."

"그럼, 그 문 부근에서 다른 흔적은?"

"특별한 건 없었습니다."

"오, 이런! 다른 누군가가 조사하지는 않았습니까?"

"아니오, 제가 조사해 보았습니다."

"그런데 아무 것도 없었다고요?"

"그래서 더 혼란스럽습니다. 찰스 경은 분명히 5, 10분 정도 그곳에 서 계셨는데도 말이죠."

"그걸 어떻게 아시죠?"

"땅에 경의 시가에서 떨어진 재가 있었거든요."

"훌륭합니다! 왓슨, 우리와 똑같은 생각을 가진 동료가 아닌가! 그런데 발자국은요?"

"자갈이 깔린 길에 경의 발자국이 있었습니다. 그 외에 다른 발자국은 없었습니다."

"내가 거기 있어야 했는데!"

홈즈가 갑자기 참을 수 없다는 듯 손으로 무릎을 치며 외쳤다.

"정말 흥미로운 사건이야. 나같이 과학적으로 생각하는 전문가에게는 엄청난 기회가 되는 사건이네. 그 자갈흙 길을 내가 봤더라면 더 많은 것을 알아낼 수 있었을 텐데…… 하지만 이미 너무 많은 시간이 지났네. 흔적들은 모두 비에 씻겨 나가고 호기심 가득한 젊은 농부들이 왔다 갔다 하면서 훼손됐겠지. 모티머 씨, 제게 바로 연락하지 그러셨습니까?"

"이런 사실들을 세상에 알리지 않고서는 홈즈 씨에게 연락할 수 없었습니다. 하지만 말씀드렸다시피 이런 사실이 공개되기를 원하지도 않았습니다. 게다가, 게다가……."

"무엇을 망설이십니까?"

"가장 경험 많고 능력 있는 탐정도 건드릴 수 없는 영역이 있을 거라 생각했습니다."

"초자연적인 현상 같은 것 말씀인가요?"

"꼭 그런 것은 아닙니다."

"하지만 그렇게 생각하고 계시고요."

"홈즈 씨, 그런 비극적인 전설을 들은 이후에 저는 일반적인 자연의 법칙으로는 설명되지 않는 여러 사건에 대한 이야기를 들었습니다."

"예를 들면?"

"찰스 경에게 끔찍한 일이 있기 전 사람들이 바스커빌의 전설에 나오는 사냥개와 유사한 생명체를 황야에서 목격했다고 하는데, 분명 과학적으로 알려진 일반적인 동물이 아니었습니다. 목격자들은 모두 그 짐승이 크고, 밤에도 빛을 발하는 마치 유령 같은 것이라고 말했죠. 그들 중 꽉 막힌 마을 주민과 편자공, 그리고 농부, 이렇게 세 사람을 찾아가 자세히 물어봤는데 한결같이 그 무시무시한 괴물이 전설 속 지옥의 사냥개와 똑같다고 주장했습니다. 말씀드렸듯이, 저희 마을에는 그 무서운 전설이 널리 퍼져 있고 그런 이유로 밤에 황야를 지나는 사람이 드물다는 것입니다."

"모티머 씨는요? 과학적으로 사고하는 훈련을 받으신 분이 그런 초자연적인 현상을 믿으십니까?"

"이제는 저도 혼란스럽습니다."

홈즈가 말도 안 된다는 듯 어깨를 으쓱해 보였다.

"제가 지금까지 조사한 사건의 범위는 이 세계의 실제적인 것들로 한정되어 있었습니다. 제 나름의 방법으로 악당들과 싸워 왔죠. 그래서 진짜 악마와 싸우는 것은 아무래도 무리인 것 같군요. 그런데 그 발자국은 실제 현실에 존재하지 않았습니까?"

"전설 속의 사냥개 역시 사람의 목덜미를 물어뜯은 것처럼 실제적인 것이었습니다. 하지만 동시에 악마적인 것이기도 했지요."

"초자연적인 것에 대해 지나치게 몰입하시는 것 같습니다만,

아무튼 알겠습니다. 그런데 모티머 씨, 그렇게 생각하시는데 왜 제게 조사를 의뢰합니까? 찰스 경의 죽음에 대해 조사하는 것이 헛된 일이라고 말하는 것과 같은데, 그럼에도 불구하고 저보고 조사를 해 달라는 말씀입니까?"

"저는 홈즈 씨에게 이 사건을 조사해 달라고 말한 적이 없습니다."

"그럼 제가 뭘 도와드릴까요?"

"이제 곧 헨리 바스커빌 경이 워털루 역에 도착합니다. 정확히는 한 시간 15분 후에 말이지요. 제가 어떻게 해야 할지 조언이 필요합니다."

모티머 씨가 시계를 보며 말했다.

"그가 상속자입니까?"

"네. 찰스 경이 사망한 후에 찾았습니다. 캐나다에서 농사를 짓고 있더군요. 사전 조사에 의하면 헨리 경은 뛰어난 젊은이입니다. 아, 저는 지금 의사가 아니라 찰스 경의 유산 집행인이자 임시 재산 관리인으로서 말씀드리는 것입니다."

"확실히 또 다른 상속자가 없습니까?"

"없습니다. 찰스 경이 삼 형제 중 장남이었고, 둘째 동생 분은 헨리 경을 남긴 채 일찍 돌아가셨고, 막내 로저 씨가 있었는데 역시 돌아가셨고 자식은 없습니다. 가문의 탕아였다고 하지요. 옛 바스커빌가(家)의 거만함을 그대로 물려받았다고도 하고, 사람들의 말에 따르면 가족 초상화 속의 휴고 바스커빌과 무척 닮았다고 알려져 있습니다. 사고를 친 후에 영국에 있을 수 없게 되어 중앙아메리카로 가서 살고 있었는데 1876년에 그곳에서 황열병으로 죽었다고 합니다. 이제 헨리 경은 바스커빌 가문에 마지막으로 남은 사람이며, 한 시간 5분 후에 워털루 역에서 만날 예정입니다. 사우샘프턴 역에 오늘 아침 도착했다는 전보를 받았습니다. 그러니 홈즈 씨, 제가 그분에게 뭐라고 해야 합니까?"

"왜 그가 바스커빌 저택에 가면 안 되는 겁니까?"

"너무 당연하지 않습니까? 그 저택에 갔던 바스커빌가의 사람들은 모두 끔찍한 죽음을 당했습니다. 만약 찰스 경이 죽기 전에 이 일에 대해 상의할 수 있었다면, 찰스 경은 가문의 마지막 자손이자 상속자를 그 죽음의 저택으로 데려오는 것을 반대하셨을 겁니다. 네, 가난하고 미개한 그 지역이 헨리 경이 오면 바뀌리라는 건 저도 알고 있습니다. 찰스 경이 추진하고 계셨던 모든 자선 사업들은 헨리 경이 반드시 와야만 이루어지는 것이니까요. 이 문제에 있어서 개인적인 연민 때문에 지역 사회를 등지는 것이 아닌가 싶어 고민도 되고, 어찌해야 할지를 모르겠습니다. 그래서 이렇게 조언을 구하는 것입니다."

"간단히 말하면, 모티머 씨는 지금 저택이 있는 다트무어에 어떤 사악한 힘이 있어 바스커빌가의 사람이 거주하기에는 안전하지 않다는 말씀입니까?"

"적어도 그렇게 말할 근거가 있다는 겁니다."

"그런데 만약 선생님이 주장하는 그 초자연적인 현상이 사실이라면, 그 젊은 상속자가 런던에 있든 저택에 있든 위험한 건 마찬가지입니다. 그 사악한 힘이 지역 교회 위원도 아닌데 특정 지역 내에서만 힘을 발휘하지는 않을 텐데요."

"홈즈 씨는 이 문제를 너무 가볍게 취급하시는 것 같군요. 만약 홈즈 씨가 직접 그런 일을 겪으셨다면 저와 같이 생각했을 겁니다. 그렇다면 지금 홈즈 씨는 이 젊은 상속자가 그 저택에서도 런던에 있을 때처럼 안전할 거라는 말씀이신가요? 이제 50분밖에 안 남았습니다. 제가 어떻게 하면 좋겠습니까?"

"모티머 씨. 우선 마차를 부르십시오. 그리고 저희 집 현관문을 그만 긁도록 저 개를 데리고 워털루 역으로 가 헨리 바스커빌 경을 만나십시오."

"그리고 나서요?"

"그리고 이 문제에 대해 제가 어떤 판단을 할 때까지 헨리 경에게는 아무 말도 하지 마십시오."

"언제쯤 결정되겠습니까?"

"24시간입니다. 모티머 씨. 내일 열 시에 다시 와 주십시오. 헨리 바스커빌 경과 함께 말입니다. 그럼 많은 도움이 될 것 같습니다."

"그렇게 하겠습니다, 홈즈 씨."

모티머 씨는 소맷부리에 약속 시간을 대충 적어 넣더니 약간은 어색하고 어리숙한, 그리고 뭔가 개운치 않다는 표정을 짓더니 방을 나갔다. 그때 홈즈가 계단 앞에서 모티머 씨를 불러 세웠다.

"모티머 씨! 한 가지 질문이 더 있습니다. 찰스 경이 죽기 전 여러 사람들이 황야에서 그 괴생명체를 봤다고 하셨지요?"

"세 사람입니다."

"사건 이후에 본 사람은요?"

"사건 후에는 그런 말을 못 들었습니다."

"알겠습니다. 조심히 가십시오."

홈즈는 다시 의자에 앉았다. 마음에 드는 일이 생겼을 때처럼 꽤나 만족스러운 표정이었다.

"나갈 건가, 왓슨?"

"도울 일이 없을 것 같아서."

"지금은 그렇다네. 자네의 도움은 행동이 시작될 때 필요하지. 이 사건은 어쩌면 정말 특이하고도 멋있는 사건이 될 것 같네. 혹 브래들리 가게에서 강력한 살담배(*칼로 썬 담배.) 450그램을 내게 배달해 달라고 해 주겠나? 고맙네. 그리고 저녁때까지 돌아오지 않는다면 좋겠네. 그동안 나는 오늘 아침 우리에게 접수된 이 흥미로운 사건에 대해 생각해 보겠네."

나는 홈즈가 증거의 모든 세세한 부분을 점검하고, 사건을 재구성하고, 단서를 짜 맞추고, 중요한 것과 중요하지 않은 것들을 결정하기 위해 고도로 정신을 집중할 때에는 격리된 공간과 시간이 필요하다는 것을 잘 알고 있었다. 그래서 나는 클럽에서 하루 종일 시간을 보내며 저녁까지 베이커 가(街)로 돌아가지 않았다. 내가 다시 홈즈의 응접실에 앉아 시계를 봤을 때는 거의 아홉 시가 다 되어 있었다. 방문을 열었을 때 탁자 위의 불빛이 희미하게 보일 정도로 방 안에 연기가 가득 차 있어 불이 난 줄 알았는데, 홈즈가 피워 댄 싸구려 담배에서 나는 연기 때문이었다. 방 안에 들어서자마자 목이 칼칼해지고 기침이 났는데 연기를 뚫고 안으로 들어서자 흐릿하게나마 홈즈가 보였다. 홈즈는 가운을 입은 채 안락의자에 앉아 검은색 담배 파이프를 물고 있었고 주변에는 여러 장의 종이가 흩어져 있었다.

"감기 걸렸나, 왓슨?"

내가 기침하는 소리에 홈즈가 물었다.

"아니, 연기가 지독하잖나."

"그래? 탁하긴 하지."

"탁한 정돈가? 견딜 수가 없을 정도야."

"그럼 창문을 열게. 하루 종일 클럽에 있었나?"

"자네답군."

"맞지?"

"그래. 그런데 어떻게 알았지?"

당황한 내 표정에 홈즈가 크게 웃었다.

"왓슨, 자네는 참 재미있어. 자네에 대해 내 추리력을 쓸 때만큼 기쁠 때가 또 있을까? 이렇게 비 오는 날에 신사가 양복을 입고 나갔다 밤늦게 돌아왔는데 모자나 구두에 얼룩 하나 없이 깨끗하다면 하루 종일 실내에 틀어박혀 있었단 거지. 더구나 친구가 많지 않은 신사라면, 어디에 있었겠나? 뻔하지 않은가?"

"그래, 뻔하군."

"이 세상은 분명한 것들로 가득 차 있지만 그저 사람들이 그것을 보지 못할 뿐이네. 나는 어디 있었다고 생각하나?"

"자네도 여기 틀어박혀 있었겠지."

"아니, 데번셔에 갔었네."

"상상으로?"

"그래. 어쩔 수 없이 몸은 이 안락의자에 앉아 있었지만 말이야. 큰 커피포트를 두 개나 비우고 담배를 엄청 피웠지. 자네가 나간 후 스탬퍼드 가게에서 그쪽 황야가 나온 지도를 샀고 내 영혼은 하루 종일 그곳에 있었지."

"대축적 지도를 샀나?"

"맞아. 아주 큰 지도야. 여기가 바로 우리가 봐야 하는 그곳이네. 그리고 여기 가운데 있는 것이 바스커빌 저택이네."

홈즈가 지도의 한 부분을 무릎 위에 펼쳐 놓은 후 말했다.

"숲으로 둘러싸인 이곳?"

"그래. 지도에는 안 나오지만 주목 산책로를 상상해 보았지. 황야는 분명 이 선을 따라 이렇게 이어져 있을 거네. 그러면 황야는 산책로의 오른편에 있는 거지. 여기 이 작은 덤불숲이 우리 친구 모티머 씨가 사는 그림펜 마을이야. 보이는 것처럼 반경 8킬로미터 안에 겨우 몇 개의 집들이 산재해 있네. 여기가 래프터 저택, 그리고 여기에 표시한 부분이 박물학자 스테이플턴의 집이야. 그리고 두 채의 농가는, 그러니까 농부 하이 토어와 파울마이어가 사는 곳이고, 이 마을에서 약 20킬로미터 떨어진 곳에 중범죄자를 수용하는 프린스타운 교도소가 있네. 그래서 흩어져 있는 짐들이 있는 이곳과 저곳, 그 사이를 연장하면 사람이 살지 않는 황야인 것일세. 바로 그 비극이 벌어진 무대, 그리고 어쩌면 우리가 그 사건이 다시 재연되도록 해야만 하는 그 장소지."

"험한 곳이겠군."

"그래. 하지만 만약 악마가 인간사에 간섭하려 한다면 최고의 무대겠지."

"그럼 자네도 그 초자연적인 이야기를 믿기라도 한다는 건가?"

"악마의 하수인은 아마도 사람일 거야. 그렇지 않나? 의문점은 두 가지 일세. 첫째, 정말 범죄가 일어나기는 한 것인지, 둘째, 그렇다면 어떤 범죄고 어떻게 일어난 것인지 말이네. 모티머 씨의 추측대로 우리가 지금 자연의 법칙을 벗어난 어떤 초자연적인 대상과 싸우고 있는 것이라면 우리는 더 이상 조사할 필요가 없어. 하지만 그렇게 결론 내리기 전에 모든 가설을 검증해야 해. 왓슨, 창문을 다시 닫아야겠어. 간단한 것이지만 집중을 위해서는 주변을 조용하게 만드는 게 좋아. 아직까지 무언가 뚜렷이 나왔다고는 말할 수 없지만, 어쨌든 이것이 내가 확신하는 것들을 통해 얻은 논리적인 결론이네. 자네도 이 사건에 대해 생각 좀 해 봤나?"

"응, 오늘 하루 동안 많이 생각했지."

"그럼, 뭘 알아냈나?"

"갈피를 못 잡겠네."

"굉장히 독특한 사건임에는 틀림없어. 다른 사건과 차이점들이 많네. 발자국의 변화 같은 것 말이지. 어떻게 생각하나?"

"모티머 씨는 찰스 경이 산책로의 특정 부분에서 발뒤꿈치를 들고 걸었다고 얘기했었지."

"왜 발뒤꿈치를 들고 산책로를 걸었을까?"

"그러게, 왜 그랬을까?"

"찰스 경은 뛴 거야, 왓슨. 그것도 아주 필사적으로, 심장이 터질 정도로 도망쳤단 말이네. 그리고 결국 쓰러져 숨진 거지."

"도망? 무엇으로부터?"

"그게 우리가 알아내야 할 거야. 찰스 경은 당시 엄청난 공포에 사로잡혀 있었어.”

“그걸 어떻게 알 수 있지?”

“찰스 경을 공포에 떨게 한 것은 아마 황야를 건너왔을 테지. 근데 찰스 경은 저택이 아닌 반대편으로 도망쳤어. 이미 손쓸 수 없었던 상황이라는 뜻이네. 만약 그 집시의 증언이 사실이라면 찰스 경은 도와줄 사람이 없는 곳을 향해 도와 달라 소리치며 내달린 거지. 자, 그렇다면 찰스 경은 그날 밤 누구를 기다리고 있었던 걸까? 그리고 왜 집이 아닌 주목 산책로에서 기다렸던 거지?”

“자네는 찰스 경이 누구를 기다리던 중이었다고 생각하나?”

“찰스 경은 나이가 많고 지병까지 있었네. 밤에 산책을 나가는 것까지는 그렇다고 쳐도, 그날 밤은 상황이 다르네. 땅이 질퍽하고 쌀쌀했던 밤이야. 그런 날에 모티머 씨가 담뱃재를 보고 추리했던 것처럼 찰스 경이 5, 10분간 그냥 그곳에 서 있었다고? 난 그렇게 생각하지 않네.”

“그래도 찰스 경은 매일 밤 산책을 나갔지 않나?”

“내 생각에, 찰스 경은 밤에 황야로 나가는 문에서 기다리는 일은 하지 않았을 거야. 오히려 황야를 피하려고 한 증거가 있지. 하지만 그날은 거기에 있었네. 런던으로 떠나기 전날 밤에는 밀이야. 그래…… 그래……, 사건이 점점 앞뒤가 맞아 가고 있어. 왓슨, 내 바이올린을 좀 주겠나? 그리고 이 사건에 대한 나머지 얘기는 내일 아침 모티머 씨와 헨리 경을 만날 때까지 잠시 접어 두도록 하지.”

4. 헨리 바스커빌 경

다음 날, 우리는 일찍이 아침을 마쳤다. 홈즈는 가운을 입은 채 약속 시간이 되기를 기다렸고 우리의 고객은 정확히 도착했다. 시계가 열 시를 가리키자 모티머 씨가 나타났고, 이어 젊은 준남작 한 명이 따라 들어왔다. 30대의 짙은 색의 눈동자를 가진 헨리 바스커빌 경은 단단한 체구에 키가 작고 민첩해 보였으며 검은색의 짙은 눈썹이 강하고 도전적인 인상을 주었다. 빨간색 모직 양복을 입었는데 많은 시간을 야외에서 보내는 사람답게 햇볕에 그을린 얼굴이었다. 하지만 눈빛이 안정적이었고 자신감에 찬 태도는 그가 신사라는 것을 말해 주고 있었다.

"헨리 바스커빌 경입니다."

모티머 씨가 그 남자를 소개했다.

"네, 제가 헨리 바스커빌입니다."

헨리 경이 인사했다.

"홈즈 씨, 우연한 일이지만, 만약 모티머 선생이 저에게 여기에 오자고 하지 않았다면 저 혼자라도 왔을 겁니다. 홈즈 씨께서는 어려운 문제를 잘 해결하신다고 들었는데, 오늘 아침 저도 이해하기 힘든 일이 하나 있었습니다."

"우선 자리에 앉으십시오, 헨리 경. 지금 하신 말씀은 런던에 도착한 이후로 어떤 일이 있으셨단 뜻이군요."

"그렇게 중요한 일은 아닙니다. 가벼운 장난 수준이었는데, 아닐 수도 있지요. 편지라고 할 수 있을지 모르겠지만, 어쨌든 오늘 아침 이 편지를 받았습니다."

헨리 경이 편지를 테이블 위에 펼쳐 놓았고 우리 모두 그 편지를 살펴보았다. 평범한 종이의 회색 봉투에 '노섬벌랜드 호텔, 헨리 바스커빌 경'이라고 휘갈겨 쓰여 있었고, 우체국 소인은 '채링 크로스'로 발송 날짜는 어제 저녁이었다.

"헨리 경이 노섬벌랜드 호텔에 있을 거란 사실을 아는 사람이 있습니까?"

홈즈가 날카로운 눈빛으로 우리 앞의 두 손님을 바라봤다.

"아무도 없었습니다. 모티머 선생을 만난 다음에서야 그곳으로 가기로 결정했었습니다."

헨리 경이 대답했다.

"하지만 모티머 씨는 이미 그 호텔에 머물고 계시지 않으셨나요?"

"아닙니다. 저는 친구 집에서 머물고 있었습니다."

모티머 씨가 대답했다.

"우리가 그 호텔로 간 것은 즉흥적이었습니다."

"음…… 누군가 경의 움직임에 아주 관심이 많은가 봅니다."

홈즈는 네 번 접혀 있는 편지를 봉투에서 꺼내 테이블 위에 펼쳤다. 인쇄된 단어들을 여기저기에서 오려 붙인 한 줄의 문장이 종이 한가운데에 나타났다.

삶이나 이성의 가치를 믿는다면 황야를 멀리하라.

이 중 오직 '황야'라는 단어만 직접 쓰여 있었다.

"이제 홈즈 씨가 대답해 주실 차례입니다."

헨리 경이 말을 꺼냈다.

"이 협박 편지가 무슨 의미입니까? 대체 누가 이렇게 제 일에 관심이 많은 겁니까?"

"모티머 씨는 어떻게 생각하십니까? 이제 이 사건과 관련해서 적어도 초자연적인 현상 따위는 없다는 것을 인정하시겠지요?"

홈즈가 모티머 씨에게 되물었다.

"그럼요, 홈즈 씨. 하지만 이 편지는 그 사건이 초자연적인 현상이라고 확신하는 사람으로부터 온 것 같군요."

"무슨 사건을 말씀하시는 거죠?"

헨리 경이 날카롭게 물었다.

"제 일에 대해 여기 계신 분들이 저보다 더 많은 것을 알고 계신 듯합니다."

"헨리 경이 이 방을 떠나기 전에 우리가 알고 있는 모든 것을 알게 될 것입니다. 제가 약속하지요."

홈즈가 대답했다.

"헨리 경이 허락하신다면 지금은 이 흥미로운 편지에만 집중했으면 좋겠습니다. 이것은 어제 저녁에 작성해서 보낸 것 같은데……. 왓슨, 어제 날짜 〈타임스〉 신문 있나?"

"이쪽에 있네."

"부탁을 좀 해야 할 것 같아. 안쪽에 사설이 실린 쪽을 펼쳐 주겠나?"

홈즈는 눈을 위아래로 굴리며 칼럼을 살폈다.

"자유무역에 관한 글입니다. 여러분께 읽어 드리겠습니다."

보호 관세로 인해 국내의 산업과 특정 무역 거래가 더 활성화될 것이라고 믿는 것 같다. 그러나 긴 이성적 안목에서 보면 그런 규제가 국가를 성장으로부터 멀어지게 하며 수입품의 가치를 떨어뜨려 국민들의 삶을 어렵게 만들 가능성이 높아 보인다.

"왓슨, 어떻게 생각하나? 좋은 의견이지?"

홈즈는 신이 나서 양손을 비비며 말했다.

모티머 씨가 그런 홈즈를 빤히 바라보았고 헨리 경 역시 의문이 가득한 눈으로 홈즈를 바라봤다.

"저는 관세나 그와 비슷한 종류에 대해 아는 것이 많지 않습니다. 그런데 그 기사는 지금 우리의 일과 좀 관계가 멀어 보이는군요."

헨리 경이 끼어들었다.

"반대입니다, 헨리 경. 제 생각에 우리는 이제 구체적인 추적을 시작한 것 같습니다. 여기 왓슨은 제가 추리하는 방법에 대해 경보다도 더 많이 알고 있는데, 안타깝게도 왓슨조차 이 기사의 중요성을 잘 파악하지 못한 것 같군요."

"맞네, 홈즈. 이게 대체 무슨 연관이 있지?"

"왓슨, 기사의 단어들을 보면 깊은 연관성을 발견할 거야. '삶', '이성', '가치', '믿는', '멀리하라' 같은 말을 생각해 보게. 이제 이 단어들을 어디에서 오려 냈는지 알겠나?"

"아, 그렇군요! 정말 홈즈 씨 말이 맞네요!"

헨리 경이 소리쳤다.

"아직도 의심이 된다면, '멀리하라'와 '믿는다면'이 통째로 오려진 것을 보면 확실해질 겁니다."

"어디, 아! 정말 그렇군요!"

"홈즈 씨는 제가 상상했던 것보다 더 뛰어난 분입니다."

모티머 씨가 놀란 얼굴로 홈즈를 바라보며 감탄했다.

"그 글자들을 신문에서 오린 걸 알아차리는 건 이해가 가지만 어떤 신문인지, 또 그 단어들이 어떤 사설에 나왔는지를 알아맞히는 건 아주 대단합니다! 어떻게 아셨죠?"

"모티머 씨는 흑인의 두개골과 에스키모의 두개골을 구별할 수 있으시죠?"

"당연하죠!"

"어떻게요?"

"그 분야가 저의 특별한 취미니까요. 둘 사이의 차이가 분명합니다. 눈구멍 위의 각도, 안면각, 상악골의 곡선, 또⋯⋯."

"그것처럼 이 분야 역시 저의 특별한 취미입니다. 제게는 차이점도 분명하고요. 제 눈에는 중산층이 읽는 신문의 활자와 반

페니에 팔리는 석간신문의 조악한 활자는 흑인과 에스키모의 두 개골 차이만큼이나 분명합니다. 범죄 전문가들이 가져야 할 능력 중에 가장 기본적인 겁니다. 사실 저도 어렸을 때에는 〈리즈 머큐리〉와 〈웨스턴 모닝 뉴스〉를 구별하지 못했습니다. 하지만 〈타임스〉 독자라면 충분히 구별 가능하죠. 그리고 이 편지는 어제 만들었을 가능성이 매우 높기 때문에, 어제 신문의 기사 중에서 찾은 거죠."

"알겠습니다, 홈즈 씨."

헨리 바스커빌 경이 말했다.

"그럼 누군가 이 단어들을 가위로 오려 내서……"

"미용 가위입니다."

홈즈가 대답했다.

"보시면 '멀리하라' 위쪽을 오릴 때는 가위질을 두 번 한 자국이 보입니다. 날이 짧은 가위를 사용했다는 증거입니다."

"정말 그렇군요. 그렇다면 이걸 미용 가위로 오려 내서…… 풀로……."

"고무풀입니다."

홈즈가 정정했다.

"고무풀로 종이에 붙였다고요? 그럼 왜 '황야'는 굳이 손으로 썼을까요?"

"인쇄된 단어를 못 찾았겠죠. 다른 글자들은 일반적인 단어라 여느 기사에서도 쉽게 찾을 수 있었겠지만 '황야'는 그렇지 않지요."

"그렇군요. 이 편지에서 또 다른 것을 알아내신 것이 있나요,

홈즈 씨?"

"한두 개의 단서는 찾았습니다. 흔적을 감추려 부단히도 애를 쓴 것 같군요. 겉면의 주소를 보면 조잡하게 휘갈겨 썼습니다. 하지만 〈타임스〉는 교육 수준이 높은 사람들이 보는 겁니다. 따라서 이 편지는 교육 수준이 높은 사람이 그렇지 않은 것처럼 보이려고 가장한 것이라고 추정됩니다. 자신의 글씨체를 숨기려고 노력한 것을 보면 자신의 글씨체를 이미 헨리 경이 알고 있거나, 알게 될 가능성이 높은 사람일 것입니다. 다시 한 번 보시면 아시겠지만, 특정 단어는 줄에 똑바로 맞지 않고 어떤 것은 다른 단어에 비해 높은 위치에 있습니다. '삶'을 예로 들면, 이 단어는 줄을 훨씬 벗어나 붙었습니다. 편지를 만든 사람이 부주의했거나 무척 불안해하고 서둘렀다는 뜻입니다. 전반적으로 저는 후자 쪽에 가깝다고 생각합니다. 보낸 이에게 이 편지는 절대적으로 중요한 일이었을 텐데, 이런 편지까지 쓴 사람이 부주의한 사람이라고는 생각되지 않기 때문입니다. 만약 편지의 제작자가 서둘렀다면 왜 서둘러야만 했는지 그 이유에 대한 흥미로운 질문이 생깁니다. 편지를 쓴 사람은 아침 일찍 편지를 보내야 헨리 경이 호텔을 떠나기 전에 받을 수 있다는 것을 알았던 것입니다. 편지를 쓸 때 누군가로부터 방해받을까 봐 걱정했을 수도 있습니다. 그런 경우라면 방해한 자는 대체 누구일까요?"

모티머 씨가 말했다.

"우리는 이제 추측이라기보다는 여러 가능성들을 보고 그 중 가장 타당성이 높은 것을 선택하는 단계에 왔습니다. 과학 위에 상상력을 사용하는 겁니다. 하지만 그러기에는 항상 추리의 기반이 되는 어떤 물질적인 단서가 있어야 합니다. 아마 이것도 추측이라 할지 모르겠지만, 저는 이 편지가 호텔 안에서 쓰였다고 확신하는 바입니다.

"어떤 근거로요?"

"자세히 보면 아시겠지만 펜과 잉크가 제대로 된 것이 아닙니다. 펜은 한 단어를 쓰면서 두 번이나 잘못 긁혔고, 짧은 주소를 쓰는 동안 세 번이나 잉크가 말랐습니다. 병에 잉크가 거의 없었다는 뜻이죠. 개인용 펜이나 잉크는 그런 경우가 거의 없습니다. 특히 펜과 잉크 두 개가 동시에 문제가 되는 경우는 매우 드뭅니다. 하지만 호텔에 비치되어 있는 잉크와 펜이라면 그럴 가능성이 꽤 많죠. 그래서 저는 확신하건대, 채링 크로스 근처 호텔들의 휴지통을 조사해 버려진 〈타임스〉 일부를 발견한다면 이 편지를 보낸 사람을 금방 찾을 수 있을 것 같습니다. 하하, 어떤 가요?"

홈즈가 편지를 눈앞에 바짝 대고 들여다봤다.

"뭔가요?"

"별거 아닙니다."

홈즈가 편지를 내려놓으며 대답했다.

"민무늬에 반장짜리 종이일 뿐이네요. 이제 이 흥미로운 편지에 대해서는 충분히 살펴본 것 같습니다. 헨리 경, 런던에 오신 이후 이것 외에 또 다른 일은 없었나요?"

"없었습니다, 홈즈 씨."

"미행을 당한다거나 누군가 당신을 지켜본다는 느낌은요?"

"마치 제가 삼류 소설 속의 주인공이 된 것 같군요. 누군가가 저를 미행하거나 지켜본다고요? 대체 왜죠?"

"이제 그 부분에 대해 말씀드릴 겁니다. 일단 우리가 알아야 할 만한 다른 중요한 내용은 없는 게 맞습니까?"

"글쎄요, 홈즈 씨가 어떤 것을 중요하게 생각하는지 전혀 모르겠어서……."

"일반적인 상식이나 생활 방식을 벗어난 것은 무엇이든 알려 주십시오."

헨리 경이 미소를 지었다.

"저는 대부분의 시간을 미국과 캐나다에서 보냈기 때문에 아직 영국식 생활 방식에 대해 잘 모릅니다. 하지만 구두 한 짝을 잃어버린 것은 어디에서나 일상적인 일은 아니겠지요?"

"구두 한 짝을 잃어버리셨습니까?"

"저런! 그래도 어딘가에 있겠죠. 호텔로 돌아가서 더 찾아보면 됩니다. 그런 사소한 일까지 홈즈 씨에게 부탁드릴 수는 없죠."

모티머 씨가 말했다.

"홈즈 씨가 일상적인 일에서 벗어난 일이 있냐고 물으셔서요."

"잘 말씀하셨습니다."

홈즈가 대답했다.

"단순한 일로 보일 수도 있지만 또 모릅니다. 구두 한 짝을 잃어버리셨다고요?"

"아마 어디다 잘못 둔 것 같습니다. 어젯밤에 한 켤레를 문밖에 두었는데 아침에 보니 한 짝뿐이더군요. 구두닦이 소년에게 물어봤지만 모른다고 하더군요. 지난밤 스트랜드 가(街)에서 산 구두인데 아직 한 번도 신지 않은 거라 그게 좀 안타깝습니다."

"새 구두인데 왜 구두를 닦으라고 밖에 내놓으셨습니까?"

"무두질을 한 가죽 구두였는데 아직 광을 내지 않아서 내놨습니다."

"그럼 어제 영국에 도착하시자마자 외출을 하셨고, 그동안 구두 한 켤레를 사셨다는 말씀입니까?"

"모티머 선생과 쇼핑을 했습니다. 지역의 대지주로 데번에 내려가려면 그에 맞게 옷을 입어야 할 것 같았습니다. 서부에 있을 때는 옷차림에 별로 신경 쓰지 않았거든요. 그 구두도 사고 옷도 좀 샀습니다. 구두를 6달러 주고 샀는데 신어 보기도 전에 한 짝을 잃어버리고 말았습니다."

"한 짝은 훔쳐가 봐야 쓸 데도 없을 텐데요. 모티머 씨 말씀대로 잃어버린 구두를 곧 찾으실 수 있을 거라 생각합니다."

홈즈가 말했다.

"자, 이제 신사 여러분."

헨리 경이 결심한 듯 말을 꺼냈다.

"제가 알고 있는 것은 충분히 말씀드린 것 같으니, 저희가 지금 무엇 때문에 여기 이렇게 모여 있는지 저에게 말씀해 주실 차례입니다."

"마땅히 그렇게 해야죠."

홈즈가 대답했다.

"모티머 씨, 이제 선생이 우리에게 들려주셨던 그 이야기를 다시 해야 할 때인 것 같습니다."

모티머 씨가 주머니에서 편지를 비롯한 문서들을 꺼내 어제 우리에게 한 것처럼 모든 것을 설명하기 시작했다. 헨리 바스커빌 경은 매우 진지하게 이야기를 들었으며 중간 중간 놀라움의 감탄사를 내뱉었다.

모티머 씨의 긴 설명이 끝난 후 헨리 경이 입을 열었다.

"음, 제가 어떤 나쁜 기운이 있는 재산을 상속받는 것이군요. 저도 그 사냥개에 대한 얘기는 들어서 알고 있었지만, 심각하게 받아들이지는 않았습니다. 헌데 백부님이 그렇게 돌아가셨다니……. 글쎄요, 머리가 복잡해지는군요. 게다가 모티머 선생님께서는 이 사건을 경찰에 의뢰해야 하는지 아니면 성직자에게 의뢰해야 하는지 혼란스러워하시는 것 같은데요."

"그렇습니다."

"그래서 이 편지가 호텔에 있던 제게 배달됐군요. 제대로 온 것 같네요."

"누군가 우리보다 황야의 일에 대해 더 잘 알고 있는 것 같습니다."

모티머 씨가 거들었다.

"또 있습니다."

이번엔 홈즈가 말했다.

"그리고 그자는 헨리 경에 대해 나쁜 감정을 가지고 있지는 않을 겁니다. 이렇게 위험을 경고해 주려고 한 걸 보면 말입니다."

"아뇨. 그들이 사실 한통속이고 저를 겁주어 쫓아내고 자기들의 목적을 이루려고 하는지도 모르죠."

헨리 경이 대답했다.

"물론 가능한 시나리오입니다. 아무튼 이렇게 여러모로 흥미로운 점이 많은 사건을 제게 가져오신 모티머 씨께 감사하고 있습니다. 하지만 우리가 지금 당장 해야 할 일은 헨리 경이 과연 바스커빌 저택에 가는 것이 좋을지를 결정하는 것입니다."

"제가 거기에 가면 안 되는 이유라도 있습니까?"

"위험할지도 모르니까요."

"가문에 전해지는 그 악마 같은 존재 때문입니까, 아니면 거기에 있는 어떤 위험한 사람 때문입니까?"

"그게 바로 우리가 알아내야 하는 것입니다."

"그게 무엇이든 제 대답은 같을 겁니다. 홈즈 씨, 지옥의 악마 같은 건 없습니다. 제가 가문의 고향 집으로 돌아가는 것을 막을 사람도요."

이 말을 하며 헨리 경은 눈썹을 찌푸렸고, 홍조를 띠던 얼굴은 거의 검붉게 변해 있었다. 바스커빌가의 불같은 혈통이 우리 앞에 있는 그 가문의 마지막 자손에게도 여전히 남아 있음을 엿볼 수 있었다.

"어쩌면, 저는 방금 말씀해 주신 이야기를 충분히 생각하기에는 시간이 부족했을 수도 있습니다. 큰 문제라 제가 좀 더 이해하고 생각할 시간이 필요합니다. 그리고 제가 생각을 정리할 수 있게 혼자만의 시간이 조금 필요합니다. 지금 열한 시 반이 좀 지났는데 호텔로 돌아가 있을 테니 홈즈 씨와 왓슨 선생님이 오후 두 시 경에 오셔서 함께 점심을 드시죠. 그때 제가 이 문제에 대해 제 입장을 더 확실히 말씀드리고 싶습니다.

"왓슨, 자네는 시간 괜찮나?"

"문제없네."

"그럼 그때 뵙죠. 마차를 불러 드릴까요?"

"심란해서 차라리 걷고 싶습니다."

"제가 함께 걷죠."

모티머 씨가 말했다.

"그럼 오후 두 시에 다시 뵙겠습니다. 안녕히 계십시오."

우리 손님들이 계단을 내려가는 소리와 현관문 닫는 소리가 크게 들려왔다. 그러자 홈즈는 갑자기 꿈꾸는 듯한 추리가에서 기력 넘치는 형사로 돌변했다.

"왓슨, 모자와 구두! 서둘러! 놓치면 안 돼!"

가운 차림이었던 홈즈는 방으로 들어가더니 외투를 걸치고 나왔다. 우리는 빠르게 계단을 뛰어내려 거리로 나왔다. 모티머 씨와 헨리 경이 약 200미터 앞쪽에서 옥스퍼드 가 쪽으로 걸어가고 있었다.

"내가 뛰어가서 멈춰 세울까?"

"전혀, 왓슨. 자네만 좋다면 나는 자네와 함께 걷고 싶네. 오늘이 산책하기 좋은 날이라는 걸 저들도 알거야."

그들과 거리가 100미터 가량으로 좁혀질 때까지 홈즈는 좀 빨리 걷다가 그 뒤부터는 그 간격을 유지했다. 우리는 두 사람을 따라 옥스퍼드 가로 들어가 리젠트 가로 내려갔다. 그들이 멈춰서서 상점 진열대를 들여다볼 때면 홈즈도 똑같이 따라했다. 그러더니 홈즈가 무언가 만족스러운 듯 탄성을 질렀다. 그가 열심히 쳐다보고 있는 곳으로 시선을 따라가 보니, 이륜마차 안에 타고 있는 한 남자가 보였다. 마차는 거리 반대쪽에 정차하고 있다가 다시 천천히 앞으로 가고 있었다.

"바로 저 남자야, 왓슨. 따라가자고! 저 남자를 자세히 봐야해!"

그 순간 나는 마차 창문을 통해 턱수염이 수북한 남자의 날카로운 시선이 우리를 향하는 걸 알아차렸다. 그때 마차의 창문이 열리더니 그가 마부를 향해 소리쳤고 마부가 마차의 속도를 올려 거리를 질주하기 시작했다. 빈 마차를 찾아 주위를 둘러보았지만 빈 마차가 없자 홈즈는 할 수 없이 뛰어서 그 마차를 추격하기 시작했다. 하지만 이내 마차는 시야에서 사라져 버렸다.

"이런 젠장!"

홈즈가 허탈하다는 듯 한숨을 내뱉었다. 홈즈는 숨을 헐떡이며 하얗게 질린 얼굴로 짜증을 내며 돌아왔다.

"운이 지독히도 안 좋은 날이군! 저자를 놓치다니 지독히도 서툴렀어. 왓슨, 자네가 정직한 사람이라면 나의 성공담과 함께 이런 사건도 같이 기록해야 하네. 이런 실패도 말이야!"

"그 남자가 누구였는데?"

"나도 몰라."

"미행한 건가?"

"그렇겠지. 헨리 경이 런던에 도착했을 당시부터 누군가가 그를 매우 가깝게 미행했을 거네. 그게 아니라면 헨리 경이 노섬벌랜드 호텔에 투숙한 것을 어떻게 그렇게 빨리 알 수 있었겠나? 그들이 첫날부터 헨리 경을 미행했다면 둘째 날에도 당연히 미행할 거라고 생각했지. 자네도 아까 봤겠지만, 모티미 씨가 그 전설에 대해 이야기할 동안 나는 두 차례 창문 쪽으로 가 보았지."

"그래, 기억나네."

"나는 거리에서 서성이는 사람을 찾아봤지만, 눈에 띌 만한 사람은 보지 못했어. 왓슨, 우리의 상대는 매우 영리한 사람이네. 우리가 본 그 사람이 좋은 사람 쪽인지 나쁜 사람 쪽인지 아직은 알 수 없지만, 어떤 사악한 힘과 음모가 느껴지는군. 미행하는 자의 존재 여부를 확인하기 위해 바로 그들을 따라 나온 것이지만, 영리하게도 그자는 마차를 이용했어. 어슬렁거릴 필요도 없고, 이따금씩 그들을 앞서 가며 그들이 눈치채지 못하게 했지. 또 다른 장점이 뭔지 아나? 마차를 타고 있으니 헨리 경이 마차를 타도 바로 미행이 가능하다는 거야. 한 가지 치명적 단점이 있는데……."

"마부가 있다는 것?"

"맞아."

"마차 번호를 못 본 게 한이군."

"왓슨, 내가 오늘 비록 서둘렀다지만 마차 번호조차 놓쳤다고 생각하지는 말게. 2704번이야. 당장은 이 번호가 쓸모없겠지만."

"그보다 잘할 수는 없었을 거야."

"아니야, 마차를 봤을 때 돌아서서 다른 방향으로 걸어갔어야 했어. 그리고 자연스럽게 다른 마차를 잡아타고 그 마차의 뒤를 따라갔어야 했는데. 아니면 더 좋은 방법은 ― 그래, 마차를 타고 노섬벌랜드 호텔로 가서 기다리는 방법도 있었는데! 그러다 미행하던 자가 헨리 경을 따라 호텔에 왔을 때 우리도 그자와 같은 방식으로 그자를 미행해서 확인해야 했어. 하지만 이렇게 되는 바람에 결국 그 기회를 놓치고 말았군."

우리는 이런 이야기를 하며 천천히 리젠트 가를 따라 걸었다. 그리고 그동안 우리 앞에 있던 모티머 씨와 헨리 경도 시야에서 사라지고 없었다.

"이제 헨리 경 일행을 따라갈 이유가 없어졌어."

홈즈가 말했다.

"미행하던 자는 사라져 버렸고 다시 돌아오지 않을 걸세. 우리의 다음 카드가 무엇인지 보고 그걸 가지고 다시 시작해야 하네. 왓슨, 마차에 타고 있던 그 남자의 얼굴을 기억할 수 있나?"

"턱수염만은 확실히 기억하지."

"나도 그래. 하지만 그 턱수염은 가짜일 가능성이 높아. 그렇게 교묘하고 영리한 사람이 얼굴을 감추려는 이유가 아니라면 턱수염을 하고 있을 이유가 없지. 이리 들어오게, 왓슨!"

홈즈는 심부름센터 사무실로 들어갔는데 사무장이 홈즈를 친절하게 맞았다.

"윌슨, 지난번에 내가 자네를 도왔던 그 일을 기억하고 있나?"

"그럼요, 홈즈 선생님. 절대 잊을 수 없죠. 제 명성을 지켜 주시고, 생명까지 구해 주신 거나 마찬가진데요."

"과장이 심하군. 윌슨, 내 기억에 자네 직원 중에 젊은 친구가 있었는데, 조사 과정에서 일을 참 잘하던 친구였지. 이름이 카트라이트였던가?"

"네, 지금도 일하고 있습니다."

"그 친구 좀 불러 주겠나? 고맙네! 그리고 이 5파운드 지폐를 잔돈으로 좀 바꿔 주게."

사무장이 호출하자 밝고 똘똘해 보이는 열네 살짜리 소년이 나왔다. 소년은 이 유명한 탐정을 존경 어린 눈빛으로 바라보았다.

"호텔 목록 좀 보여 주겠니?"

홈즈가 부탁했다.

"고마워, 카트라이트 군! 여기 스물세 개의 호텔 이름이 있는데 모두 채링 크로스 주변에 있어. 보이니?"

"네, 보입니다."

"이 모든 호텔을 방문해야 해."

"네, 알겠습니다."

"어느 호텔에 가든지 밖에 있는 문지기에게 1실링씩 돈을 줘. 여기 23실링이 있다."

"알겠습니다."

"그런 다음 그 사람에게 어제 휴지통을 보여 달라고 해. 중요한 전보가 잘못 전달되어 그걸 찾고 있다고 말하면 될 거야. 무슨 말인지 알겠지?"

"네, 알겠습니다."

"하지만 네가 진짜 찾아야 하는 건 전보가 아니라 가위로 오려져 여러 구멍이 난 〈타임스〉 신문이란다. 여기 〈타임스〉를 줄 테니 이렇게 생긴 것을 찾으면 된다. 할 수 있겠지?"

"네."

"문지기에게 부탁한 후에 호텔 안의 짐꾼을 불러서 그 짐꾼에게도 역시 1실링씩 줘야 한다. 스물 세 곳의 호텔 중 스무 곳 정도는 이미 쓰레기를 불태웠거나 쓰레기장으로 보냈다고 할 거야. 나머지 세 군데 중에서나 종이 뭉치를 발견하겠지. 그 중에서 〈타임스〉의 이런 페이지를 찾으면 돼. 찾을 확률은 높지 않아. 여기 10실링이 더 있으니 만약 더 필요한 경우에 쓰도록 하고. 베이커 가의 집에 있을 테니 저녁이 되기 전에 전보로 결과를 알려 주렴. 왓슨, 이제 우리는 마차 번호 2704의 마부가 누구인지 알아내면 되는 거네. 본드 가의 미술관에 가서 점심 약속 전까지 시간을 보내세."

5. 끊어진 세 가닥의 실마리

셜록 홈즈는 마음먹은 대로 무언가에 집중하는 데에 매우 뛰어난 능력을 가지고 있었다. 지난 두 시간 동안 우리가 매달렸던 기묘한 일은 아예 없었던 일인 듯, 그는 지금 현대 벨기에 거장들의 그림에 흠뻑 빠져 있었다. 그는 화랑을 나와 노섬벌랜드 호텔에 도착할 때까지도 조잡한 지식으로 미술에 대해서만 이야기할 뿐이었다.

"헨리 바스커빌 경이 위층에서 기다리고 계십니다. 도착하는 즉시 위로 모시라고 하셨습니다."

지배인이 말했다.

"여기 숙박부 좀 봐도 되겠습니까?"

홈즈가 말했다.

"물론입니다."

바스커빌이 호텔에 온 뒤에 도착한 손님의 이름은 두 개였다. 뉴캐슬에서 온 테오필러스 존슨과 그의 가족, 그리고 다른 하나는 하이 로지에서 온 올드모어 부인과 하녀 얼튼이었다.

"여기 존슨이라는 분은 내가 아는 분이군. 회색 머리에 다리가 불편하신 변호사 아닙니까?"

"아닙니다, 선생님. 이분은 탄광을 운영하시는 존슨 씨입니다. 아주 건강하신데다 선생님보다 젊어 보이셨습니다."

"잘못 알고 있는 것 같은데요?"

"아닙니다, 선생님. 몇 년이나 저희 호텔을 이용하고 계셔서 저희 호텔 직원 모두가 잘 아는 분입니다."

"아, 그렇습니까. 여기 올드모어 부인도 내가 아는 분 같은데? 자꾸 물어봐서 미안하지만 친구를 만나러 왔다가 다른 친구를 만나는 일도 종종 있어서 말입니다."

"올드모어 부인은 몸이 불편하시더군요. 남편이 예전에 글로스터의 시장으로 일하셨다고 합니다. 런던에 오시면 늘 저희 호텔을 찾아 주십니다."

"아, 그렇군요. 제가 아는 분이 아닌 것 같습니다."

홈즈는 위층으로 올라가며 나지막한 목소리로 내게 이렇게 속삭였다.

"왓슨, 상당히 중요한 사실을 알아냈어. 우리의 친구에게 그토록 관심이 많은 자들이 이 호텔에 묵고 있지는 않네. 우리 예상대로 그들은 헨리 경을 주의 깊게 살펴보고는 있지만, 마찬가지로 그의 눈에 띌까 봐 조심하고 있네. 이 부분이 아주 중요한 사실이야."

"그게 무슨 뜻인가?"

"그러니까……. 이런, 헨리 경! 도대체 무슨 일입니까?"

계단 맨 위로 올라서던 우리는 헨리 바스커빌 경과 마주쳤다. 그는 한 손에 먼지투성이의 낡은 구두를 든 채 화를 풀풀 내고 있는 상황이었다. 그는 너무 화가 나서 말도 제대로 못 하는 상황이었는데, 잠시 후 그가 입을 열었을 때는 아침에 우리와 대화할 때와 달리 거친 서부 사투리가 많이 섞여 있었다.

"이 호텔은 날 가지고 노는 건가!"

그가 큰 소리로 말했다.

"지금 사람을 어떻게 보고! 망할, 만일 내 구두를 찾아내지 못하면 혼쭐을 내놓고 말겠다! 나는 웬만한 장난은 받아 넘기는 사람이지만 이번에는 도가 지나치군요, 홈즈 씨."

"아직도 구두를 찾지 못했습니까?"

"네, 하지만 꼭 찾아낼 겁니다."

"잃어버린 것이 새로 산 갈색 구두라고 하지 않으셨나요?"

"맞습니다. 그런데 이번에는 오래된 검정 구두도 안 보입니다."

"네? 그럼 다른 신발이 또……?"

"그렇습니다. 제가 가진 구두는 세 켤레뿐인데, 새로 산 갈색 구두와 오래된 검은색 구두, 그리고 지금 신고 있는 에나멜가죽 구두입니다. 어제는 갈색 구두 한 짝을 가져가더니 오늘은 검정 구두 한 짝이 사라졌죠. 이봐, 찾았나? 꿀 먹은 벙어리처럼 지금 뭐하는 건가?"

저쪽에서부터 나타난 독일인 급사가 안절부절못하며 서 있었다.

"죄송합니다, 손님. 호텔 안을 전부 뒤졌지만 봤다는 사람이 없습니다."

"해가 질 때까지 사라진 구두를 찾아내지 못한다면 지배인에게 항의하고 이 호텔을 떠나겠네."

"확실히 찾아 놓겠습니다. 조금만 더 참고 기다려 주시면…… 반드시 찾아 드리겠습니다."

"그래, 이 도둑놈 소굴 안에서 내가 할 수 있는 건 참는 것뿐이겠지. 이런, 홈즈 씨, 별것 아닌 일로 정신없게 해 드려 죄송합니다."

"괜찮습니다, 충분히 그러실 만합니다."

"아니, 그런데 왜 그렇게 심각하십니까?"

"경은 이 일에 대해 어떻게 생각하십니까?"

"생각하고 말고가 아니라, 지금까지 이렇게 화나고 괴상한 일은 난생 처음입니다."

"네, 괴상한 일이죠……."

홈즈가 골똘하게 생각에 잠기며 말했다.

"홈즈 씨는 어떻게 생각하시는데요?"

"아직은 잘 모릅니다. 헨리 경, 이번 사건은 매우 복잡합니다. 경의 백부님이 사망한 일까지 합쳐 보면 제가 여태껏 다뤘던 500여 건의 중요한 사건 중에서도 꽤나 복잡한 사건에 속합니다. 하지만 몇 가지 실마리가 있으니 그것들이 우리를 진실로 안내해 주겠지요."

우리는 사건에 대해서는 거의 언급하지 않은 채 즐겁게 점심 식사를 했다. 식사를 마치고 객실에 딸린 거실에 모여 홈즈가 헨리 경에게 어떻게 할 것인지 묻자 그는 이렇게 대답했다.

"저는 바스커빌 저택으로 갈 겁니다."

"언제요?"

"이번 주말에요."

"음, 현명한 결정이라고 생각합니다."

홈즈가 말을 꺼냈다.

"런던에서 경이 미행당하고 있다는 증거를 많이 포착했습니다. 하지만 수많은 사람들이 득실대는 이런 큰 도시에서 그자를 찾아내거나 그들의 목적을 알아내는 일은 그리 쉽지 않습니다. 그리고 만약 그들이 악의라도 품고 있다면 경의 안전을 장담할 수 없습니다. 모티머 씨, 혹시 오전에 저희 집에서 이 호텔로 올 때 누군가 뒤를 밟은 사실을 아시는지요."

"뒤를 밟았다고요? 대체 누가 말입니까?"

모티머 씨가 깜짝 놀라며 물었다.

"안타깝게도 아직 알아내지 못했습니다. 혹, 다트무어에 사는 이웃이나 지인 중에 검은 턱수염을 덥수룩하게 기른 사람이 있습니까?"

"없습니다. 아니, 잠깐…… 아, 있습니다. 배리모어라는 찰스 경의 집사가 검은 수염을 기르고 있습니다."

"배리모어는 어디에 있습니까?"

"저택을 돌보고 있죠."

"그가 저택에 머물고 있는지 확인해야 합니다. 혹시 런던에 와 있는 거라면……!"

"하지만 어떻게요?"

"전보용 용지를 하나 주십시오. '헨리 경을 맞을 준비가 다 되셨습니까?'라고 쓰시죠. 주소는 바스커빌 저택의 배리모어 앞입니다. 그곳에서 가장 가까운 우체국이 어딘가요? 그림펜인가요? 좋습니다. 그럼 그림펜 우체국의 국장에게도 전보를 보내야 합니다. '베리모어 씨에게 보낸 전보는 꼭 수신자 본인에게 전달 바람. 부재 중이라면 다시 노섬벌랜드 호텔의 헨리 바스커빌 경에게 반송 바람.'이라고 말입니다. 그러면 저녁때쯤에는 배리모어가 그곳에 있었는지 알 수 있을 겁니다."

"그렇군요. 그런데 모티머 씨, 이 배리모어라는 사람은 어떤 사람인지요?"

"4대째 저택을 관리해 온 집안사람입니다. 그의 아버지 역시 바스커빌 관리인으로 일하다 집 안에서 죽었습니다. 제가 아는 한 배리모어 부부는 우리 지역에서 가장 착하고 성실한 사람들입니다."

"그렇지만 주인이 저택에 들어가서 살지 않으면 그들은 그 저택을 그저 자신의 집처럼 쓸 수 있는 것 아닙니까?"

헨리 경이 물었다.

"그건 그렇군요."

"찰스 경의 유언장에 배리모어에게 남긴 재산은 없었습니까?"

홈즈가 물었다.

"부부에게 각각 500파운드씩을 남겼죠."

"이런! 그걸 본인들도 압니까?"

"그럼요. 찰스 경은 자신의 유언장에 대해 말하는 것을 즐겼죠."

"흥미롭군요."

"홈즈 씨, 찰스 경으로부터 재산을 받는 모든 사람을 의심하시지 않았으면 합니다. 저도 1000파운드를 상속받았죠."

모티머 씨가 말했다.

"그렇습니까? 혹시 유산을 받은 사람들이 더 있나요?"

"조금씩 받은 사람들은 많습니다. 찰스 경은 자선 단체에도 꽤 큰 금액을 남기셨습니다. 그 나머지가 모두 헨리 경에게 상속된 것이고요."

"그 나머지가 얼마나 됩니까?"

"74만 파운드입니다."

"그렇게 큰 금액인지는 미처 몰랐군요."

홈즈는 깜짝 놀라 눈썹을 추켜세우며 말했다.

"찰스 경이 부자라고 소문은 났지만 저희 역시 그분의 유가 증권을 조사하기 전까지는 재산이 그렇게 많은 줄 몰랐습니다. 부동산까지 포함해 거의 100만 파운드에 가깝습니다."

"그 정도면 누구든 혹해서 모험을 걸어 볼 만하군요. 질문이 하나 더 있습니다, 모티머 씨. 이런 가정을 해야 함을 양해해 주시고, 여기 우리 젊은 친구 분에게 혹시 무슨 일이 생긴다면 재산은 어떻게 됩니까?"

"찰스 경의 막내 동생인 로저 바스커빌이 결혼을 하지 않은 채 죽었기 때문에 먼 친척인 데즈먼드 가문이 물려받게 됩니다. 제임스 데즈먼드 씨는 연세가 꽤 있으신데 현재 웨스트모어랜드에서 살고 있는 성직자입니다."

"흥미롭군요. 데즈먼드 씨를 직접 만나 보셨나요?"

"네. 그분이 찰스 경을 만나러 한 번 온 적이 있습니다. 인품이 좋아 보이시고 신앙심이 깊은 분이었습니다. 찰스 경이 도움을 주려고 여러 번이나 노력했지만 매번 거절하신 걸로 알고 있습니다."

"그런 소박한 분이 찰스 경의 재산을 물려받게 된다는 말이지요?"

"저택을 포함한 부동산은 찰스 경이 상속인을 미리 한정해 두어서 그분이 자연히 물려받게 되며, 현금 재산도 현재 소유자가 따로 유언장을 작성하지 않으면 모두 물려받습니다. 물론 현재 소유자가 현금 재산은 마음대로 처분할 수 있습니다."

"헨리 경, 혹시 유언장을 작성하셨나요?"

"아니요. 겨우 어제서야 이런 상황을 알았을 뿐입니다. 하지만 어떤 상황이든 현금 재산 역시 부동산과 가문의 이름을 따라 함께 움직이는 게 맞는 것 같습니다. 그게 가엾은 백부님의 뜻이었습니다. 저택과 부동산을 관리할 수 있는 돈 없이 어떻게 바스커빌가의 영광을 지속할 수 있겠습니까? 저택과 부동산, 현금이 함께 움직여야 합니다."

"그렇군요. 헨리 경, 저도 경께서 어서 데번셔로 가시는 게 좋다고 생각합니다. 하지만 조건이 있습니다. 절대 혼자 가시면 안 됩니다."

"모티머 선생과 함께 갈 겁니다."

"하지만 모티머 씨는 진료도 있으시고 집도 저택에서 멉니다. 경을 돕지 못할 수도 있어요. 항상 옆에 붙어 있을 수 있는 믿을 만한 사람을 데려가야 합니다."

"홈즈 씨가 직접 가 주시면 안 될까요?"

"만일 위기의 순간이 오면 가겠습니다. 하지만 지금 진행되고 있는 자문 일에 지원 요청이 많아 기약도 없이 런던을 비울 수는 없습니다. 당장 지금만 해도 영국의 저명하신 분이 협박범으로부터 위협을 받고 있는데, 오직 저만이 온 나라에 스캔들이 터지는 걸 막을 수 있죠. 제가 다트무어까지 가는 건 절대로 무리입니다."

"그럼 누굴 추천해 주시겠습니까?"

"만약 여기 제 친구가 일을 맡아 준다면 가장 안심이 될 겁니다. 다른 누구보다 제가 가장 잘 알죠."

홈즈가 내 팔 위에 손을 올려놓으며 말했다.

나는 홈즈의 말에 놀랐는데, 내가 미처 대답을 하기도 전에 헨리 바스커빌 경이 내 손을 꽉 잡고 흔들며 말했다.

"이렇게 친절하실 수가! 왓슨 선생님은 이 상황을 저만큼이나 잘 알고 계시지 않습니까! 도와주신다면 이 은혜를 절대 잊지 않겠습니다."

워낙 특이한 일을 좋아하는 나는 홈즈에게 칭찬까지 듣고 헨리 경까지 그렇게 부탁을 하니 거절할 수가 없었다.

"기꺼이 그러죠. 유익한 시간이 될 것 같습니다."

내가 말했다.

"자네는 가서 내게 상황을 자세히 전해 줘야 하네. 분명 위급한 상황이 닥칠 텐데 그때 어떻게 해야 하는지 알려 주겠네. 모두들 토요일까지는 준비를 마칠 수 있으시겠죠?"

홈즈가 말했다.

"왓슨 선생님만 괜찮으시면 됩니다."

"저는 좋습니다."

"그럼 토요일까지 다른 변동 사항이 없으면 패딩턴발 기차 시간인 아침 열 시 반에 만나기로 하지요."

우리가 일어서려는 순간 헨리 경이 승리의 함성을 질렀다. 그리고 그는 방 한쪽 구석 캐비닛 아래에서 갈색 구두 한 짝을 집어 들었다.

"신발입니다!"

"모든 일이 그렇게 쉽게 해결됐으면 좋겠군요."

헨리 경을 보며 홈즈가 말했다.

"하지만 이상하네요. 점심을 먹기 전에 제가 이곳을 샅샅이 뒤졌거든요."

모티머 씨가 덧붙였다.

"저도 같이 찾아봤던 곳인데……."

헨리 경이 거들자 홈즈가 말을 이었다.

"그때는 구두가 거기에 없었다는 말씀이시군요. 그렇다면 우리가 식사를 하는 사이에 급사가 신발을 두고 간 모양입니다."

우리는 그 독일인 급사를 불러 물어 보았지만 그는 아는 것이 없었다. 어떻게 보면 의미 없어 보이는 수수께끼 같은 일이 하나 더 늘어났을 뿐이다. 찰스 경의 죽음에 얽힌 끔찍한 이야기는 제외하고서라도 우리는 이틀 사이에 기이한 일들을 너무나 많이 겪고 있었다. 신문을 오려서 만든 편지, 마차를 타고 뒤를 밟던 검은 수염의 사내, 사라진 새 갈색 구두와 낡은 검은색 구두, 그리고 이제는 갈색 구두 한 짝이 돌아온 것이다. 베이커 가로 돌아가는 마차 안에서 홈즈는 묵묵부답이었다. 찡그린 눈썹과 진지한 표정으로 봐서 그 역시 이 기이한 일들의 퍼즐을 맞추고 있느라 고심하는 게 분명했다. 집에 도착해서도 늦은 저녁이 될 때까지 그는 멍하게 앉아 담배를 피우며 골몰해 있었다.

그리고 저녁 식사 직전에 전보 두 통이 도착했다.

첫 번째 전보의 내용이다.

방금 배리모어가 저택에 있다는 소식을 들었습니다.
─헨리 바스커빌

두 번째 전보의 내용이었다.

지시대로 스물세 개의 호텔을 조사했지만 오려진 〈타임스〉는 찾지 못했습니다.
─카트라이트

"왓슨, 실마리가 두 개나 끊어졌어. 하지만 모든 상황이 불리하게 돌아가는 사건보다 더 흥미로운 건 없는 법이지. 우리는 이제 다른 단서를 찾아내야만 해."

"미행하던 자를 태운 마부가 남았지 않나."

"맞아. 그자의 이름과 주소를 알아내려 마차 등록소에 전보를 보냈었지. 지금쯤이면 답신이 올 때가 됐는데."

그때 현관에서 벨이 울렸고, 알고 보니 홈즈가 말하던 답변보다 훨씬 더 만족스러운 것이었다. 문이 열리고 험상궂게 생긴 사람이 안으로 들어왔는데, 그는 바로 우리가 찾던 마차의 마부였다.

"회사에서 연락을 받았습니다만, 여기 사는 신사께서 2704번 마차를 찾으신다고요. 7년 동안 마차를 몰았지만 한 번도 항의를 받은 적이 없는데, 대체 무슨 불만이신지…… 직접 들으러 들렀습니다요."

그가 말했다.

"불만이 있어 찾은 게 아니라네. 그보다 내 질문에 확실한 답을 준다면 반 파운드를 드리지."

홈즈가 말했다.

"그렇죠? 저는 잘못한 게 없으니까요! 그런데 뭐가 궁금하신지요, 선생님."

마부가 껄껄 웃으며 대답했다.

"우선 나중에 또 연락할 일이 있을지도 모르니 이름과 주소를 먼저 알려 주게."

"존 클레이턴입니다. 터피 가 3번지고요. 마차는 워털루 역 근처의 시플리에 둡니다요."

셜록 홈즈는 그 사내의 말을 받아 적었다.

"사, 클레이턴. 오늘 아침 이 집을 살펴본 다음 나중에 리젠트 가로 두 신사를 따라간 손님에 관해 전부 말해 보게."

마부는 이 말에 약간 당황하는 듯 보였다.

"선생님이 이미 전부 알고 계신데 제가 무슨 말을 하나요? 그 손님은 자기가 탐정이라며 저더러 아무에게도 말하면 안 된다고 했는뎁쇼."

"아주 중대한 일이네. 혹시 내게 뭔가를 숨긴다면 아주 끔찍한 상황에 처하게 될 거네. 손님이 자기가 탐정이라고 했다고?"

"네, 그랬죠."

"언제 그렇게 말했나?"

"내리시면서요."

"다른 말은 없었나?"

"이름을 알려 주셨죠."

홈즈는 나를 향해 흐뭇하게 웃어 보였다.

"아, 이름을? 그것 참 경솔했군."

"셜록 홈즈라는 탐정이라고 했습죠."

마부가 말했다.

나는 내 친구가 그렇게 당황하는 모습을 처음 보았다. 홈즈는 놀라서 잠시 아무 말도 하지 못하더니 갑자기 기분 좋게 웃음을 터뜨렸다.

"하하하! 한 방 먹었네, 왓슨. 나만큼 재주가 좋은 것 같군. 이번엔 내가 당한 게 맞는 것 같은데? 그러니까 그자가 자기 이름이 셜록 홈즈라고 했다는 거지?"

"네, 그렇게 말했습죠."

"멋지군! 그렇다면 그자를 어디에서 태우고 어디에서 내려 주었나?"

"아홉 시 반경에 트라팔가 광장에서 타셨죠. 하루 종일 시키는 대로 하고 아무것도 묻지 않으면 2기니를 준다고 했으니 저야 당연히 그 말을 따랐죠. 처음에는 노섬벌랜드 호텔로 가 신사

두 분이 나와서 마차를 탈 때까지 기다리고, 그들이 탄 마차를 따라 이곳 근처까지 온 것 같습니다."

"바로 이 집이었네."

홈즈가 말했다.

"글쎄요, 저는 확실한 위치는 모릅니다요. 그저 여기서 조금 떨어진 곳에서 한 시간 반가량 기다렸습니다. 그러자 아까 본 신사 두 분이 저희를 지나쳐 걸어가더군요. 우리는 그분들 뒤를 따라 베이커 가를 통과해서……"

"그건 알고 있네."

홈즈가 말했다.

"리젠트 가를 4분의 3쯤 지났을 때 손님이 창을 벌컥 열고 최대한 빨리 달리라고, 워털루 역으로 가라고 소리치시더군요. 저는 전속력으로 달려서 채 10분도 안 되어 역에 도착했죠. 그분은 약속한 2기니를 주고는 역 안으로 사라지셨죠. 그런데 역을 향해 가려다가 한번 돌아보시고는 '자네가 오늘 태우고 다닌 사람이 셜록 홈즈네.'라고 하셨습죠. 그래서 그분의 이름을 알게 된 것입니다요."

"그렇군. 그 뒤로는 그자를 보지 못했나?"

"역 안으로 사라진 게 마지막이었습니다요."

"그 셜록 홈즈라는 사람은 어떻게 생겼었나?"

"뭐라 설명하기가…… 나이는 마흔 살 정도에 키는 보통, 그러니까 선생님보다는 조금 작은 것 같고요. 상류층 신사같이 차려입고 검은 수염을 길렀는데 끝이 뚝 잘린 모양이었습죠. 핏기가 좀 없기도 했고…… 그 이상은 잘 모르겠습니다요."

"눈동자 색깔은?"

"모르겠습니다요."

"그밖에 기억나는 것은 없나?"

"전혀요, 선생님."

"자, 여기 아까 말한 반 파운드가 있네. 혹시 나중에 더 생각나는 게 있으면 알려 주게. 그러면 반 파운드를 더 주겠네. 그만가 보시게."

"안녕히 계십쇼, 선생님. 감사합니다요!"

존 클레이턴은 만족스러운 듯 웃으며 방을 나갔다. 홈즈는 나를 보며 어깨를 으쓱하더니 씁쓸한 미소를 지었다.

"결국 세 번째 실마리도 끊겨져 버렸어. 교활한 악당 같으니! 상대는 우리 주소도 알았고, 헨리 바스커빌 경이 내게 조언을 받은 사실도 알았네. 그리고 내가 리젠트 가에서 마차 번호를 외웠다는 것과 후에 이 마부를 찾으리라는 것도 다 계산하고 이런 메시지를 남긴 거야. 왓슨, 이번에는 정말 적수를 만났군. 런던에서는 쭉 체크메이트를 당했으니, 자네가 데번셔에 가서 운이 좋기를 바랄 수밖에. 하지만 마음이 그리 편하지만은 않군."

"뭐가?"

"자네를 거기로 보내는 것 말이네. 불길해, 왓슨. 이건 아주 불길하고 위험한 사건이야. 알면 알수록 마음에 들지 않아. 그래, 친구. 자네는 웃을지도 모르지만 자네가 아무 탈 없이 베이커 가로 다시 돌아오기만 해도 난 정말 기쁠 것 같은 느낌이 드네."

6. 바스커빌 저택

　나는 약속한 날에 헨리 바스커빌 경과 모티머 씨를 만나 예정대로 데번셔로 향했다. 셜록 홈즈는 나와 함께 마차를 타고 기차역으로 가며 마지막으로 여러 가지 지시와 충고를 했다.

　"공연한 가설이나 의심으로 자네한테 편견이 생기게 하지는 않겠네. 왓슨. 가능하면 모든 것들을 객관적인 태도로 그저 내게 알려 주면 되네. 가설을 세우는 건 내게 맡겨 두고."

　"어떤 사실들을 알려 줘야 하지?"

　내가 물었다.

　"무엇이든. 사건과 관련이 전혀 없을 것 같은 일들을 포함해서 뭐든 알려 줘. 특히 젊은 바스커빌과 이웃들의 관계나 찰스 경의 죽음에 대해 새롭게 밝혀지는 사실이 있으면 꼭 연락하게. 내가 지난 며칠 동안 직접 알아봤지만 소득이 별로 없어. 한 가지 확실한 것은 다음 상속인인 제임스 데즈먼드라는 사람은 나이가 지긋한 신사로 성격이 매우 상냥하다더군. 아무리 생각해 봐도 이번 일을 그쪽에서 벌인 것 같지는 않아. 그 사람은 의심의 대상에서 완전히 빼도 괜찮다는 판단이 서네. 그렇다면 이제 남은 사람은 헨리 바스커빌 경을 둘러싸고 있는 황야의 이웃들뿐이네."

"우선 배리모어 부부도 제외하는 편이 좋지 않나?"

"절대 안 되네. 그보다 더 큰 실수가 있을 수는 없어. 만일 그들이 어떤 일에서건 결백하다면 그건 정의가 아니네. 지금 내 말이 잔인하겠지만 그들이 어떤 죄를 지었건, 이 사건은 그들이 자신의 죄를 깨닫게 될 기회를 줄 수 있을 걸세. 그러니 그건 절대 안 되네. 그들은 계속 용의자 명단에 넣어 두어야 해. 그리고…… 내가 제대로 기억하고 있다면 저택에는 마부가 하나 있다고 했지. 황야에서 농사를 짓는 사람이 둘, 그리고 우리의 친구 모티머 씨도 있지만 그는 완전히 믿을 수 있어. 하지만 우리가 전혀 알지 못하는 모티머 부인이 있지. 또 박물학자인 스테이플턴과 아주 매력적이라는 그의 젊은 여동생이 있지. 래프터 저택의 프랭클랜드 씨도 우리가 알지 못하는 사람이고 그 외에도 이웃이 한두 명 더 있어. 이런 사람들을 자네가 아주 주의 깊게 관찰해 주었으면 하네."

"최선을 다하지."

"총은 챙겼나?"

"그럼, 아무래도 가지고 가는 게 좋을 것 같아."

"당연하지. 밤이고 낮이고 항상 권총을 가지고 다니게. 절대 방심하면 안 되네."

헨리 경과 모티머 씨는 벌써 일등석 칸의 표를 구매해 승강장에서 우리를 기다리고 있었다.

"다른 특별한 일은 없었습니다."

모티머 씨가 홈즈의 물음에 대답했다.

"다만 확실한 것은, 지난 이틀 동안은 미행을 당하지 않았다는 겁니다. 외출할 때 경계를 늦추지 않고 주변을 잘 살폈어요. 누가 있었다면 모르지 않았을 겁니다."

"두 분이 항상 같이 다니셨나요?"

"어제 오후만 빼고요. 저는 어제 의과 대학 박물관에 다녀왔거든요."

"저는 공원으로 구경을 나갔는데, 미행이나 어떤 문제도 없었습니다."

헨리 경이 덧붙였다.

"그렇더라도 경솔했습니다. 헨리 경, 절대 혼자 다니시면 안됩니다. 어떤 위험이 생길지 모릅니다. 그런데 다른 구두 한 짝은 마저 찾으셨나요?"

"아니오, 그건 못 찾았습니다."

"이상하군요. 아무튼 안녕히 가십시오."

기차가 움직이기 시작하자 홈즈가 덧붙였다.

"헨리 경, 모티머 씨가 들려준 그 전설을 명심하셔서 사악한 기운이 살아나는 밤에는 절대로 황야에 나가지 마십시오."

기차가 플랫폼을 빠져나갈 때 나는 고개를 돌려 승강장을 바라보았다. 키가 큰 홈즈가 심각한 표정으로 우리를 응시하고 있었다.

기차는 빠르게 달렸고 여행길은 꽤나 즐거웠다. 헨리 경과 모티머 씨와 더욱 친해지기도 했다. 몇 시간 지나지 않아 온난 습윤한 활엽수림 지역의 갈색 삼림토가 펼쳐진 곳을 지나고 있었고, 벽돌집들이 사라진 자리에 화강암들이 나타났다. 울타리 쳐진 초원에서는 소들이 풀을 뜯고 있었다. 무성히 자란 풀들과 식물들이 습한 이곳 기후를 말해 주고 있었다. 바스커빌 씨가 경이롭다는 듯 창밖 풍경을 바라보다 데번셔의 익숙한 풍경이 나타나자 큰 소리로 말했다.

"여러 나라에서 살아봤지만, 이곳과 비교할 만한 곳은 없는 것 같습니다, 왓슨 선생님."

"데번셔 사람들은 누구나 그렇게 말하지 않나요?"

내가 대답했다.

"지역성도 지역성이지만 혈통과도 관계가 있습니다."

모티머 씨가 끼어들었다.

"여기 헨리 경이 켈트 족의 둥그런 두상을 가지고 있지 않습니까? 켈트 족의 열정과 자부심을 마음속 깊이 가지고 있는 것이죠. 돌아가신 찰스 경의 두상은 매우 예외적으로 반은 게일 족, 반은 이베리아 족의 특징을 가지고 있었습니다. 어쨌든 헨리 경이 바스커빌 저택을 마지막으로 보신 것은 어렸을 때죠?"

"제가 십 대 소년이었을 때 아버지가 돌아가셨는데 그때까지 바스커빌 저택을 본 적이 없습니다. 저희는 남쪽 해안가의 작은 집에 살았거든요. 아버지가 돌아가신 후 저는 친구가 있는 미국으로 건너갔고요. 왓슨 선생님만큼이나 제게도 이곳이 생경합니다. 빨리 황야를 보고 싶군요."

"아, 그러세요? 그러면 그 소원은 바로 이루어졌습니다. 지금 창밖이 황야입니다."

모티머 씨가 창밖을 손으로 가리키며 말했다.

초록색의 넓은 들판과 낮은 곡선을 그리고 있는 나무들 뒤로 회색의 음울한 언덕과 톱니 모양의 기이한 꼭대기가 보였는데 마치 꿈속과 같은 어스름한 광경이었다. 헨리 경은 한참이나 황야에서 눈을 떼지 못했는데, 홀린 듯한 표정에서 그가 느끼는 묵직한 감정을 조금이나마 짐작할 수 있었다. 그는 지금 자신의 선조들을 오랫동안 괴롭히고 큰 상처를 남긴 그 기이한 장소와 처음 조우한 것이다. 모직 정장에 미국식 억양을 사용하며 평범한 기차 객실 한구석에 앉아 있지만, 진지하고 강인한 그의 얼굴에서 불같이 격돌적인 바스커빌가 직계 후손의 흔적이 드러났다. 짙은 눈썹에 적갈색 눈동자, 그리고 날렵한 코에서 가문에 대한 자부심과 용기, 강인함이 배어나고 있었다. 우리가 만약 저 황야를 두고 어렵고도 위험한 일을 겪어야 한다면, 헨리 경은 그 일을 충분히 감내할 수 있는 남자였다.

기차가 목적지에 도착했고 우리는 기차에서 내렸다. 낮은 흰색 울타리 너머에 두 마리의 말이 끄는 사륜마차가 우리를 기다리고 있었다. 역장과 짐꾼들이 서둘러 우리에게 다가와 법석을 떨며 짐을 나르는 걸 보니 헨리 경의 도착이 꽤나 큰일인 듯했다. 시골임에도 불구하고 검은 제복을 입고 소총을 든 두 명의 남자가 출입문을 지키고 있어서 나는 좀 놀랐는데, 우리가 지나갈 때 그들은 우리를 꼼꼼하게 살펴보았다. 다부지게 생긴 작은 키의 마부 하나가 헨리에게 다가와 인사를 한 뒤 곧 우리를 태우고 길을 달리기 시작했다. 길 양쪽으로 완만한 방목장이 보이고 빽빽한 나무들 사이로 박공지붕을 이고 있는 오래된 집들이 보였다. 평화로운 햇살이 가득한 시골의 풍경이었지만 불길한 기운이 느껴지는 언덕들로 중간 중간 끊기며 펼쳐진 황야가 계속 눈에 거슬렸다.

마차가 방향을 바꿔 옆길로 들어섰고, 우리는 오랫동안 바퀴자국에 닳아 파인 길을 따라 위쪽으로 올라갔다. 경사진 길 양쪽에는 이끼와 고사릿과 식물들이 자라고 있었다. 갈색 관목 덤불과 검은 열매들이 노을빛 햇살을 받아 반짝이고 있었다. 잠시 후우리는 좁은 화강암 다리를 지나갔는데 다리 아래에서는 반들반들하게 닦인 회색 바위 사이로 냇물이 요란한 소리를 내며 빠르게 흘렀다. 길과 냇물, 그리고 참나무와 전나무가 계곡을 따라이어졌다. 조금이라도 특색 있는 풍경을 지날 때면 바스커빌 경은 탄성을 지르거나 질문을 했다. 내게는 그저 지루하고 음울한시골 풍경이었지만 그의 눈에는 모든 것이 아름답게 보이는 듯했다. 마차가 지나가자 길 위에 떨어져 있던 노란 낙엽들이 날아올랐다 다시 땅을 덮었다. 그러다 그런 나뭇잎들이 쌓여 썩어 가는 길 위를 지날 때는 마차의 덜컹거림도 잦아들었다. 나는 그것이 바스커빌 상속자의 귀향 마차에 자연이 선사하는 슬픈 선물같다고 생각했다.

"맙소사? 저건 뭐지!"

모티머 씨가 갑자기 외쳤다.

우리 앞에 히스 관목으로 뒤덮인 언덕이 나타났고, 그 위로말을 탄 군인이 굳은 표정으로 총을 팔뚝 위에 올려놓은 채 서있었다. 마치 기마병 조각상 같은 그는 우리를 유심히 지켜보고 있었다.

"무슨 일인가, 퍼킨스?"

모티머 씨가 묻자 마부가 반쯤 몸을 돌려 대답했다.

"프린스타운 감옥에서 탈출한 죄수가 있습니다. 탈출한 지 벌써 사흘이나 됐습니다. 교도관들이 모든 길과 기차역을 감시하고 있습니다만 아직 발견되지 않고 있어서 근처의 농부들이 힘들어하고 있습니다.

"음, 제보하면 5파운드를 받지 않나……?"

"그렇습니다. 하지만 목이 달아날지도 모르는 일에 그깟 5파운드는 아무 것도 아니지요. 이번 탈옥수는 평범한 놈이 아닙니다. 세상에 무서울 게 없는 끔찍한 흉악범입니다."

"그게 누군데 그러는가?"

"셀던입니다. 그 노팅힐 살인자!"

나도 잘 알고 있는 사건이었다. 잔인한 범죄였다. 살인자가 보여 준 경악스럽고도 해괴한 수법으로 홈즈가 매우 흥미로워했던 사건이었다. 사형 선고를 받았다 감형이 된 이유는 정신적 질환을 앓고 있을 수 있다는 의심 때문이었는데, 그 정도로 범행이 극악무도했던 것이다. 우리 마차는 언덕 꼭대기에 다다랐는데 우리 앞에 광활한 황야가 펼쳐져 있었다. 크고 울퉁불퉁한 돌들과 바위산들이 여기저기 솟아 있었다. 우리는 황야에서 불어오는 차가운 바람에 부르르 몸을 떨었다. 저 황야 어딘가에 극악무도한 그 살인범이 야생의 짐승처럼 굴속에 몸을 숨기고 있는 것이다. 찬바람에 어두워져 가는 하늘은 황야의 섬뜩한 분위기와 완벽하게 어울렸다. 바스커빌 경조차 말없이 자신의 외투를 잡아당기며 몸을 움츠렸다.

우리는 기름진 땅을 뒤로하고 달렸다. 뒤를 돌아보자 노을빛이 개울물을 황금 실타래로 바꿔 놓았고, 막 쟁기로 뒤집어 놓은 붉은 흙은 지는 햇빛에 반짝이고 있었다. 길은 점점 더 험해졌다. 적갈색과 올리브색 비탈길 곳곳에는 커다란 바위들이 서 있었고 분위기는 점점 더 음울해져 갔다. 돌로 벽과 지붕을 올린 길옆의 집을 지나쳤는데 덩굴 식물조차 자라지 않는 거친 모습이었다. 그러다 갑자기 푹 파인 저지대가 나타났는데, 여러 해 동안 비바람에 시달려 더 이상 자라지 못하고 휘어지거나 구부러진 참나무들이 숲을 이루고 있었고 두 개의 높고 좁은 탑들이 나무 위로 솟아 있었다.

"이제 바스커빌 저택입니다요!"

마부가 채찍으로 앞을 가리키며 이렇게 소리쳤고 이 소리에 저택의 주인이 자리에서 일어나 상기된 얼굴로 그곳을 바라보았다. 잠시 후, 우리는 저택의 정원 관리실 앞에 도착했다. 철문에는 미로 같은 복잡한 무늬가 새겨져 있었고, 양쪽 기둥은 비바람에 퇴색되고 이끼로 얼룩이 진 채 바스커빌 가문의 상징인 수퇘지 머리 조각을 이고 있었다. 관리실은 검은 화강암에 서까래 기둥이 다 드러나 있어서 폐허 같았다. 하지만 바로 맞은편에는 반쯤 지어진 새 건물이 있었다. 찰스 경이 남아프리카에서 번 돈의 첫 투자였다.

우리는 대문을 지나 안으로 이어지는 길로 들어섰는데, 나뭇잎 쌓인 곳을 지나가자 마차가 다시 한 번 소리를 잃었다. 우리의 머리 위로는 고목의 나뭇가지들이 뻗어 나와 터널을 만들고 있었다. 어둡기 그지없는 길을 바라보며 바스커빌 경은 몸을 떨었다. 저 멀리서 저택이 유령처럼 희미하게 빛나고 있었다.

"여기가…… 거기인가요?"

헨리 경이 나지막하게 묻자 모티머 씨가 대답했다.

"아니, 아닙니다. 주목 산책로는 저쪽에 있습니다."

젊은 상속자는 불안한 얼굴로 주위를 두리번거렸다.

"꽤나 어두운 곳이네요. 백부님께서 그런 문제가 생길 거라고 느낀 것도 이해가 갑니다. 여기에서는 누구든 겁을 먹기 쉽겠네요. 6개월 안에 여기에 전구를 쫙 달아야겠어요. 그리고 저택의 현관 앞에 촛불 천 개의 밝기를 한 에디슨 전구를 달면 이곳 분위기가 훨씬 나아지겠죠!"

널따란 잔디밭으로 이어진 진입로를 한참 지나서 우리는 저택에 다다랐다. 희미한 빛 속에서 큰 건물의 한 가운데 약간 돌출된 현관이 보였다. 저택의 전면은 창문과 가문의 문장을 새긴 방패 부분을 제외하고는 모두 담쟁이덩굴로 덮여 있었다. 중앙에서부터 두 개의 돌탑이 솟아 있었는데 총을 쏘기 위해 낸 구멍이 많은 오래된 탑이었다. 그리고 탑 양측에는 검은 화강암으로 지어진 현대식 건물이 잇대어 있었다. 그리고 세로 창살을 낸 창문으로부터 희미하게 불빛이 새어 나오고 있었고 굴뚝에서는 검은 연기가 한 줄기 솟아오르고 있었다.

"어서 오십시오, 헨리 경. 바스커빌 저택에 오신 것을 진심으로 환영합니다."

키가 큰 한 남자가 현관의 그늘에서 내려와 마차의 문을 열며 말했다. 저택 안에 있는 노란 불빛에 의해 여성의 형체를 한 그림자가 드리워졌다. 그녀는 곧 밖으로 나와 우리 짐을 내리는 남자를 도왔다.

"헨리 경, 괜찮으시다면 저는 마차를 타고 바로 집으로 돌아가겠습니다. 아내가 기다리고 있어서요."

모티머 씨가 말했다.

"함께 저녁 식사도 하시지 않고요?"

"아닙니다, 가야 합니다. 가서 해야 할 일도 있고요. 함께 저택을 안내해 드리고 싶지만 배리모어가 저보다 훨씬 더 잘할 테니까요. 낮이든 밤이든 도움이 필요하시면 언제든 알려 주십시오. 그럼 안녕히 계십시오."

마차는 소리 없이 멀어졌고 헨리 경과 나는 안으로 들어갔다. 등 뒤로 현관문이 쿵 소리를 내며 무겁게 닫혔다. 외관과 달리 실내는 매우 괜찮았다. 세월이 느껴지는 거대한 참나무 들보와 육중한 서까래로 만든 홀은 중후한 분위기를 풍기고 있었고, 무쇠로 만든 집게 뒤에 커다란 고급 벽난로에서 탁탁 소리를 내며 장작이 타고 있었는데, 오랜 여행에 손이 차가웠던 우리는 벽난로 쪽으로 손을 뻗었다. 높직이 뚫려 있는 오래된 스테인드글라스 창과 참나무 장식판, 사슴 머리 장식, 가문 문장이 새겨진 방패 등 벽에 걸린 물건들이 중앙에 놓인 약한 불빛 속에서 흐릿하고 칙칙하게 보였다.

"제가 상상한 그대로입니다. 오래된 가문을 그린다면 바로 이런 모습이 아닐까요? 이 저택에서 우리 가문 사람들이 500년을 살아왔다고 생각하니 그 세월의 무게감이 느껴집니다."

입을 연 헨리 경의 검게 그을린 얼굴이 소년 같은 열정으로 밝아져 주변을 두리번거리고 있었다. 그가 서 있는 자리에 불빛이 부딪쳐 벽을 타고 그의 그림자가 길게 드리워지자 마치 검은색 덮개가 그를 덮고 있는 듯 보였다. 배리모어가 우리 짐을 들고 방으로 돌아왔다. 배리모어는 아주 숙련된 집사의 태도로 공손하게 우리 앞에 섰는데, 이제 보니 아주 뛰어난 외모의 소유자였다. 그는 키가 매우 컸으며 턱수염을 멋지게 기르고 있었고 하얀 피부는 창백할 정도였다.

"바로 저녁을 준비할까요, 헨리 경?"

"준비되었소?"

"잠시면 됩니다. 방에 가시면 따뜻한 물이 준비되어 있습니다. 헨리 경께서 새로운 하인을 들일 때까지 모시게 되어 저와 제 아내에게는 매우 영광입니다. 경이 오셔서 상황이 달라졌기에 이 저택에는 그에 걸맞은 사람들이 필요할 것입니다."

"상황이 달라졌다니요?"

"찰스 경은 완전히 은퇴를 하셨기 때문에 저희가 충분히 모실 수 있었지만, 경께서는 앞으로 자연스럽게 여러 손님들과 교류하실 테니 집안을 꾸려 나가는 데 변화가 있을 거라는 말씀입니다."

"그 말은 배리모어 당신과 부인께서 이 집을 떠나고 싶다는 뜻인 거요?"

"경께서 정리가 되셨을 때 말입니다."

"하지만 당신 가족들은 선조 때부터 우리 가문과 일했습니다. 이곳에서는 내가 새로운 사람인데 오래된 가족을 보낼 수는 없소."

나는 집사의 그 흰 얼굴에 언뜻 떠오른 감정을 읽었는데, 뭔가 복잡 미묘했다.

"네, 압니다. 하지만 솔직히 말씀드리면 저희 부부는 찰스 경의 사람입니다. 그래서 그분이 돌아가신 것이 저희에게는 엄청난 충격이었고 그 후에도 너무나 힘든 시간을 보내고 있지요. 오히려 바스커빌 저택에서는 마음의 안정을 찾기 힘들 정도입니다."

"그러면 앞으로 무엇을 하실 생각이오?"

"작은 사업을 시작해 기반을 잡을 수 있을 것입니다. 찰스 경께서는 너그럽게도 저희들이 뭔가를 할 수 있도록 해 주셨지요. 그럼, 이제 저택을 안내해 드리겠습니다."

홀의 위쪽에는 난간동자가 세워진 네모난 회랑이 있고, 양 옆으로 올라가는 계단이 있었다. 이 중앙 홀에서 두 개의 긴 복도가 건물 전체로 뻗어 있고, 모든 침실들은 복도 쪽으로 문이 나 있었다. 내 방은 바스커빌 경의 방이 있었던 건물 안이었고 또 그의 방과 매우 가까이 있었다. 우리가 묵을 방은 저택의 중앙부보다는 훨씬 현대적이었다. 밝은 분위기의 벽지와 많은 촛불이 처음 저택에 도착해서 느꼈던 그 우울한 인상을 씻어 내는 듯했다.

저녁을 먹으러 갔는데 역시 홀 쪽에 있는 식당은 음울한 분위기가 남아 있었다. 기다란 식당은 중간에 단을 나누어 바스커빌가 사람들은 높은 쪽에 앉고 다른 사람들은 낮은 쪽에 앉도록 되어 있었다. 한쪽 끝에는 악단을 위한 무대가 있었다. 우리 머리 위로 검은색의 들보가 가로질러 지나가고 그 위로 보이는 천장은 연기에 검게 그을려 있었다. 불을 붙인 횃불을 쭉 걸어 둔 채화려하게 차려입고 흥청거리던 과거의 연회와는 어울렸을지 모르지만, 검은 정장을 입은 두어 명의 신사가 갓을 씌운 램프의 불빛 가운데 앉아 있자니 저절로 목소리가 조용해지고 기분이 가라앉았다. 우리는 말을 하지 않고 식사를 했는데, 엘리자베스 여왕 시대의 기사부터 다양한 옷차림을 한 조상의 초상화들이 우리를 묵묵히 내려다보고 있어 분위기는 더욱 우울했다. 그나마 식사 후에 최신식 당구대가 설치된 방으로 이동해 담배를 피울 수 있어서 나로서는 한결 기분이 나아졌다.

"맙소사, 분위기가 꽤나 좋지 않네요. 처음에는 제가 이곳의 분위기를 바꿀 수 있을 거라 생각했는데 점점 자신이 없어집니다. 백부님이 신경과민이 있으셨다는 것도 조금은 이해가 갑니다. 이런 집에서 계속 혼자 생활하셨으니 말입니다. 왓슨 선생님, 괜찮으시면 오늘 밤은 일찍 쉬도록 하지요. 아침에는 많은 것들이 나아 보일지 모르니까요."

헨리 경의 말에 우리는 각자 방으로 들어갔다.

나는 침대에 눕기 전에 커튼을 젖히고 창밖을 내다봤다. 저택 현관 앞에 있는 잔디밭이 보였고, 그곳에 서 있던 두 그루의 나무가 바람에 흔들리며 신음 소리를 내고 있었다. 하늘에는 천천히 이동하는 구름 사이로 반달이 보였고, 차가운 달빛 속에서 나무들 너머로 부서진 바위들과 길고 낮게 굴곡진 우울한 황야가 보였다. 커튼을 닫았지만 마지막으로 본 광경은 쉬는 동안에도 내 마음에 강하게 남아 있었다.

그런데 그것이 전부가 아니었다. 피곤했지만 통 잠이 오지 않아 뒤척이며 억지로 잠을 청하고 있었는데 15분을 알리는 시계 소리가 저 멀리서 들려왔다. 죽음 같은 침묵 속에 묻혀 있던 저택이 그나마 조금 살아 있는 것 같이 느껴졌다. 그때였다. 갑자기 어디선가 또 다른 소리가 선명하게 들렸다. 여자의 흐느낌이었다. 나는 무시하려고 애썼지만 너무나 비통한 그 울음소리에 침대에서 일어나 그 소리에 귀 기울였다. 그 소리는 멀리서 들려오는 것이 아닌 건물 안에서 나는 소리였다. 약 30분간 나는 온 신경을 그 소리에 집중했는데, 그 울음소리는 더 이상 들리지 않았다. 그저 괘종시계 종소리와 담쟁이덩굴 잎들이 바람과 벽에 닿으며 사그락거리는 소리뿐이었다.

7. 머리핏 하우스의 스테이플턴

다음 날, 아침의 신선한 공기와 밝은 햇빛은 전날 저택에서 느꼈던 음울하고 칙칙한 인상을 한 번에 잊게 해 줄 정도로 찬란했다. 높은 창문을 통해 햇살이 들어와 헨리 경과 내가 앉아 있는 아침 식사 테이블 위로 쏟아졌고, 가문의 문장이 새겨진 방패가 햇살을 받아 여러 색으로 빛났으며 칙칙해 보이던 장식판도 황금빛으로 빛났다. 지금 있는 이 실내 공간이 정말로 어제 저녁 우리를 우울하게 만들었던 그곳인지 믿어지지 않을 정도였다.

"어제 느꼈던 감정은 이 집 때문이 아니라 우리 자신 때문이었나 봅니다. 오랜 여행으로 피곤했고, 여기 오면서 본 음울한 풍경 때문에 이 집에 도착해서도 나쁘게 느꼈던 거겠죠. 여독이 풀리니 이렇게 좋을 수가 없군요."

헨리 경의 말에 나는 대답했다.

"그렇기는 하지만 모든 게 상상만은 아닙니다. 어젯밤, 여자 울음소리를 들으셨는지요."

"이럴 수가! 잠결에 저도 언뜻 들은 것 같습니다. 하지만 처음 그 소리를 듣고 한참을 더 기다렸는데 더 이상 소리가 들리지 않아 꿈을 꾼 줄 알았죠."

"저는 분명히 들었습니다. 그 소리가 여자의 흐느낌이었다는 건 확실합니다."

"지금 당장 확인해야겠습니다!"

헨리 경이 벨을 울려 배리모어를 호출해 어젯밤에 무슨 일이 있었는지 물었다. 배리모어는 그의 질문에 안 그래도 창백했던 얼굴이 더욱 창백해졌다.

"이 집에는 여자가 두 명뿐입니다. 한 명은 식당 하녀로 잠은 다른 부속 건물에서 자고 다른 한 명이 제 아내인데, 어젯밤에 결코 그런 일은 없었습니다."

배리모어가 말했다.

하지만 집사는 거짓말을 했다. 나는 아침 식사 후 긴 복도에서 배리모어의 아내와 마주쳤고 환한 햇살에 드러난 그녀의 얼굴을 똑똑히 볼 수 있었다. 그녀는 큰 체격에 입술은 꾹 다물고 있어 다부진 느낌이었고 무표정한 여자였는데, 눈이 붉게 충혈되어 있었고 나를 보는 눈의 눈꺼풀이 퉁퉁 부어 있었다. 어젯밤의 울음소리는 그녀가 낸 것이 분명했다. 그리고 만약 그녀가 울었다면 남편 배리모어도 분명히 알았을 것이다. 하지만 배리모어는 들통 날 위험에도 불구하고 왜 거짓말을 했단 말인가? 그리고 무엇보다도, 그의 아내는 왜 그렇게 슬프게 울었을까? 창백한 얼굴에 턱수염을 기른 이 잘생긴 집사는 사람 자체도 어두웠을 뿐만 아니라 어딘가 의심스러운 느낌이 들었다. 찰스 경의 시신을 처음 발견한 것도 그였고, 경의 죽음과 관련한 모든 사항도 집사의 입에서 나온 말이 전부였다. 홈즈와 내가 리젠트 가의 마차에서 본 사람이 배리모어였을까? 턱수염은 그때와 꽤 똑같아 보였다. 마부는 그 남자의 키가 좀 작은 편이었다고 했지만 얼마든지 착각할 수 있다. 어떻게 해야 사실을 알아낼 수 있을까? 그래, 우선 내가 할 일은 그림펜의 우체국장을 찾아가 당시우리가 보낸 전보를 배리모어에게 직접 전달했는지 확인하는 것이다. 그것을 홈즈에게 보고하면 될 것이다.

아침 식사 후 헨리 경은 검토해야 할 서류가 매우 많았기에 나는 조사를 위한 혼자만의 시간을 가질 수 있었다. 꽤 즐거운 마음으로 산책에 나서 황야의 가장자리를 따라 6킬로미터쯤 걷자 길의 끝에 작은 마을이 있었다. 높이 솟은 큰 건물이 두 채 있었는데, 나중에 알고 보니 하나는 여관이었고 다른 하나는 모티머 씨의 집이었다. 식품 가게도 운영하고 있는 우체국장은 그 전보를 확실히 기억하고 있었다.

"분명합니다. 분명 배리모어 씨에게 직접 전달했습니다."

그가 말했다.

"누가 배달했나요?"

"제 아들 제임스가 했습니다. 얘야, 지난 주 그 전보를 바스커빌 저택의 배리모어 씨에게 분명히 전달했지?"

"네, 아버지."

"배리모어 씨에게 직접 전했니?"

이번에는 내가 직접 물었다.

"음, 그때 집사님은 위층에 계시다고 해서 그 부인께 전달했어요. 하지만 부인께서 즉시 배리모어 씨에게 전달하겠다고 약속했어요."

"그때 배리모어 씨를 봤니?"

"아니요. 위층에 계시다고 하셔서요."

"그럼 그 사람을 직접 보지도 못했는데 어떻게 위층에 있는지 알았지?"

"거참, 부인이 그렇게 말했다고 하지 않소. 베리모어 씨가 전보를 받지 못했답니까? 어떤 실수가 있었다면 배리모어 씨가 직접 따지셔야지요."

우체국장이 화를 내며 대꾸했다.

더 이상의 조사가 무의미했다. 홈즈가 애써 생각해 낸 방법이었지만 이제 그것은 배리모어가 당시 런던에 있었다고 확인해 줄 증거가 되지 못했다. 만약 배리모어가 런던에 있었다고 가정하고, 찰스 경이 살아 있는 모습을 마지막으로 본 바로 그 사람이 상속자가 영국에 도착하자마자 그 뒤를 미행했던 것이라면, 무엇 때문에 그런 걸까? 배리모어를 뒤에서 움직이는 사람이 따로 있는 것일까, 아니면 스스로 계획하고 있는 범행일까? 그러면 대체 무엇 때문에 바스커빌 가문을 공격하는가? 나는 〈타임스〉 칼럼의 활자를 오려 만든 경고 편지를 생각했다. 배리모어가 그 편지를 만들었을까 아니면 그의 음모를 방해하려는 사람이 만들었을까? 헨리 경이 했던 말대로 지금 생각할 수 있는 유일한 것은, 바스커빌가의 사람들을 저택에서 내몰게 되면 저택은 배리모어 부부의 영구적인 거처가 될 것이라는 사실뿐이었다. 하지만 그것은 지금까지의 주도면밀한 계략에 대해서는 설명해 주지 못했다. 홈즈가 말했듯 이 사건은 지금까지 홈즈가 접해 온 굵직굵직한 사건들 중에서도 가장 복잡한 사건이었다. 나는 황야의 외로운 가장자리를 따라 저택으로 돌아가는 길에 홈즈가 지금 진행 중인 사건을 빨리 끝내고 황야로 와서 이 무거운 부담감을 내 어깨에서 덜어 주기를 기도했다.

그런데 그때 갑자기 뒤에서 누군가 뛰어오며 내 이름을 불렀다. 모티머 씨일 거라 생각하며 돌아봤지만 놀랍게도 전혀 모르는 사람이었다. 키가 작고 마른 체격에 면도를 말끔히 한 30대 중반에서 40대 정도의 남자였다. 턱 선이 날렵하고 금발 머리칼에 회색 정장을 갖춰 입었는데 밀짚모자를 쓰고 있었다. 어깨에는 식물 표본을 담는 양철통을 메고 있었고 한 손에는 녹색 포충망을 들고 있었다.

"무례를 용서하십시오. 왓슨 선생님이시죠?"

내가 있는 곳까지 달려온 남자가 헐떡이며 말했다.

"여기 황야에서는 모두가 친구처럼 지내지요. 그래서 정식으로 소개를 받을 때까지 기다리지 않기 때문에 이렇게 달려왔습니다. 우리의 친구 모티머를 통해 들으셨겠지만 저는 머리핏 하우스에 사는 스테이플턴입니다."

"포충망과 양철통을 보고 짐작할 수 있었습니다. 박물학자시지요? 그런데 어떻게 저를 알아보셨는지요?"

"모티머에게 갔었는데 병원 창밖으로 선생님이 지나가시는 걸 보고 모티머가 말해 주었습니다. 마침 저와 같은 방향이기도 하고, 제 소개를 해야겠다고 생각해서 이렇게 왔습니다. 헨리 경 역시 오시느라 힘드셨을 텐데 건강하다고 들었습니다."

"네, 아주 좋으십니다."

"찰스 경이 그렇게 비참하게 돌아가셔서, 저희들 모두 그분의 상속자가 이곳에 와서 살지 않겠다고 결정할까 봐 걱정했습니다. 헨리 경과 같은 분이 오시면 이런 시골 마을의 발전에 있어서 큰 의미가 있죠. 설마, 헨리 경이 그 사건과 관련된 미신적인 공포를 가지고 계신 건 아니시죠?"

"그렇지는 않을 겁니다."

"물론 왓슨 선생님도 그 지옥의 개에 대해 알고 계시겠지요?"

"네, 들어봤습니다."

"여기 시골 사람들이 얼마나 그 전설을 신봉하는지 아시면 놀라실 겁니다. 많은 사람들이 황야에서 그 개를 직접 봤다고 말하고 있죠."

스테이플턴은 웃으며 말하고 있었지만, 이 문제에 대한 무게를 알고 있는 눈치였다.

"찰스 경은 한 순간도 그 전설을 떨쳐 내지 못했어요. 그래서 결국 그렇게 비극적인 죽음을 당하고 만 것입니다."

"무슨 뜻입니까?"

"찰스 경은 심장이 약하셨어요. 어떤 개가 나타났든지 그의 심장에 치명적인 위협이 되었을걸요? 제 생각에, 찰스 경은 그 마지막 날 주목 산책로에서 뭔가를 봤습니다. 저는 경을 매우 좋아했고 그분의 심장이 약하다는 걸 알고 있었기 때문에 안 좋은 일이 일어날까 봐 늘 노심초사했었죠."

"그걸 어떻게 아셨지요?"

"모티머가 말해 줬죠."

"그러면 사건 당일, 찰스 경이 어떤 개에게 쫓겨 너무 놀라서 사망했다는 말인가요?"

"더 합리적인 가설이 있나요?"

"저는 아직 어떤 결론도 내리지 않았습니다."

"셜록 홈즈 씨는요?"

순간 나는 홈즈를 언급한 그의 말에 깜짝 놀랐지만, 스테이플턴의 담담한 말투로 보아 나를 놀래 주려고 한 말은 아니었다.

"왓슨 선생님을 모른 척하는 게 무슨 소용이겠습니까? 비록 시골에 살아도 두 분에 대해서는 예전부터 알고 있었습니다. 그리고 모티머가 제게 선생님에 대해 말하지 않을 수도 없었고요. 그러니까 왓슨 선생님이 여기 오셨다는 것은 셜록 홈즈 씨 역시 사건에 흥미를 느끼고 계시다는 거죠. 그래서 그저 홈즈 씨의 의견을 물은 것뿐입니다."

"그 질문에 대답을 드릴 수 없어 유감입니다."

"제가 직접 여쭤 봐도 될까요?"

"홈즈는 지금 다른 사건 때문에 런던에 있습니다."

"아, 아쉽네요! 우리가 모르는 부분을 홈즈 씨가 환하게 밝혀 주면 좋을 텐데요. 하지만 선생님이 여기서 조사하시는 동안 제가 도와드릴 부분이 있다면 언제든지 말씀해 주십시오. 선생님이 찾으시는 단서나, 이 사건을 어떻게 풀어 가실지 말씀해 주신다면 제가 지금이라도 바로 도와드리겠습니다."

"확실히 말씀드리지만, 저는 그저 친구 헨리 경을 방문하기 위해 왔기 때문에 특별한 도움이 필요하지는 않습니다."

"역시! 조심스럽고 신중한 태도를 보이시는군요. 네, 네, 이

해합니다. 제가 너무 무례한 부탁을 드렸습니다. 다시는 이 문제에 대해 언급하지 않도록 하지요."

우리는 황야를 가로질러 나 있는 좁은 풀밭 길에 도착했다. 오른쪽으로는 바위들이 여기저기 산재해 있고 경사가 심한 언덕이 있었는데, 예전에는 화강암 채석장이던 곳이었다. 절벽처럼 언덕의 경사면이 우리 쪽을 향해 있었는데 사이사이로 양치류와 열매 맺은 덤불이 자라고 있었다. 멀리서 연기가 회색 깃털처럼 피어오르고 있었다.

"이 길을 따라 조금만 가면 머리핏 하우스입니다. 한 시간 정도 괜찮으시다면 제 여동생을 소개시켜 드리고 싶습니다."

나는 헨리 경에게 빨리 돌아가야 한다는 생각이 들었지만 이내 헨리 경의 집무실 책상 위에 쌓여 있던 서류들이 떠올랐다. 내가 가서 도울 수 있는 일도 아니었고, 황야 사람들을 조사해야 한다던 홈즈의 말도 떠올랐기에 나는 스테이플턴의 초대를 받아들이고 함께 걷기 시작했다.

"이곳 황야는 멋진 곳입니다! 절대 질리지 않죠. 이곳에 얼마나 많은 비밀이 숨겨져 있는지 모르실 겁니다. 정말 광범위하고 삭막하면서도 괴이한 곳입니다!"

스테이플턴이 물결 모양의 구릉과 길게 자라나는 풀들, 그리고 톱니 모양의 화강암 절벽을 올려다보며 이렇게 외쳤다.

"그럼 스테이플턴 씨는 이곳을 잘 아시나요?"

"저는 여기 온 지 2년밖에 되지 않았습니다. 여기 사람들은 아직도 저를 신입생이라고 부르죠. 우리는 찰스 경이 바스커빌 저택에 정착하고 얼마 안 되어 왔는데, 제 취미 덕분에 저는 벌써 여기의 모든 곳을 탐험했습니다. 아마 저만큼 이곳을 잘 아는 사람도 없을걸요."

"이곳 지형이 그렇게 어렵습니까?"

"무척 어렵습니다. 예를 들면 저 북쪽으로 보이는 거대한 평원은 기이하게 생긴 언덕들이 여기저기 솟아 있죠. 보시기에 어떤가요?"

"말 타기에 좋은 곳이군요."

"그렇게 보이죠. 하지만 저기서 몇 명이 목숨을 잃었습니다. 저 위쪽에 특히 푸른 풀이 빽빽한 곳이 보이세요?"

"네, 비옥해 보이는군요."

스테이플턴이 웃음을 터뜨리며 말했다.

"저곳이 그림펜 늪입니다. 저 근처에서 발을 헛디디면 사람이든 동물이든 바로 죽음인 거죠. 어제도 황야에 사는 조랑말 한 마리가 저 근처를 배회하다 빠져 나오지 못했죠. 그 조랑말은 늪에 빠져 꽤 오래 고개를 빼고 있었지만 결국 늪 속으로 끌려 들어가고 말았어요. 건기(乾期)라도 저곳을 건너는 일은 위험천만한데 가을 우기(雨期)를 지나고 나면 정말 최악의 장소가 되는 겁니다. 하지만 전 늪의 중앙으로 들어가는 길을 알고 있죠. 그래서 살아 돌아올 수 있었습니다. 저런! 저기 또 한 마리의 조랑말이 희생되고 있습니다."

푸른색 한 가운데서 갈색 물체 하나가 괴로움에 몸부림치며 이리저리 몸을 버둥거리고 있었는데, 그 긴 목에서부터 내뿜는 끔찍한 울음소리가 황야 전체에 울려 퍼졌다. 스테이플턴은 아무렇지도 않은 것 같았지만 나는 그 소리에 소름이 돋았다.

"사라졌군요! 늪이 삼켜 버렸어요. 이틀 동안 두 마리, 아니 아마도 더 많이 죽었을 겁니다. 동물들은 건기면 저곳으로 모이 거든요. 늪이 그 동물들을 움켜쥐고 삼키기 전까지는 다른 곳과의 차이를 절대 알 수 없지요. 정말 그림펜 늪은 거대하고 끔찍합니다."

"하지만 스테이플턴 씨는 저곳을 지나갈 수 있으시다는 거지요?"

"네, 적극적으로 찾는 사람이라면 건널 수 있는 길 한 두 개가 있어요. 다 제가 발견한 겁니다."

"그런데 어째서 저런 끔찍한 장소를 지나가려고 하시나요?"

"음, 저쪽에 언덕들 보이시죠? 저쪽이 늪에 둘러싸여 섬처럼 고립되어 있단 말입니다. 그렇게 여러 해 동안 방치되어 있었는데, 저기에 희귀한 식물들과 나비들이 살고 있습니다. 엄청나죠!"

"저도 언젠가 한번 가 봐야겠군요."

스테이플턴은 놀란 표정으로 나를 쳐다보며 이렇게 말했다.

"훠이, 절대 그런 생각은 하지 마십시오. 위험합니다. 살아서 돌아올 확률이 거의 없다니까요! 제가 늪지를 지나갈 수 있는 이유는 아주 복잡한 표식을 기억하고 있기 때문입니다."

"앗, 그런데 이건 뭡니까?"

내가 소리쳤다.

길고도 낮은, 그리고 구슬픈 울음소리가 황야 전체에 울려 퍼지기 시작했는데, 그 소리가 하늘 전체를 메웠지만 어디서 나는지는 알 수 없었다. 처음에는 약하게 들렸지만 점점 더 강하고 깊은 울음으로 커졌다가 다시 우울한 웅얼거림으로 변하기를 반복했다. 스테이플턴이 호기심 가득한 얼굴로 나를 바라봤다.

"황야란 참 기이한 곳이죠!"

그가 말했다.

"이 소리는 뭐냐니까요?"

"이곳 사람들은 이 소리가 바스커빌의 사냥개가 먹이를 유혹하는 소리라고 말합니다. 저도 전에 한두 번 들은 적이 있었지만 오늘처럼 이렇게 크게 들린 적은 없었습니다."

엄청난 공포감이 밀려오는 것을 느끼며 나는 주의를 둘러봤다. 거대하게 드넓은 평원에는 초록색 골풀이 얼룩처럼 여기저기 나 있었다. 이 광활한 공간을 휘젓는 소리가 무엇인지 상상도할 수 없었다. 그저 우리 뒤의 바위산에서 들려오는 새소리가 까마귀 두 마리의 울음소리라는 것만 알 수 있었다.

"스테이플턴 씨는 교육을 받은 분인데도 그런 터무니없는 이야기를 믿으십니까? 이 소리의 정체가 무엇이라고 생각하십니까?"

"늪이 만들어 내는 소리일 수도 있지요. 흙이 무너지거나 물이 솟아오르거나 할 때 말이죠."

"아니요, 이건 분명 어떤 생명체가 내는 소리입니다."

"글쎄요, 어쩌면…… 혹시 알락해오라기(*머리 몸이 갈색이고 검정색 새로 무늬가 있는 황새목 왜가리과의 조류.) 울음소리를 들어보신 적 있습니까?"

"아니요."

"희귀한 새죠. 영국에서는 거의 멸종됐다고 봐야 합니다. 하지만 이 황야에서는 모든 것이 가능하지요. 지금 이 소리가 이 세상에 마지막으로 남은 알락해오라기의 울음소리라고 생각해도 이상하지 않습니다."

"제가 지금까지 들어 본 소리 중 가장 이상하고 기이한 소리였습니다."

"네, 그렇다니까요! 여기는 아주 신비스러운 곳입니다. 저쪽 언덕 비탈을 보십시오. 뭐 같나요?"

가파른 경사면 전체에 회색 바위가 고리처럼 둘러진 구조물이 있었는데, 스무 개는 넘어 보였다.

"저게 뭔가요? 양을 가두는 우리인가요?"

"아니요, 옛날 우리 조상들이 살던 집입니다. 선사 시대 사람들은 이 황야 주변에 모여 살았습니다. 그 후 누구도 살지 않았기 때문에 그들이 살았던 흔적이 그대로 남게 된 것입니다. 저것들은 그들이 살던 지붕이 벗겨진 오두막입니다. 안으로 들어가 보면 화로는 물론이고 심지어 잠자리까지 볼 수 있습니다."

"마을이라고 할 만하군요. 사람이 언제 살았다는 거지요?"

"신석기 시대쯤이겠지요."

"그들은 어떻게 살았을까요?"

"언덕에서 소를 키웠을 겁니다. 청동 검이 돌도끼를 대체하기 시작하면서부터 주석을 캐내는 방법도 알게 되었죠. 반대편 언덕에 커다란 참호를 보십시오. 그 시대 사람들의 흔적이죠. 잘 보시면 이 황야에는 매우 특이한 점들이 많습니다, 왓슨 선생님. 앗, 잠깐만요. 이건 필시 키클로피데스(*나방을 닮은 나비의 한 종.)입니다."

작은 파리 혹은 나방이 날갯짓을 하며 우리 앞을 가로질러 가자 순식간에 스테이플턴은 놀라운 속도로 그것을 쫓았다. 그 희귀한 생명체가 곧장 거대한 늪으로 날아가자 나는 당황했지만 스테이플턴은 멈추지 않고 초록색 포충망으로 허공을 휘저으며 늪지의 덤불숲을 왔다 갔다 했다. 회색 옷을 입고 이리저리 움직이는 그의 모습도 나방처럼 보였다. 나는 그 자리에 서서 그의 재빠른 동작과 열정에 경탄하면서도 한편으로는 그가 발을 헛디뎌 늪에 빠지지나 않을까 하는 두려움에 복잡한 심경으로 그를 지켜보았다. 그때 발자국 소리가 들려 돌아보니 웬 여자 한 명이 다가오고 있었다. 깃털 같은 연기가 올라오는 머리핏 하우스 쪽에서부터 걸어오고 있었는데 황야의 지형 때문에 그녀가 가까이 올 때까지 모습이 확실히 보이지 않았다.

나는 그녀가 스테이플턴의 여동생이 틀림없다고 생각했다. 그녀는 황야에서 보기 드문 미녀였는데, 나는 누군가 그녀의 미모에 대해 언급했던 것을 기억하고 있었다. 그런데 이상했다. 오빠와 여동생이 이토록 다를 수 있을까 싶을 정도였는데, 스테이플턴은 흰 피부색에 금발이었고 회색 눈동자를 가진 반면, 여동생은 내가 영국에서 본 그 어떤 여성보다 피부가 가무잡잡하고 어두운 색의 머리카락과 눈동자에 날씬하고 키가 크며 우아했다. 또렷한 이목구비에 너무나 단정한 모습이어서 그녀의 붉은 입술과 반짝이는 검은 눈이 아니었다면 아마 감정이 없는 여자처럼 보였을 정도였다. 뛰어난 미모에 멋진 드레스 차림의 그녀는 황야에 나타난 유령처럼 느껴지기도 했다. 내가 뒤를 돌아보았을 때, 그녀의 눈은 자신의 오빠를 향하고 있었다. 그녀는 빠르게 다가오고 있었고 나는 정식으로 인사를 할 생각으로 모자를 벗으려는 찰나, 그녀가 전혀 생각지도 못한 말을 하는 것이 아닌가.

"돌아가세요. 지금 즉시 런던으로 돌아가세요."

나는 인사는 그만두고 그저 놀라 멍하니 그녀를 바라볼 수밖에 없었다. 그녀는 심지어 조급한 듯 발을 구르며 격양된 눈으로 나를 바라보았다.

"제가 왜 돌아가야 하지요?"

내가 물었다.

"설명할 수는 없습니다. 하지만 제 말씀대로 해 주세요. 돌아가세요. 그리고 다시는 황야에 발도 들이지 마세요."

"하지만 저는 이제 막 왔습니다."

"이보세요, 지금 당신께 경고를 드리는 거예요. 런던으로 돌아가세요! 오늘 밤 당장 출발하세요! 반드시 이곳을 벗어나셔야 해요! 쉿, 저기 오빠가 오고 있어요. 제가 한 말은 절대 입 밖에 내지 마세요. 실례가 안 된다면, 저기 쇠뜨기말풀 뒤에 있는 난초를 좀 꺾어 주시겠어요? 황야에는 난초가 아주 많답니다. 아, 이곳의 아름다움을 보기에는 좋은 시기가 지났군요."

그때 스테이플턴이 숨을 헐떡이며 상기된 얼굴로 돌아왔다."

"안녕, 베릴!"

동생에게 인사하는 그의 목소리가 어쩐지 어색하게 느껴졌다.

"잭 오빠, 더워 보이네요!"

"그래, 키클로피데스를 봤어. 희귀종인데다 이런 늦가을엔 아예 보기 힘든 건데 놓치다니!"

그는 태연하게 말하고 있었지만 그의 눈은 나와 그녀를 번갈아 살펴보고 있었다.

"저기서 보니 벌써 인사를 한 것 같던데?"

"네. 헨리 경에게 황야의 진정한 아름다움을 보기에는 때가 좀 늦었다고 말씀드리는 중이었어요."

"뭐? 누구라고?"

"헨리 바스커빌 경…… 아니세요?"

"아니, 아닙니다. 저는 그저 헨리 경의 친구입니다. 의사 왓슨입니다."

내 대답에 그녀의 아름다운 얼굴이 순식간에 난처함으로 뒤덮였다.

"제가 잘못 말씀드렸네요."

"음, 얘기할 시간이 별로 없었으니까."

그녀의 오빠가 여전히 그녀를 의심하는 말투로 말했다.

"이곳에 방문하신 게 아니라 주민인지 알고 그랬어요. 그럼 지금이 난초를 보기에 너무 이르거나 늦었다는 건 선생님께 문제가 안 되겠네요. 이쪽으로 오세요, 머리핏 하우스를 보여 드릴게요."

조금 걸어가자 머리핏 하우스가 보였다. 한창 번창하던 시기에 목축업자들이 농장으로 사용했던 곳을 수리해서 현대적인 주택으로 바꾼 곳이었는데 분위기가 횅했다. 주위는 과수원으로 둘러싸여 있었지만 황야에서 흔히 볼 수 있는 나무들과 같이 잘 자라지 못하고 시들해 보여 더욱 스산한 분위기를 만들어 내고 있었다. 머리핏 하우스와 평생을 한 것처럼 보이는 마르고 주름살 많은 하인 하나가 우리를 맞이해 안으로 들어갔는데, 밖과는 달리 넓은 방들이 많았고 방 안에는 스테이플턴 여동생의 미적 감각이 느껴지는 우아한 가구들이 놓여 있었다. 창문을 통해 먼 지평선까지 끝없이 물결치는 황야가 내다 보였다. 높은 교육을 받은 남자와 아름다운 여자가 이런 곳에 사는 것은 의외의 일이었다.

"저희가 꽤나 이상한 곳에 살고 있죠?"

스테이플턴이 내 생각에 대답이라도 하듯이 말했다.

"하지만 우리는 여기서 매우 행복하게 지내고 있습니다. 그렇지, 베럴?"

"그럼요, 행복하죠."

그렇게 대답하는 그녀의 목소리는 매우 형식적으로 들렸다.

"북부 지방에서 학교를 운영했었습니다. 제 성격에는 너무 단순하고 지루한 일이었지만 어린 학생들과 지내는 것이 좋았죠. 공부를 돕고, 그들의 성격 형성에 영향을 미치는 일에 자부심을 느꼈어요. 하지만 학교에 심각한 전염병이 돌아 학생이 세 명이나 죽었고, 그 타격으로 학교 경영을 회복할 수 없게 되어 제가 가지고 있던 돈도 대부분 날렸습니다. 학생들과 사귀는 즐거움만 잃어버리지 않았다면 저는 그 불행을 오히려 기쁘게 생각할 수 있었을 겁니다. 저는 동식물 연구에 깊은 관심이 있고, 이 분야는 연구할 게 많으니까요. 그리고 제 동생도 저만큼이나 자연을 사랑하고요. 이게 바로 선생님이 저희 집 창문으로 황야를 바라보시며 하셨을 생각에 대한 답변입니다."

"이곳 생활이 지루하시지 않을까 언뜻 생각했습니다. 특히 여동생 분께 말이지요."

"아뇨, 아니에요. 전 전혀 지루하지 않아요."

여동생이 재빨리 대답했다.

"책도 많고, 연구할 것도 많죠. 그리고 재미있는 이웃들도 있고, 모티머 씨는 자기 분야에 조예가 깊고, 돌아가신 찰스 경도 좋은 분이셨고……. 참 친하게 지냈었는데, 말할 수 없이 그립군요. 참, 오늘 오후에 제가 헨리 경을 찾아뵙고 인사를 드려도 되나요?"

"분명 좋아하실 겁니다."

"그러면 선생님께서 그렇게 전해 주시지요. 새로운 곳에 정착하시는데 조금이라도 도울 일이 있었으면 좋겠군요. 왓슨 선생님, 위층에 가서서 제가 만든 나비 표본을 보시겠습니까? 영국 남서부 지역에 서식하는 나비는 거의 다 있습니다. 둘러보시는 동안 점심 식사를 준비하죠."

하지만 나는 빨리 저택의 내 방으로 돌아가고 싶었다. 음울한 분위기의 황야, 조랑말의 처참한 죽음, 바스커빌가의 전설과 연관이 있는 그 괴이한 울음소리 같은 것들이 하루 종일 머릿속을 맴돌고 있었다. 이런 분명치 않은 상황 가운데 특히, 스테이플턴 여동생이 내게 실수로 했던 그 경고가 계속 마음에 걸렸다. 그토록 강하게 진심으로 뭔가 이야기를 한다면 중요하고도 결정적인 이유가 있을 것이었다. 나는 점심 식사를 거절하고 아까 지나온 길을 되짚어 가기 시작했다.

하지만 어딘가에 지름길이 있었던 모양이다. 내가 큰길로 접어들기도 전에 길 한쪽 바위 위에 스테이플턴의 여동생이 앉아 있었다. 그녀는 뛰어왔는지 얼굴에 아름다운 홍조를 띤 채 손을 허리에 얹고 있었다.

"선생님을 따라잡으려고 여기까지 뛰어왔어요. 오래 있지는 못해요. 제가 없어진 걸 오빠가 곧 알게 될 거예요. 좀 전에 헨리 경으로 착각하고 했던 실수에 대해 사과드리고 싶어요. 그리고 제가 했던 말은 잊어 주세요. 선생님과는 전혀 상관이 없으니까요."

"하지만 잊을 수 없을 것 같군요. 저는 헨리 경의 친구이고 그의 안전은 제게도 중요한 문제입니다. 왜 헨리 경에게 런던으로 돌아가라고 그토록 간곡하게 말했나요? 이유를 알고 싶습니다."

"여자의 변덕이었어요. 저를 알게 되신다면 제가 늘 이유가 있어서 말하거나 행동하는 건 아니라는 걸 알게 되실 거예요."

"아니, 그렇지 않을 겁니다. 저는 떨리던 당신의 목소리와 눈빛의 절박함, 그리고 그 긴장을 잊을 수 없습니다. 제발 솔직하게 말해 주시죠, 스테이플턴 양. 제가 여기에 온 이후로 늘 주변에 그림자가 깔려 있는 느낌을 받습니다. 마치 그림펜 늪 같습니다. 작은 단서들이 여기저기 있지만 늪으로 가는 길처럼 아무도 거기에 닿을 수 있는 길을 가르쳐 주지 않습니다. 무슨 뜻으로 그런 말을 한 것인지 제게 말씀해 주시면 제가 헨리 경에게 그 경고를 전달하겠습니다."

잠깐 동안 그녀의 얼굴에 망설임이 스쳤지만 다시 마음을 다잡은 듯 이렇게 말했다.

"생각이 너무 많으신 것 같네요, 왓슨 선생님. 오빠와 저는 찰스 경의 죽음으로 큰 충격을 받았습니다. 그분께서는 황야를 건너 저희 집까지 오시는 길을 좋아하셨고 그래서 친해졌지요. 찰스 경은 가문의 저주에 대해 무척 심각하게 생각하셨어요. 그래서 저는 찰스 경이 돌아가셨을 때 그분이 그토록 두려워했던 데에는 뭔가 분명한 이유가 있을 거라는 사실을 깨달았어요. 그래서 바스커빌가의 또 다른 사람이 다시 여기 온다면 그에게 경고하고 싶었을 뿐입니다."

"무엇 때문에 위험하죠?"

"선생님도 그 사냥개에 대한 전설을 아실 텐데요?"

"그런 미신은 믿지 않습니다."

"전 믿어요. 만약 선생님이 헨리 경의 친구시라면 그 저택에서 그분을 데리고 나와 속히 멀리 가세요. 세상은 넓은데 헨리 경은 왜 그렇게 위험한 곳에서 살려고 하시는 거지요?"

"위험한 곳이기 때문에 거기에 머무시는 겁니다. 헨리 경은 바로 그런 분입니다. 지금 당신이 좀 더 분명하게 말씀해 주시지 않는다면 그는 다른 곳으로 갈 수 없습니다."

"이 이상 분명하게 말씀드릴 게 없어요. 저 역시 더 이상 분명히 아는 것도 없으니까요."

"그럼 스테이플턴 양, 한 가지만 묻겠습니다. 그저 그런 뜻으로 말씀하셨던 거라면 왜 그 일을 오빠가 알면 안 되었던 거죠? 오빠나 다른 사람이 들어도 괜찮은 내용일 텐데요."

"오빠는 바스커빌 저택에서 누군가 살기를 간절히 바라고 있어요. 그래야 황야의 가난한 사람들에게 도움이 될 거라 생각하니까요. 만약 제가 헨리 경에게 떠나라고 말한 것을 알면 오빠는 몹시 화를 낼 거예요. 제가 하고 싶은 말은 다했습니다. 이제 돌아가야 해요. 여기에서 더 시간을 끌었다가는 제가 선생님을 만나러 갔다고 오빠가 의심할지도 몰라요. 그럼 조심히 돌아가세요."

스테이플턴 양은 황급히 인사를 하고는 흩어져 있는 바위들을 지나 어느새 사라져 버렸다. 나는 바스커빌 저택으로 가는 내내 알 수 없는 불안감에 휩싸여야만 했다.

8. 왓슨의 첫 번째 보고서

이제부터 사건에 대한 이야기는 지금 내 앞에 놓인 셜록 홈즈에게 보냈던 편지를 이용하여 설명하려고 한다. 한 장을 잃어버리기는 했지만 당시에 썼던 편지들은 지금의 내 기억보다 훨씬 더 정확하게 그 비극적인 사건에 대해 서술하고 있다.

10월 13일, 바스커빌 저택에서

친애하는 홈즈에게

내가 앞서 자네에게 보낸 편지와 전보로 신에게 버림받은 세상의 한 구석에서 일어나고 있는 일들에 관해 자네도 모두 알고 있을 거네. 이곳에 오래 있으면 있을수록 황야의 기운이 사람의 영혼 속으로 깊이 파고들어 나쁜 영향을 끼치는 것 같아. 광대하고도 소름 돋는 마력에 누구든 한번 빠지면, 현대의 모든 생활을 떠날 수밖에 없는 그런 곳이지. 어디를 가든 선사 시대에 살았던 사람들의 집과 흔적을 볼 수 있네. 이곳을 산책하면 모든 곳에서 옛 사람들의 집과 무덤, 그리고 아마도 그들의 신전이었던 것으로 추정되는 암석을 볼 수 있네. 산기슭 여기저기에 산재해 있는 회색 돌로 지어진 오두막을 보면 자신의 시대에 대해서는 까마득히 잊어버리게 되지. 어느 날 가죽옷을 입고 온몸에 털이 많은 사람들이 그 오두막의 낮은 문을 열고 나오면서 끝이 뾰족한 화살을 활시위에 거는 장면을 본다고 해도, 오히려 그 모습이 훨씬 잘 어울린다는 것을 느낄 걸세. 이해가 안 되는 건, 1년 내내 척박한 이 땅에 왜 그토록 사람들이 많이 모여 살았냐는 점이야. 내가 역사에 그리 관심이 많은 사람은 아니지만, 아마 그들은 매우 평화적인 사람들이 아니었을까 싶어. 여러 전쟁에서 지고, 또 지다 종국에는 아무도 점령하려 하지 않은 이 땅에 정착하게 된 것이 아니었을까 생각한다네.

어쨌든 이 모든 것은 자네가 나를 여기로 보낸 것과 무관한 일이고, 극단적으로 실용적인 자네의 정신에는 전혀 흥미롭지 못한 이야기일 테지. 나는 자네가 태양이 지구 주변을 도는지, 아니면 지구가 태양 주변을 도는지에 대해 전혀 관심이 없었다는 것을 지금도 기억하네. 그러니 이제 우리의 주요 관심사인 헨리 바스커빌 경에 관한 이야기를 하겠네.

최근 며칠 동안 자네가 아무런 보고도 받지 못했던 것은 오늘까지 이곳에서 아무런 중요한 일이 일어나지 않았기 때문이네. 그런데 오늘 아주 놀라운 일이 생겼네. 차근차근 사건을 이야기하기 전에 몇 가지 제반 상황에 대해 설명할 게 있네.

언젠가 잠시 이야기했듯이 황야에는 최근 탈옥한 죄수가 있네. 그리고 그자가 멀리 도망쳤다는 확실한 증거가 있는 덕분에 이 지역 여기저기에 흩어져 사는 사람들이 조금씩 안심을 하고 있어 다행이네. 탈옥한 지 2주가 지났지만 아무도 그자를 본 사람이 없고 그에 대해 들은 사람도 없다고 하니까 말이지. 그자가 황야에서 그렇게 오래 살아남아 있으리라고는 정말 믿기 어려운 일이고, 숨어 있다 해도 어디에 숨어 있는지에 대해서 알려진 것도 없다네. 그래, 홈즈. 어쩌면 저 돌 오두막 중에 하나가 그자의 은신처일지도 몰라. 하지만 탈주범이 황야의 양을 잡아먹지 않는 한 그곳에는 먹을 것이 전혀 없네. 그래서 그자가 멀리 도망쳤다고 생각하는 거지. 덕분에 외진 지역에 떨어져 살고 있는 농부들은 밤에 편히 잘 수 있게 되었다네.

바스커빌 저택에는 어른 넷이 함께 있기 때문에 걱정할 건 없었지만, 스테이플턴 남매를 생각하면 불안할 때가 많았네. 외딴 곳에 떨어져 살고 있어 도와줄 만한 사람이 없는 데다 늙은 하인 한 명에 여동생과 스테이플턴뿐인데, 그는 그렇게 강한 사내가 아니니까 말이네. 만약 노팅힐 사건처럼 그 무자비한 탈옥수가 그 집에 들이닥친다면 매우 위험할 거야. 헨리 경과 나 역시 그런 상황을 걱정해 마부 퍼킨스를 밤마다 그 집으로 보내겠다고 제안했지만, 스테이플턴은 들은 척도 하지 않았다네.

우리 친구 헨리 경은 사실, 먼 이웃에게 상당한 관심을 보이기 시작했어. 그도 그럴 것이 헨리 경처럼 활동적인 사람이 이렇게 외진 지역에서 시간을 보내는 것은 어려운 일인데다. 스테이플턴의 여동생은 꽤나 아름다운 미인이니 놀랄 만한 일도 아니지. 열대 지역 같은 이국적 매력이 넘치는 아가씨로, 차가운데다 무덤덤한 그녀의 오빠와는 무척 대조적이지. 하지만 스테이플턴도 마음속에 불을 감추고 있는 것처럼 보이네. 그리고 여동생을 조정하는 것 같아. 그녀가 나와 이야기를 할 때마다 오빠의 눈치를 보듯 끊임없이 곁눈질을 했거든. 스테이플턴의 매섭게 반짝이는 눈빛과 굳게 다문 입술이 권위적이고 냉혹한 성격을 드러내는 것 같네. 자네가 직접 스테이플턴을 보면 매우 흥미로워할 걸세.

스테이플턴은 우리가 처음 만난 다음 날 아침 바로 바스커빌 저택을 찾아 와서는 안면을 트고, 그다음 날 바로 나와 헨리 경을 데리고 그 사악한 휴고 바스커빌의 전설이 시작된 곳으로 갔다네. 황야를 가로질러 몇 킬로미터를 간 그곳은 그런 전설의 근원지답게 매우 음산한 곳이더군. 울퉁불퉁한 바위산 사이에 계곡이 있었고 그 계곡을 따라가면 흰 황새풀이 뒤덮인 풀밭이 연결되어 있지. 풀밭 한가운데 거대한 돌기둥 두 개가 솟아 있는데 돌기둥의 윗부분은 비바람에 날카롭게 깎여 마치 괴물의 거대한 송곳니처럼 보였지. 어디를 보나 그곳은 옛날 그 비극적인 장면을 떠오르게 하는 곳이었어. 헨리 경은 그 장소가 매우 특별하게 다가오는 듯 유심히 살폈고 스테이플턴에게 정말 그런 초자연적인 힘이 인간사에 간섭할 가능성이 있다고 믿느냐며 여러 번 물었지. 가볍게 묻는 듯했지만, 나는 그가 진심으로 그것에 대해 궁금해한다는 것을 느낄 수 있었네. 스테이플턴은 조심스럽게 자기 의견을 대답하긴 했는데, 자신이 알고 있는 것을 다 말하지는 않는 듯했어. 헨리 경의 감정을 생각해서 솔직히 말하지 않는다는 걸 쉽게 알 수 있었지. 스테이플턴은 그저 우리에게 여러 가문이 어떤 사악한 힘 때문에 고통당한 비슷한 사건을 이야기해 줬는데, 은연중에 그 사건에 대해 그곳 사람들이 가진 전반적인 생각에 자신도 동의한다는 뜻을 비치기도 했네.

집으로 돌아가는 길에 우리는 머리핏 하우스에 들러 점심을 먹었는데, 그때 헨리 경이 스테이플턴 양을 처음 만나게 되었지. 헨리 경은 그녀를 처음 본 순간부터 호감을 보였네. 내 느낌에는 그녀 역시 헨리 경에게 호의적인 듯했어. 점심을 마치고 저택으로 돌아가는 길에 헨리 경은 내게 몇 번이나 그녀에 대해 언급했다네. 그 이후로 우리는 매일같이 그 남매를 만났는데, 오늘 밤 저택에서 함께 저녁을 먹으면서 다음에 또 함께하자는 이야기를 나누는 식이었네. 두 사람의 만남에 대해 스테이플턴이 당연히 호의적일 거라고 생각하겠지만, 헨리 경이 그녀에게 관심을 보일 때마다 스테이플턴이 언짢아하는 것을 나는 여러 번 느꼈네. 스테이플턴은 여동생에게 매우 집착하고 있는 것 같아. 여동생이 없는 황야의 삶은 외로워지겠지만 그렇게 훌륭한 사람과 여동생의 결혼을 막는 것은 매우 이기적이지 않나? 나는 스테이플턴이 헨리 경과 여동생 둘만 있지 못하도록 막는 걸 어려 번 봤네. 두 사람이 사랑에 빠지는 것에 대해 스테이플턴이 부정적인 마음을 가지고 있다는 것은 확실하네. 어쨌든 그런 이유에서 헨리 경 혼자 절대 밖으로 나가지 못하게 하라는 자네의 지시는 지키기가 더 어려워질 것 같네. 사랑에 빠진 사람에게 그게 통하지 않을 것 같단 말이지.

며칠 전, 그러니까 목요일에 모티머 씨와 함께 점심을 먹었다네. 그는 최근 롱다운 지역의 고분을 발굴하던 중 선사 시대 사람의 두개골을 발견했다고 기분이 한껏 들뜬 상태네. 그처럼 오직 한 가지 일에만 열정을 쏟는 사람도 드물 걸세. 어쨌든, 나중에 스테이플턴 남매가 왔는데 헨리 경의 부탁으로 마음씨 좋은 모티머 씨는 우리를 그 사건이 일어났던 주목 산책로로 데려가서 그날 밤 일을 자세하게 들려주었지. 주목 산책로는 길고 음산한 길이야. 양쪽으로 높은 벽처럼 주목 울타리가 서 있고 그 밑에는 양편으로 좁은 풀밭이 있어. 산책로의 끝에는 매우 낡은 여름 별장이 있고 중간쯤에 찰스 경의 담뱃재가 떨어져 있던 황야로 통하는 쪽문이 있었지. 빗장이 걸려 있는 하얀 나무문이었네. 나는 그곳에서 자네의 가설을 바탕으로 그 사건을 상상해 봤어. '찰스 경이 여기에 서 있다가 황야를 가로질러 달려오는 무언가를 보고 공포에 질려 도망치고 심장에 무리가 가해져 쓰러진다.' 찰스 경은 길고 음산한 터널 아래를 달렸는데 무엇을 보고 도망쳤을까? 황야의 양치기 개? 아니면 소리 없이 다가오는 무시무시한 검은 유령 사냥개? 이 사건에 사람은 전혀 개입되지 않았을까? 창백한 얼굴을 한 저 신중한 집사 배리모어는 자신이 말한 것보다 더 많은 것을 알고 있지 않을까? 모든 것이 어둡고 막연하네, 홈즈. 하지만 항상 범죄의 이면에는 어두운 그림자가 있다고 하지 않았는가.

지난 편지를 쓴 이후 나는 이웃을 한 명 또 만났네. 래프터 저택에 사는 프랭클랜드 씨인데 우리가 있는 곳에서 남쪽으로 7킬로미터 정도 떨어진 곳에 살고 있어. 나이가 많고 붉은 얼굴에 머리는 백발이고 화를 잘 내는 성격이지. 법에 매우 관심이 많고 아주 많은 돈을 소송하는 데 쓰는 괴팍하고 싸움을 좋아하는 노인이야. 소송을 거는 것을 좋아하는 만큼 소송을 당하는 일도 개의치 않는다고 하는데, 이 노인은 비싼 대가를 치르는 오락을 즐기는 것 같아. 프랭클랜드 씨는 종종 길을 폐쇄하고 정부에서 도로를 개통하지 못하도록 버티기도 했다는데, 그러면서도 본인은 다른 사람의 통행로에 설치된 문을 부수고 이 길이 오랜 옛날부터 있었다고 주장하면서 땅 주인이 자신을 불법 침입 죄로 고소한 것에 대해 맞소송을 했다는군. 또 옛날 장원 제도와 공동 사용 권리에 대해서도 잘 알고 있어서 그 지식을 페른워디 마을 주민의 편에 서서 사용하기도 했고, 때로는 그들의 적으로 싸우는 데 쓰기도 했다네. 그래서 프랭클랜드 씨는 자신의 최근 소송의 성격에 따라 어떤 때는 의기양양하게 거리를 돌아다니기도 하고, 반대로 어떤 사람들이 그의 인형을 만들어 불태우며 저주할 때도 있다고 하네. 그는 현재도 일곱 개의 소송에 걸려 있다는데, 아마도 그 소송들로 그나마 남은 재산을 전부 날리게 될 거라고들 하지. 그렇게 되면 노인네의 기운도, 독기도 빠질지 모르겠네. 사실 그런 부분만 없다면 친절하고 성격도 좋은 사람인데 말이지. 내가 굳이 이 사람에 대해 이야기하는 것은 주변 이웃들에 대해 자세히 알려 달라고 했던 자네의 부탁 때문이네. 프랭클랜드 씨는 요즘 재미난 일을 하고 있는데, 천문학자처럼 집 옥상에 성능 좋은 망원경을 설치해 놓고 혹시나 탈옥한 죄수를 발견하지 않을까 하는 희망으로 하루 종일 황야를 관찰하는 것이지. 그 넘치는 에너지를 이런 좋은 일에만 사용한다면 괜찮을 텐데 말이네. 들리는 소문에 의하면 프랭클랜드 씨는 친척들의 동의 없이 무덤을 파헤쳤다는 이유로 모티머 씨를 고소하려고 준비하고 있네. 앞서 언급했듯 모티머 씨가 롱다운의 고분에서 신석기 시대 사람의 두개골을 발굴했거든. 프랭클랜드 씨의 이런 행동들이 이곳 사람들에게는 재미를 주기도 하는데, 어쩌면 이런 재미야말로 이곳에 절대적으로 필요한 것이지.

이제 탈옥수와 스테이플턴 남매, 모티머 씨, 그리고 래프터 저택의 프랭클랜드 씨까지 거의 모든 사람들에 대해 전한 것 같군. 그리고 마지막으로 가장 중요한 사람, 배리모어에 대해 더 자세한 이야기를 해 주겠네. 특히 어젯밤에 아주 놀라운 일이 있었다네.

일단, 우리가 런던에 있었을 때 배리모어가 정말 여기에 있었는지 확인하기 위해 자네가 보냈던 전보는 무용지물이 되었다는 걸 이미 설명한 바 있지. 내가 헨리 경에게 이 이야기를 하자 그는 직설적인 성격답게 바로 배리모어에게 그 전보를 직접 받았는지 물었고 배리모어는 그렇다고 대답하더군.

"배달부 소년이 당신의 손에 직접 전해 주었소?"

헨리 경이 묻자 베리모어가 놀란 표정으로 잠시 망설이다 이렇게 대답했네.

"아닙니다. 저는 당시 위층에 있어서 아내가 전보를 가지고 올라왔습니다."

"그럼 답장은 당신이 직접 했나요?"

"아닙니다. 제가 아내에게 어떻게 답변을 쓸지 말했고 제 아내가 썼습니다."

이렇게 일단락이 되는가 싶었는데 그날 저녁에 배리모어가

이 문제를 직접 다시 거론하더군.

"헨리 경께서 오늘 아침 그런 질문을 하신 이유를 모르겠습니다. 제가 경의 신뢰를 저버릴 만큼 무언가 잘못한 것이 있습니까?"

헨리 경은 해명할 말을 찾지 못해 그저 그런 것이 아니라고 대답하고는, 자신이 안 입는 옷들 중 몇 벌을 배리모어에게 주어 그의 마음을 풀어 주려 했네. 때마침 런던에서 샀던 새 옷들이 모두 도착해 있었거든.

배리모어 부인도 무척 흥미로운 사람이네. 여자로서는 체격이 크고 다부진 편인데, 행동거지가 상당히 절제되고 검소해 청교도적인 면이 있는 사람이네. 자네는 그처럼 감정을 잘 드러내지 않는 사람을 상상하기 힘들 걸세. 하지만 말했듯이 나는 여기에 온 첫날 밤 그녀가 심하게 우는 소리를 들었고, 그 후로도 그녀가 운 것 같은 모습을 여러 차례 목격했네. 분명 숨겨진 슬픔이 있는 여자야. 그 이유에 대해 나는 이따금씩 죄의식에 시달리는 것은 아닐까 싶기도 하고, 혹은 배리모어가 폭력을 행사하는 것일까 의심하기도 하네. 그에게는 어쩐지 좀 의심스러운 면이 있거든. 게다가 홈즈, 사실 지난 밤 배리모어의 어떤 대담한 행동이 나의 의심을 더 키워 버렸네.

그렇게 큰 문제가 아닐 수도 있네만, 자네도 알다시피 나는 잠을 깊게 자는 편이 아닌데다 이 저택에 와서 경호를 맡다보니 신경이 예민해져서 더 쉽게 잠에서 깨지. 어젯밤에도 새벽 두 시쯤 내 방문 앞을 지나가는 작은 발소리에 잠이 깼네. 나는 일어나서 문을 열고 복도를 살짝 내다봤는데 긴 그림자 하나가 지나가는 것을 보았지. 촛불을 든 남자의 그림자 말이네. 셔츠와 바지는 입었지만 신발은 신지 않았고, 자세히 볼 수는 없었지만 크기로 봐서는 분명 배리모어였네. 그는 아주 천천히 조심스럽게 걸어갔는데 분명 무언가 떳떳치 못하고 은밀한 일을 하고 있다는 것을 직감했어.

이미 설명한 적이 있지만, 복도는 홀을 둘러싼 중앙 발코니로 나뉘어져 반대쪽에 다른 복도가 이어져 있지. 나는 배리모어가 시야에서 사라질 때까지 기다렸다가 그를 쫓아갔네. 내가 발코니를 돌았을 때 그는 반대쪽 복도 끝쯤에 있었는데, 방에서 새어 나오는 불빛을 보고 그가 어떤 방으로 들어갔다는 걸 알았지. 지금 이 저택의 방은 가구도 없을 뿐 아니라, 사용하지도 않기 때문에 그의 행동은 매우 의심할 만한 일이었네. 나는 최대한 소리를 내지 않고 조심스럽게 복도를 걸어가 문에 몸을 숨기고 안을 들여다봤는데, 배리모어는 아무 움직임 없이 서 있었어.

그가 촛불을 창가에 바짝 붙이고 창문 앞에 몸을 숙이고 서 있었기 때문에 옆모습은 나를 향하고 있었지. 캄캄한 황야를 보는 그의 얼굴이 너무나 진지하더군. 그렇게 한참을 바라보다 그는 깊은 신음 소리를 내더니 서둘러 촛불을 끄더군. 나는 곧바로 내 방으로 돌아왔고 잠시 후 내 방문 앞을 지나가는 조심스러운 발자국 소리를 들었네. 그리고 한참 후에 선잠이 들었는데 잠결에 어딘가에서 열쇠로 뭔가를 여는 소리를 들었지만 어디에서 나는 소리인지는 알 수 없었네. 홈즈, 이 모든 것이 무엇을 의미하는지는 모르겠지만 이 음침한 저택에서 어떤 비밀스러운 일이 진행되고 있는 것은 분명해. 그런데 우리는 조만간 그게 무엇인지 알 수 있을 거야. 자네가 나에게 오직 사실만을 알려 달라고 했기에, 내 가설로 자네를 괴롭히지는 않겠네. 하지만 오늘 아침 헨리 경과 오랫동안 논의했고 어젯밤 있었던 일에 대해 어떻게 할지 계획을 세웠다네. 지금 당장은 그 계획에 대해 알려 주지 않겠지만, 다음번 내 보고는 상당히 흥미로울 테니 기대해 주게.

9. 황야의 불빛 ― 왓슨의 두 번째 보고서

10월 15일, 바스커빌 저택에서

친애하는 홈즈에게

초반에는 새로운 소식을 많이 전하지 못했지만 최근 많은 사건이 한꺼번에 계속 일어나고 있네. 지난번 보고에서는 창가에서 있던 배리모어에 대한 이야기로 끝냈는데, 이제 그것에 관해 보고할게 많아졌네. 자네는 깜짝 놀랄 거야. 여러 가지 일이 내가 예상치 못한 방향으로 흐르고 있는데, 상황이 지난 48시간 동안 어떤 면에서는 점점 명확해지고 있는 것도 같고, 어떤 면에서는 더욱 복잡해지는 것 같기도 하네. 지금부터 모두 들려줄 테니 자네가 알아서 판단하게.

어젯밤 그 모험에 이어 나는 오늘 아침 식사 전에 복도를 따라 걸어가 어제 배리모어가 들어갔던 방을 조사했네. 그가 앞에서서 밖을 응시하던 서쪽 창문은 집 안의 다른 창문들과 차이가 있더군. 그 창문에서는 가까운 황야가 잘 보였는데, 다른 창문을 통해서 보면 먼 곳의 풍경만 보이는데 그 창문에서는 두 그루의 나무 사이로 황야가 훤히 바라다보였다네. 그러니까 배리모어가 황야에서 무언인가 혹은 누군가를 찾으려 했다면 그 창문이 가장 적합하다는 말일세. 그런데 어젯밤은 상당히 어두웠기 때문에 배리모어가 뭔가를 볼 수 있었다고는 생각할 수 없었지. 그래서 나는 순간적으로 배리모어가 바람을 피우는 게 아닐까 하는 생각이 들었네. 그렇다면 배리모어의 은밀한 움직임과 그의 아내가 불안정했던 것도 모두 설명이 되니까 말이야. 배리모어는 아주 잘생기고 건장해서 시골 처녀들이 좋아하기에 충분하거든. 지금 내 말이 허무맹랑한 소리는 아니라는 말일세. 내가 잠결에 들었던 문을 여는 소리도 비밀스러운 만남을 위해 배리모어가 움직였던 거라면 앞뒤가 맞는다고 생각했지. 하지만 이런 나의 의심은 결과적으로 근거 없는 추측에 불과했네.

어쨌든 배리모어의 수상한 행동의 진짜 이유가 무엇이든지 간에 나는 이 사실을 혼자만 알고 있을 수 없어서 오늘 아침 식사 후 서재에서 헨리 경에게 낱낱이 말했다네. 그런데 내 예상과 달리 그는 많이 놀라지 않더군.

"배리모어가 밤마다 움직이는 건 알고 있었습니다. 안 그래도 한번 물어 보려고 생각했었죠. 선생님이 말씀한 그때쯤 복도를 오가는 배리모어의 발자국 소리를 두세 번쯤 들었고, 심지어 집 밖을 나갔다 오는 소리도 들었습니다."

"그렇다면 매일 밤 그 창문에 가는 모양이군요."

"그렇겠지요. 배리모어를 미행해 봐야겠습니다. 만약 홈즈 씨라면 어떻게 했을지 궁금하군요."

"홈즈라면 헨리 경의 말대로 했을 겁니다. 그를 미행해 그가 무엇을 하는지 확인하겠죠."

"그럼 우리 둘이 하면 되겠군요?"

"하지만 배리모어가 눈치를 챌 것 같은데요……."

"배리모어는 청력이 약하니 괜찮을 겁니다. 그리고 어떻게 되더라도 그것을 확인해야 합니다. 오늘 밤 제 방에서 배리모어가 나올 때까지 같이 기다려 봅시다."

헨리 경은 신이 나는 듯 두 손을 비비며 말했는데, 황야에서의 지루한 생활 속에 이러한 모험을 반기게 된 것 같았지.

헨리 경은 찰스 경이 세웠던 여러 건설 계획에 고용되었던 건축가와 런던에 있는 하청 업자에게 연락을 취하며 논의하고 있으니 이곳에 곧 커다란 변화가 시작될 거네. 플리머스에서 실내 장식업자와 가구업자도 왔지. 헨리 경은 가문을 예전처럼 회복시켜 놓기 위해 어떤 수고도 아끼지 않고 비용도 지불할 생각인 게 분명해. 이 저택의 재건축과 가구 배치가 끝나고 나면 이 모든 것을 완성시키는 데 필요한 마지막은 바로 아내를 맞이하는 것이겠지. 나는 이 모든 일이 전부 그 숙녀 때문이라는 것을 알고 있네. 나는 지금껏 헨리경이 스테이플턴 양에게 빠진 것처럼 한 여자에게 깊이 반한 남자를 본 적이 없거든. 하지만 그의 사랑 역시 그가 바라는 것처럼 쉽게 이루어질 것 같지는 않아. 오늘도 전혀 예상치 못한 일로 그들이 멀어진 것 같은데, 그것 때문인지 헨리 경이 많이 혼란스러워하고 괴로워했다네.

배리모어에 대한 이야기가 끝난 뒤 헨리 경이 모자를 쓰고 나갈 준비를 해서 나도 함께 나가려 했지. 그랬더니 그가 이렇게 묻더군.

"같이 가시게요, 왓슨 선생님?"

이 젊은 준남작이 진지하게 내게 묻더군.

"경이 황야에 가느냐 안 가느냐에 따라서요."

"네, 황야에 갑니다."

"제가 해야 할 일이라……. 원치 않게 방해해서 죄송하지만, 아시다시피 제가 경의 곁에 항상 있어야 한다는 것을 홈즈가 강조했지요. 특히 경이 혼자 황야에 가는 건 절대로 안 된다고 했고요."

헨리 경은 아주 즐거운 듯 웃으며 내 어깨에 손을 올리더군.

"왓슨 선생님, 홈즈 씨의 예리한 추리력도 제가 황야에 온 이후 어떤 일이 생길지 예측하지 못했습니다. 무슨 뜻인지 아시죠? 선생님이야 말로 이 세상에서 유일하게 제 사랑을 방해하는 분이시군요. 전 혼자 가겠습니다."

나는 난처했지. 할 말도 없었고 어떻게 할 수도 없어 망설이는 사이에 헨리 경이 지팡이를 들고 나가 버렸네.

하지만 내 양심에 비추어 보았을 때 어떤 명목으로든 그가 혼자 가도록 한 게 마음에 걸렸어. 그리고 런던으로 돌아가 자네의 지시를 어겨서 헨리 경에게 불행한 일이 일어났다고 말해야 한다면 어떤 기분이 들지 상상해 봤지. 그 생각을 하니 창피함과 죄책감이 몰려오더군. 나는 헨리 경을 따라잡기에 늦지 않았기를 바라면서 즉시 저택을 나서 머릿핏 하우스로 향했네.

길을 따라 전속력으로 달려 황야로 가는 갈림길이 있는 지점에 이르렀지만 헨리 경은 보이지 않았어. 순간 나는 내가 길을 잃은 건 아닌가 싶어서 주위를 보려고 높은 곳으로 올라갔는데, 채석장 주변의 언덕이었지. 그제야 헨리 경을 볼 수 있었네. 황야로 들어가는 길에서 400미터쯤 떨어진 곳에 있었는데 스테이플턴 양과 걷고 있더군. 그들은 천천히 걸으며 깊은 대화를 나누고 있었는데 그녀가 말을 하면서 손을 계속 움직였기에 두 사람이 진지한 이야기를 하고 있다는 것을 알 수 있었어. 헨리 경은 경청하며 이따금씩 부정의 의미로 고개를 가로젓더군. 바위 사이에 서서 그들을 지켜보던 나는 어떻게 해야 할지 몰라 난감했네. 물론 내려가서 그들 사이를 방해하는 건 도리가 아니었지. 그리고 내 임무는 헨리 경을 지켜보기만 하면 되는 거였지 않나. 친구를 감시하는 일은 하고 싶지 않았지만, 언덕에서 그가 잘 보였기에 나중에 내 행동을 고백하기로 하고 그곳에서 헨리 경을 지켜보려고 생각했네. 갑작스러운 위험에 대처하기에는 내가 너무 먼 곳에 있었던 건 사실이지만, 내 처지를 생각한다면 자네가 나였더라도 그곳에 있는 것 외에는 달리 방법이 없었을 것이라고 이해하리라 믿네.

헨리 경과 스테이플턴 양이 길 위에 멈춰 서서 깊은 대화를 이어가고 있을 때, 문득 나는 그들을 지켜보는 사람이 나뿐만이 아니라는 걸 알았어. 허공에 작은 초록색 조각이 떠다니고 있었는데, 울퉁불퉁한 지반에서 포충망을 들고 남자가 움직이고 있는 것이었네. 바로 스테이플턴이었지. 스테이플턴은 나보다 그 두 사람에게 훨씬 더 가까이 있었는데, 그들을 향해 접근하는 중이었네. 그 순간 갑자기 헨리 경이 스테이플턴 양을 끌어당겨 안

앉고 스테이플턴 양은 그에게 벗어나려고 고개를 옆으로 돌렸는
데, 헨리 경이 그녀의 얼굴을 향해 고개를 숙이자 그녀는 거부하
려는 듯 손을 들어 막았네. 다음 순간 나는 두 사람이 갑자기 떨
어져 서로 등을 돌리는 걸 봤는데 바로 스테이플턴이 나타났기
때문이었어. 이 박물학자는 포충망을 등에 매단 채 두 사람을 향
해 달려가고 있었네. 스테이플턴은 너무 흥분한 나머지 두 사람
앞에서 춤을 추듯 온몸을 사용하며 그들을 향해 뭐라고 이야기
하기 시작했어. 이해할 수 없긴 했지만, 헨리 경이 해명하는 데
에도 불구하고 스테이플턴은 그에게 화를 내며 윽박지르는 것처
럼 보이더군. 스테이플턴 양은 아무 말도 없이 가만히 서 있었는
데, 스테이플턴이 단호한 손짓으로 여동생을 부르자 그녀는 망
설이며 헨리 경을 한 번 쳐다보더니 그대로 오빠를 따라갔지. 헨
리 경은 그들의 뒷모습을 바라보며 잠시 서 있다가 낙담한 듯 고
개를 숙인 채 천천히 저택을 향해 걷기 시작했어.

　나는 이 사건의 의미를 이해할 수 없었지만, 너무나 사적인
일을 보게 된 것이 부끄럽더군. 나는 곧장 언덕을 내려가 밑에서
그를 만났는데, 그가 화들짝 놀라 얼굴을 붉히며 내게 따지더군.

　"이런, 왓슨 선생님! 대체 어디에서 떨어진 겁니까? 저를 쫓
아오신 건가요?"

　나는 그에게 사실을 있는 그대로 털어놨네. 내가 왜 저택에
남아 있을 수 없었고, 어떻게 그를 따라왔으며, 조금 전에 그 상
황을 의도치 않게 보게 된 것을 말이지. 헨리 경은 잠시 나를 노
려봤지만 내가 솔직하게 전부 말하자 화를 거두고 어색하게 웃
으며 말하더군.

"이런 들판 한가운데라면 사적인 이야기를 하기에 아주 적절한 장소라고 생각했는데! 이 마을 사람들 전부에게 나의 구애 장면을 들킨 것 같네요. 더구나 어설프기 짝이 없고 처참하게 실패한 구애를 말입니다. 대체 어디 계셨다고요?"

"저 언덕 위에요."

"허, 우리 뒤에 계셨네요. 그녀의 오빠는 앞쪽에서 불쑥 나타났고 말이죠. 그가 우릴 향해 달려드는 걸 보셨나요?"

"네."

"그녀의 오빠라는 자, 그러니까 그가 오늘처럼 미친 것 같다고 생각한 적이 있나요?"

"그런 적은 없습니다."

"저도 마찬가지입니다. 지금까지 저는 스테이플턴이 매우 이성적인 사람이라고 생각했는데 지금 상황으로써는 그 사람이 이상하거나 제가 이상하거나 둘 중 하나일 것 같습니다. 제가 무슨 잘못을 했나요? 왓슨 선생님은 몇 주 동안 저와 가까이 생활하셨으니 아실 것 아닙니까? 한번 솔직히 말씀해 보세요. 제가 한 여자의 남편이 되기에 부족합니까?"

"절대 아닙니다."

"스테이플턴이 제 사회적 위치를 싫어할 이유는 없으니 그저 제가 싫은 거겠죠. 저를 왜 싫어하는 걸까요? 저는 여태껏 누구에게든 상처를 준 적이 없습니다. 그런데 그 남자는 제가 왜 자기 동생에게 접근조차 못하게 하는 걸까요?"

"그가 그렇게 말했나요?"

"네, 그 이상이었죠. 다 말씀드리겠습니다. 알게 된 건 불과 몇 주지만 처음부터 스테이플턴 양이 제 사람이라고 느꼈습니다. 그녀도 저와 함께 있으면 행복해했고요. 말하진 않았지만 눈빛으로 그걸 알 수 있었습니다. 하지만 스테이플턴 그자가 우리 두 사람만 만나는 것을 싫어해 오늘에서야 처음으로 단둘이 만나 몇 마디 말을 나눈 겁니다. 스테이플턴 양도 저를 흔쾌히 만나 주었지만, 정작 사랑에 관한 말은 하지 않았고 그녀는 저에게 그 이야기를 꺼내지도 못하게 했습니다. 그녀는 계속해서 여기가 위험한 곳이니 돌아가라고, 그리고 제가 떠날 때까지 자신은 결코 행복할 수 없을 거라고 말하더군요. 저는 그녀에게 당신을 만났기에 여기를 떠나지 않을 것이고, 정말로 내가 이곳을 떠나기를 원한다면 함께 떠나자고 말했지요. 그 말의 의미는 그녀에 대한 청혼이었습니다. 그런데 그녀가 미처 대답도 하기 전에 그녀의 오빠라는 자가 나타나 미친 사람처럼 화를 낸 겁니다. 얼마나 화가 났는지 얼굴이 하얗게 질려 있었고 눈이 분노로 이글거리더군요. 제가 그녀에게 무슨 잘못을 저질렀단 말입니까? 자신의 여동생을 붙잡고 놓아주지 않았나요? 제가 준남작이라고 해서 제 마음대로 할 거라고 생각했을까요? 그녀의 오빠만 아니었다면 저는 가만히 있지 않았을 겁니다. 저는 그녀의 오빠에게 그녀에 대한 제 감정이 진심이고 그녀가 제 아내가 되어 주기를 바라며, 그렇게 되면 무척 영광스러울 것이라고 말했습니다. 그런데 그는 오히려 제 말에 더 화를 내더군요. 그 바람에 저도 이성을 잃고 말았습니다. 그녀가 듣고 있는 걸 생각하면 하지 말았어야 할 말까지 하며 꽤나 강하게 스테이플턴에게 항의했죠. 결국 선생님도 보셨다시피 그는 여동생을 데리고 가 버렸습니다.

저는 이제 그가 어떤 사람인지 알고 싶습니다. 대체 어떻게 된 일일까요, 선생님. 알려 주신다면 무척 감사하겠습니다."

나는 한두 가지 설명 같은 걸 하려 했지만, 사실 나도 이유를 전혀 알 수 없었네. 헨리 경은 지위와 재산, 그리고 젊은 나이와 좋은 성격에 잘생긴 외모까지 거의 완벽한 청년이지 않은가. 그의 가문에 내려오는 어두운 운명만 빼면 말이지. 그런 경의 청혼을 자신의 여동생에게 의중을 묻지도 않고 거칠게 거절한 것이나 그녀 역시 그런 상황을 아무 반발 없이 받아들였다는 건 정말 놀라운 일이네. 하지만 우리는 그때 괜한 억측을 한 것이었는데, 그날 오후 스테이플턴이 오전에 있었던 자신의 무례한 행동을 사과하기 위해 저택에 찾아왔고, 헨리 경과 두 사람은 그 문제에 대해 오랜 대화를 나눈 후에 결국 화해했네. 그리고 그런 뜻에서 다음 주 금요일에 머리핏 하우스에서 저녁 식사를 함께 하기로 했지.

헨리 경은 그 만남의 결과를 내게 말했네.

"스테이플턴은 정말 미친 사람 같았지만, 이제 그렇게 말하지 않겠습니다. 오늘 아침 내게 달려들었을 때의 그 얼굴을 잊을 수는 없지만, 그가 너무나 공손하게 사과를 했기에 받아들이지 않을 수 없었습니다."

"왜 그랬는지 설명하던가요?"

"자신에게는 여동생이 인생의 전부라고 하더군요. 충분히 이해할 수 있었습니다. 여동생을 그처럼 소중하게 여기는 것에 외려 제가 더 기쁩니다. 그 둘은 항상 함께였는데, 그가 말하길 자기의 외로운 인생에 여동생만이 유일한 친구였다고 하더군요.

그런데 그녀를 잃는다고 생각하니 너무 끔찍했다고 했습니다. 스테이플턴은 제가 동생에게 관심을 품고 있는지 몰랐는데 직접 그 장면을 목격하자 그녀를 금방이라도 데려갈 거라는 생각에 충격을 받아 순간적으로 이성을 잃었다고요. 자기가 어떤 행동을 했는지, 무슨 말을 했는지조차 기억하지 못한다며 깊이 사과했습니다. 그리고 자기 여동생처럼 아름다운 여자를 평생 붙잡고 있으려 했다는 게 얼마나 이기적이고 우매한 생각이었는지 깨달았다고도 했습니다. 그리고 만약 그녀가 결혼을 해서 자기를 떠나야 한다면 다른 사람보다는 저 같은 이웃 사람이면 좋겠다고 하더군요. 하지만 어쨌든 지금 바로 동생을 보내기에는 마음의 준비가 안 됐다며 시간이 필요하다고 했습니다. 석 달 동안만 결혼 이야기를 꺼내지 말고 사랑이 아닌 그저 친구로 지내 달라고 부탁했죠. 그러면 그 어떤 반대도 하지 않겠다고요. 저는 그 제안을 받아들였고, 그렇게 마무리했습니다."

이로써 디딜 바닥을 찾아 버둥거리고 있는 이 늪에서 우리는 처음으로 깔끔하게 작은 수수께끼 하나를 해결한 셈이야. 스테이플턴이 자기 여동생의 구혼자, 그것도 헨리 경처럼 모든 면에서 훌륭한 사람을 그토록 싫어한 이유를 알아낸 거지. 그리고 또 하나 알아낸 것이 있네. 한밤중에 여자가 흐느끼는 소리와 배리모어 부인의 눈물 자국, 그리고 밤마다 서쪽 창가로 가던 집사 배리모어의 비밀스러운 움직임에 대해서지. 홈즈, 기뻐해 주게. 그리고 내가 자네를 실망시키지 않는 괜찮은 조수라고 칭찬해 주길 바라네. 그 모든 일들이 하룻밤의 작전으로 아주 깨끗하게 해결되었거든.

사실 첫 날 밤은 완전히 공쳤으니 하룻밤 작전이라기보다는 이틀 밤이 걸린 일이었지. 헨리 경과 같이 경의 방에서 거의 새벽 세 시까지 기다렸지만 그날은 계단의 시계 소리 말고는 어떤 소리도 들을 수가 없었거든. 그렇게 허무한 불침번을 서다 우리 둘 다 의자에 앉아 잠이 들었지. 하지만 우리는 포기하지 않고 다음 날 다시 시도하기로 했네. 다음 날 밤, 우리는 등잔불의 불빛을 최대한 낮추고 담배 연기가 밖으로 새어 나가지 못하도록 하고나서 조용히 앉아 있었지. 시간이 어찌나 천천히 흐르던지 무척이나 힘들었네. 하지만 덫을 쳐 놓고 사냥감이 오기를 기다리는 사냥꾼처럼 인내심을 발휘하며 기다렸어. 시간은 새벽 한 시를 지나고 두 시가 되며 흘러갔지만 아무런 일도 일어나지 않았네. 지친 우리는 그날도 포기하려 했는데, 그 순간 우리 둘은 동시에 앉아 있던 의자에서 벌떡 일어났지. 그리고 모든 신경을 곤두세운 채 한 치의 빈틈도 없이 주의를 기울였네. 복도에서 '끼익' 하는 소리가 들렸어.

그 발소리가 멀리 사라질 때까지 기다렸다가 헨리 경이 조심스럽게 문을 열었고 우리는 추적을 시작했네. 촛불을 든 집사는 벌써 복도를 지나 모퉁이를 돌고 있어 복도는 컴컴했지. 우리는 아주 조심스럽게 그를 따라 옆 부속 건물로 갔어. 키가 크고 얼굴에 수염을 기른 집사가 어깨를 잔뜩 움츠린 채 발끝으로 반대편 복도를 지나 전에 들어갔던 그 방으로 다시 들어가더군. 어둠 속에서 촛불의 빛을 받아 방문의 윤곽이 잠깐 드러나더니 곧이어 칠흑 같은 복도 밖으로 노란 불빛이 흘러나왔지. 우리는 마룻바닥을 밟을 때 몸무게 때문에 소리가 나지 않도록 발뒤꿈치를 들고 조심스럽게 다가갔네. 소리가 나지 않도록 하기 위해 미리 신발을 벗어 두었지만 낡은 마룻바닥은 걸을 때마다 탁, 끼익, 하며 소리가 났지. 그 소리가 너무 커서 배리모어가 눈치챌 것 같았지만 다행이 집사는 귀가 잘 들리지 않는데다 자신의 일에 완전히 몰두해 있었기 때문에 우리가 낸 소리를 듣지 못했어. 마침내 우리는 방 앞에 다다라 문틈으로 안을 들여다보았네. 배리모어는 손에 촛불을 들고 창문 앞에 웅크리고 서 있었는데 그의 긴장한 흰 얼굴이 내가 엊그제 밤에 봤던 그대로였네.

우리는 구체적인 계획을 세우지는 않았지만 헨리 경은 무슨 일이든 항상 직선적으로 행동하는 성격이라 바로 방 안으로 걸어 들어갔네. 배리모어는 깜짝 놀라 창문에서 뛰어내리듯 물러서며 '흡!' 하고 격렬하게 숨을 들이쉬었는데, 얼굴이 납빛이 된 채 우리 앞에서 벌벌 떨었지. 하얗게 질린 얼굴에 공포와 경악이 뒤덮여 있었어.

"대체 여기서 뭘 하는 것이오, 배리모어?"

"아무것도 아닙니다."

동요한 그는 이 말도 제대로 하기가 어려운 것 같았어. 그가 바들바들 떠는 바람에 촛불이 흔들리며 그의 그림자가 커졌다 작아졌다 일렁거렸지.

"그저 창문을 확인했습니다, 헨리 경. 창문이 잘 잠겼는지 둘러보고 있었습니다."

"2층을 말인가요?"

"네, 모든 창문을 확인 중입니다."

그러자 헨리 경이 엄한 목소리로 추궁했네.

"이봐요, 배리모어. 우리는 오늘 이 일에 대해 반드시 당신의 설명을 들을 것이오. 당장 말하는 것이 좋을 거요. 거짓말은 하지 마시오. 이렇게 늦은 시간에 이 창문 앞에서 대체 뭘 하고 있던 겁니까?"

집사는 막다른 골목에 갇힌 사람처럼 두 손을 쥐어짜고 절망적인 눈으로 우리를 쳐다보면서 대답했네.

"절대 경에게 해를 끼치는 일은 하지 않았습니다. 그저 촛불을 들고 창가에 서 있었을 뿐입니다."

"그러니까 대체 왜 초를 들고 거기에 서 있었소?"

"더 이상 묻지 말아 주십시오. 제발요, 헨리 경! 하지만 분명한 건, 이건 제가 감추려는 비밀이 아니기 때문에 말씀드릴 수 없다는 겁니다. 이게 다른 사람이 아닌 저만의 일이었다면 경에게 감추지 않았을 겁니다."

갑자기 나는 그때 어떤 생각이 떠올라 떨고 있는 집사의 손에서 촛불을 낚아챘네.

"이 사람은 아마 신호를 보내기 위해 이 촛불을 들고 있었을 겁니다. 대답이 있는지 기다려 보지요."

나는 배리모어가 했던 것처럼 촛불을 들고 창밖의 어둠을 주의 깊게 바라봤지. 달이 구름에 가려져 있어 분명하지는 않았지만 어둠 속에서 나무들의 검은 형체와 그보다 좀 더 밝은 황야는 분간할 수 있겠더군. 그 순간 나는 기쁨의 환호를 질렀어. 점을 찍은 듯한 노란색의 희미한 불빛이 떠오르더니 내가 들고 있는 촛불과 창틀로 인해 황야에 형성된 검은색 사각형 그림자 안에서 빛나고 있었지.

"저거야!"

내가 외쳤어.

"아뇨, 아닙니다. 헨리 경! 저건 아무 상관없습니다! 정말입니다, 헨리 경!"

집사가 절규했네.

"왓슨 선생님, 촛불을 움직여 보세요!"

헨리 경이 소리쳤네.

"아니라고? 저쪽도 움직이지 않소! 이런 악당 같으니. 이게 신호가 아니면 뭐란 말인가? 어서 바른대로 말해 보시오! 저쪽에 있는 한패는 누구요? 대체 무슨 음모를 꾸미고 있는 거요?"

집사의 얼굴이 점점 도전적으로 변하더니 단호하게 말하더군.

"이건 제 일입니다. 경이 상관하실 일이 아니지요. 제가 말씀드릴 이유가 없습니다."

"좋아, 그렇다면 당신은 지금 당장 해고요."

"좋습니다. 그렇게 하신다면 나가지요."

"창피한 줄 아시오! 당신이 얼마나 부끄러운 짓을 하고 있는지 아시오? 당신 집안은 우리 가문과 이 집에서 수백 년을 함께 했소. 그런데 이제 나를 해치려는 음모를 꾸미다니!"

"아니, 아닙니다, 헨리 경! 경을 해치려는 게 아닙니다."

그 말을 한 사람은 배리모어 부인이었네. 부인은 배리모어보다 더 창백하고 공포에 질린 얼굴로 문 앞에 서 있었어. 그녀의 심각한 표정이 아니었다면 어깨에 숄을 두르고 치마를 입은 덩치 큰 부인의 모습이 우스꽝스럽게 보였을 거야.

"우린 이 집을 떠나야 해, 엘리자. 이제 끝났어. 짐을 싸."

집사가 체념한 듯 말했네.

"오, 존! 제가 당신을 끌어들였잖아요! 이건 다 제 일입니다, 헨리 경. 남편은 그저 제 부탁대로 했을 뿐입니다."

"그럼 말하시오. 무슨 일인지!"

"제 불쌍한 동생이 황야에서 굶주림에 떨고 있습니다. 제가 여기 사는데 차마 동생을 죽게 내버려 둘 수 없었습니다. 이 불빛은 그 아이에게 줄 음식이 준비되었다는 신호이고, 저 불빛은 동생이 위치를 알려 주는 신호입니다."

"그럼, 부인 동생이……?"

"네, 탈옥수 셀던이 제 동생입니다."

"그렇습니다, 헨리 경. 이미 말씀드렸듯이 저의 비밀이 아니라서 경에게 감출 수밖에 없었습니다. 하지만 이제 아셨다시피 경을 해치려는 그 어떤 음모도 없었다는 것을 아시겠죠."

배리모어가 말했지.

그렇네, 홈즈. 배리모어가 밤에 그 촛불을 들고 창문에 서 있던 이유는 바로 이것이었어. 나와 헨리 경은 놀라움을 금치 못한 채 배리모어 부인을 바라보았네. 이렇게 착실하고 훌륭한 여자와 그렇게 흉악한 범죄자가 한 배 속에서 태어났다는 게 놀랍지 않은가?

"네, 헨리 경. 결혼 전 제 성이 셀던이고 그 탈옥수가 바로 제 남동생입니다. 그 애가 어릴 적 온 가족이 동생을 너무 아낀 나머지 모든 것을 받아 주며 오냐오냐 키웠습니다. 급기야 동생은 자기가 좋아하는 것은 무엇이든 할 수 있다고 생각하며 이 세상은 자신을 위해 존재한다고 착각하게 되었습니다. 그러더니 커가면서 못된 친구들을 사귀게 되었고 악마에 사로잡힌 듯 온갖 나쁜 일을 저질러 저희 어머니의 가슴을 아프게 하고 저희 집안의 이름을 욕되게 했죠. 그리고 계속해서 끔찍한 범행을 저지르며 악의 구렁텅이에 빠져들어 결국 신의 자비만이 그를 죽음에서 구할 수 있게 되었습니다. 하지만 헨리 경, 저에게 그는 여전히 곱슬머리의 작은 소년입니다. 어렸을 때 제가 돌봐 주고 함께 놀아 주던 제 동생일 뿐이지요. 동생이 탈출한 이유도 제가 여기 있다는 것과 그의 도움을 거절하지 못하리라는 것을 알고 있었기 때문입니다. 피로와 배고픔에 시달리며 교도관들에게 쫓겨 처음 찾아왔던 날 밤, 저희가 어떻게 해야 했을까요? 저희는 그를 집으로 들여 먹이고 돌봐 줬습니다. 그러던 중 경이 오셨고, 제 동생은 추적이 끝날 때까지 여기보다 황야가 더 안전할 것이라고 생각하며 황야로 나가 숨었습니다. 그 후로 이틀 간격으로 이 창가에 촛불을 밝혀 동생이 황야에 있는지 계속 확인했던 것입니다. 만약 신호가 돌아오면 남편이 빵과 고기를 조금씩 가져다주었습니다. 저희도 매일 밤 동생이 떠나기를 바랐지만, 그 애가 저 황야에 있는 이상 그를 저버릴 수는 없었습니다. 저는 독실한 기독교인으로서 이 모든 것이 사실임을 맹세합니다. 남편은 그저 저의 부탁을 들어주었을 뿐이라는 것을, 그래서 이 일로 인해 비난받아야 할 사람은 제 남편이 아닌 바로 저라는 사실을 헨리 경도 아셨겠지요."

배리모어 부인의 진정성 있는 고백에 우리는 모두 설득될 수밖에 없었네.

"이게 다 사실인가, 배리모어?"

"그렇습니다, 헨리 경. 다 사실입니다."

"당신이 아내를 위해 한 일을 가지고 벌할 수는 없겠지요. 내가 했던 이야기는 모두 잊고, 이제 둘 다 방으로 돌아가십시오. 이 문제는 아침에 다시 얘기하도록 하지요."

배리모어 부부가 나가고 우리는 다시 창밖을 내다봤지. 헨리 경이 거칠게 창문을 열자 차가운 밤바람이 우리의 얼굴을 때렸네. 멀리 어둠속에서는 여전히 작은 노란색 불빛이 빛나고 있었어.

"저렇게 대담하다니 놀랍군요."

헨리 경이 말했네.

"정말 기가 막히게 숨어 있군요. 아마도 저 불빛을 볼 수 있는 장소는 오직 여기뿐일 겁니다."

"그렇겠군요. 거리가 얼마나 될까요?"

"뾰족한 바위산 부근 같긴 한데."

"한 2, 3킬로미터쯤 될까요?"

"그 정도로 보입니다."

"음, 배리모어가 음식을 가져다줄 수 있을 만한 거리군요. 저 악당이 초를 켜 놓고 기다리고 있다니. 왓슨 선생님, 아무래도 나가서 저놈을 잡아야겠습니다!"

홈즈, 사실 나도 똑같은 생각을 하고 있었네. 배리모어 부부는 당연히 우리를 그에게 데려다 주지 않았을 거네. 어쩔 수 없이 우리에게 비밀을 털어놓았으니까. 그는 지역 사람들에게 위험한 자였고, 동정이나 변명이 통하지 않는 흉악범이었네. 그자가 누구에게도 해를 끼치지 않도록 다시 감옥으로 돌려보낼 기회를 우리는 놓칠 수 없었지. 우리의 의무를 방관한다면 그 잔인하고 폭력적인 성향의 탈옥수에게 또 누군가 희생될 가능성도 있었으니 말이네. 예를 들면, 어느 날 밤 스테이플턴 남매가 그자에게 공격을 당할지도 모르는 거지. 바로 그런 우려 때문에 헨리 경도 그를 잡고 싶었을 거네.

"저도 같이 가겠습니다."

"그럼 권총을 챙기시고 신발을 신으십시오. 빨리 출발해야겠습니다. 그가 불을 끄고 다른 곳으로 이동할지도 모릅니다."

그렇게 5분 후 우리는 그자를 잡기 위한 모험을 시작했지. 음산하게 신음하는 가을바람과 발밑에 수북한 낙엽의 바삭거리는 소리를 들으며 어두운 관목 숲을 서둘러 건넜네. 밤공기는 축축하고 썩은 냄새가 짙게 배어 있었어. 밤하늘의 구름은 계속 흘러가고 있었고 우리를 훔쳐보기라도 하듯 달이 가끔씩 얼굴을 내밀었지. 우리가 막 황야로 진입하자 가는 비가 내리기 시작했지만 다행스럽게도 불빛은 여전히 그 자리에 있었네.

"무기는 가져오셨죠?"

내가 물었지.

"사냥용 채찍을 가져왔습니다."

"어떤 짓을 할지 모르는 놈이라 최대한 빨리 그자에게 접근해서 저항할 틈을 주지 않도록 기습해야 합니다."

"같은 생각입니다, 왓슨 선생님. 그런데 홈즈 씨는 이 일에 대해 뭐라고 했을까요? 사악한 힘이 기승을 부리는 이 어두운 시간의 황야에 대해서 말입니다."

그때였네. 헨리 경의 이 질문에 대답이라도 하듯 갑자기 그림펜 늪 부근에서 전에 들었던 그 굉음이 다시 황야를 가로질러 들려왔어. 바람에 실린 길고 깊은 웅얼거림이 밤의 정적을 깨고 커졌다 작아졌다 반복했네. 밤공기 전체에 그 소리가 담겨 계속해서 들렸는데, 거칠고 위협적인 소리가 너무나도 불쾌했지. 내 소매를 붙든 헨리 경의 놀란 얼굴이 어둠 속에서 희미하게 보였네.

"맙소사! 이게 무슨 소리인가요, 선생님?"

"전에도 황야에서 한 번 듣긴 했지만, 저도 무슨 소리인지는 모릅니다."

그 소리는 그래도 점점 멀어지다 결국은 고요해졌지. 우리는 가만히 서서 귀를 기울여 봤지만 더 이상 들리지 않았네.

"선생님, 그건 사냥개 울음소리입니다."

헨리 경이 스스로 답했어.

순간 난 혈관의 피가 얼어붙는 것처럼 놀랐는데, 그가 품고 있는 공포심이 그의 목소리로 그대로 전달됐기 때문이었네.

"사람들은 이 소리를 뭐라고 하던가요?"

헨리 경이 물었네.

"누가 말입니까?"

"이곳 사람들 말입니다."

"그들은 무지한 사람들입니다. 그들이 뭐라고 말하든 신경 쓰지 마십시오."

"말씀해 주십시오, 왓슨 선생님. 그들이 뭐라고 하던가요?"

나는 망설였지만 대답하지 않을 수 없었네.

"바스커빌가의 사냥개가 울부짖는 소리라고 하더군요."

헨리 경은 낮은 신음 소리를 내며 잠시 침묵하다 마침내 이렇게 말했지.

"맞아요, 그건 사냥개였어요. 하지만 그 소리는 저 멀리 몇 킬로미터는 떨어진 곳에서 들려온 것 같았는데요."

"소리가 어디서 시작되는지는 알 수 없습니다."

"바람을 타고 들려왔던 것 같은데요? 저 그림펜 늪 방향에서 나지 않았나요?"

"네, 맞습니다."

"저 위쪽이었어요. 말해 보세요, 선생님. 그 소리가 진짜 사냥개 울음소리 같지 않았나요? 저는 어린애가 아닙니다. 사실대로 말씀해 주세요."

"제가 지난번 이 소리를 들었을 때 스테이플턴과 같이 있었는데 그는 이게 어떤 희귀 새의 울음소리일지도 모른다고 했습니다."

"아뇨, 아닙니다. 이건 사냥개가 분명합니다. 맙소사, 그 전설이 사실일 수도 있는 거군요? 정말 미지의 어떤 사악한 힘이 저를 해칠 가능성이 있는 거로군요? 그렇게 믿으세요, 왓슨 선생님?"

"아니오, 믿지 않습니다."

"런던에서는 이 모든 것에 대해 우스개로 여겼지만, 여기 황야의 어둠 속에서 그 울음소리를 듣고 나니 도저히 웃을 수가 없네요. 그리고 백부님, 그분의 시체 주변에도 사냥개 발자국이 있었다고 했지요. 이제 모든 것이 맞아 들어갑니다. 저는 겁쟁이가 아닙니다, 선생님. 하지만 그 소리는 제 피를 얼어붙게 만들었어요! 제 손을 만져 보십시오."

정말 헨리 경의 손은 대리석처럼 차가웠네.

"걱정 마십시오. 내일이면 괜찮아질 겁니다."

"그 소리를 잊지 못할 것 같습니다. 어떻게 해야 할까요?"

"저택으로 돌아갈까요?"

"아닙니다. 우리는 탈옥수를 잡기 위해 나왔으니 꼭 잡아야 합니다. 우리가 탈옥수와 지옥의 사냥개를 쫓고 있는 것이지, 우리가 쫓기는 게 아닙니다. 가시죠! 잘하면 지옥에서 풀려나와 황야를 배회하는 사악한 놈들을 한꺼번에 보게 될 겁니다!"

우리는 어둠 속에서 천천히 다시 걸음을 옮기기 시작했어. 어렴풋이 바위산의 형체가 보이고 있었고 노란 불빛도 여전했지. 그런데 칠흑같이 검은 밤에 불빛이 있는 곳까지의 거리만큼 알기 어려운 것도 없다네. 그 불빛은 저 멀리 지평선 위에 있는 것 같기도 했다가 우리와 매우 가까이 있는 것처럼 보이기도 했어. 하지만 마침내 우리는 그 불빛과 가까운 곳에 도착했는데, 작은 통에 담긴 촛불이 바위틈 사이에 끼워져 있는 게 똑똑히 보였네. 바위에 둘러싸여 바람에도 촛불이 꺼지지 않았고 바스커빌 저택을 제외한 다른 방향에서는 그 불빛을 볼 수가 없는 아주 최적의 공간이더군. 우리는 주변의 커다란 화강암 뒤에 몸을 숨기고 앉아 그 불빛을 관찰했지. 황야 한가운데서 불타고 있는 신호용 촛불을 보고 있으니 이상했네. 근처에 생명체의 기척이라고는 아무것도 없이 오직 꼿꼿하게 타고 있는 노란 불빛과 그 불빛으로 인해 훤히 드러난 바위틈이 전부였네.

"이제 어떻게 할까요?"

헨리 경이 속삭였네.

"잠시 기다리지요. 분명 그 자가 근처에 있을 테니 곧 나타날 겁니다."

내 말이 끝나자마자 그자의 모습이 나타났네. 촛불이 타고 있는 바위틈 사이에서 누런 얼굴을 드러냈는데, 검은 욕망이 가득한, 무서운 짐승의 얼굴이었네. 더럽고 덥수룩하게 자란 턱수염과 헝클어진 머리를 한 모습이 꼭 언덕에 굴을 파고 살았던 선사시대 사람 같았지. 발치에 놓인 촛불에 놈의 얼굴이 훤히 드러났는데, 사냥꾼의 발자국 소리를 들은 영악하고 사나운 짐승처럼 눈을 굴리며 주위를 살피고 있었어.

뭔가가 그자의 의심을 불러일으킨 게 분명했지. 어쩌면 우리가 모르는 사이에 배리모어가 또 다른 신호를 보냈거나 그럴만한 다른 이유가 있었는지 모르겠네만, 그자의 사악한 얼굴에서 두려움을 읽을 수 있었어. 순간 놈이 갑자기 불빛을 벗어나 어둠 속으로 사라질 것만 같아 내가 앞으로 튀어 나갔고 헨리 경 역시 동시에 튀어나왔네. 그런데 그 순간 그자가 우리에게 욕을 하며 돌을 던지기 시작했어. 돌은 우리가 숨어 있던 바위에 맞아 부서졌고 그걸 보던 놈은 벌떡 일어나 달리기 시작했지. 언뜻 보니 키가 작고 땅땅한 체구였네. 그때 운 좋게도 구름 사이로 달이 나와 우리는 서둘러 언덕 위로 올라갔네. 놈이 놀라운 속도로 다른 쪽으로 도망치고 있었는데 펄쩍펄쩍 바위들을 뛰어넘는 모습이 꼭 산양 같더군. 먼 거리였지만 운이 좋았다면 내 리볼버 권총으로 놈에게 상처를 입힐 수도 있었을 거야. 그렇지만 이 총은 오직 방어용으로 가져 왔기에 사람을 공격할 수는 없었네.

　헨리 경과 나는 꽤 단련된 편이었지만 아무리 빨리 달려도 그 놈을 따라잡기는 어려웠어. 그놈과의 거리는 점점 멀어져 결국 우리는 포기하고 근처 바위에 앉아 숨을 헐떡일 수밖에 없었지. 우리는 달빛 아래에서 그놈이 저 멀리 언덕 위의 바위 사이로 쏜 살같이 사라지는 모습을 한참 동안이나 바라봤네.

　그때 조금 기이한 일이 일어났는데, 우리는 가망 없는 추격을 포기하고 바위틈에서 나와 저택으로 돌아가고 있었어. 톱니처럼 들쭉날쭉한 바위산의 꼭대기에 낮게 뜬 달이 솟아 있었지. 그런 데 자세히 보니 작고 새까만 형체가 나타나기 시작했네. 한 남 자였어, 홈즈. 바위산 위에 웬 남자가 서 있는 거였네. 홈즈, 내 가 잘못 봤다고는 생각하지 말아 주게. 맹세하네. 내 평생 이렇 게 분명히 본 것은 없었어. 키가 크고 마른 남자였네. 다리를 양 쪽으로 벌리고 팔짱을 낀 채 고개를 숙이고 있었는데, 마치 자기 앞에 펼쳐진 나무들과 화강암을 내려다보며 생각에 잠긴 것 같 았지. 그는 그 끔찍한 황야의 정령이었을지도 몰라. 우리가 쫓 던 탈옥수는 아니었어. 그는 탈옥수가 도망친 방향과 전혀 다른 곳에 서있었을 뿐 아니라 그 탈옥수보다 키가 훨씬 더 컸거든. 나는 소스라치게 놀라 그 남자를 가리켜 보이려고 헨리 경의 팔 을 잡은 찰나, 그는 어디론가 사라지고 없었다네. 낮은 달이며 화강암 바위산이며 모든 것이 그 자리였지만, 그곳에 움직임 없 이 서 있던 남자의 형체는 감쪽같이 사라져 버린 거였지.

　나는 당장 그쪽으로 달려가 바위산을 조사해 보고 싶었지만 너무 멀었어. 헨리 경은 가문에 내려오는 그 무서운 이야기를 떠오르게 한 울음소리를 듣고 신경이 곤두선 상태라 새로운 모험을 할 상황도 아니었지. 게다가 헨리 경은 그 바위 위의 남자를 보지 못했으니 나같이 심각하지 않았네.

"교도관일겁니다. 죄수가 탈옥했으니 교도관들이 황야에 많이 있지 않습니까."

헨리 경이 말했네.

그래, 어쩌면 그의 말이 맞을지 모르겠어. 하지만 나는 좀 더 조사해 보고 싶네. 오늘 우리는 탈옥수를 찾고 있는 프린스타운 사람들에게 이야기할 생각이야. 하지만 아무리 생각해도 간밤에 그 탈옥수를 우리 손으로 잡아 감옥으로 돌려보내지 못한 것은 안타까운 일이네. 홈즈, 보고서에 적은 어젯밤의 모험에 대해서는 내가 자네에게 도움이 되고 있다는 걸 인정해 줬으면 좋겠군. 물론 내 이야기에 쓸모없는 것이 많겠지만, 자네에게 모든 사실을 전달해서 자네가 내릴 결정에 도움이 될 만한 것을 스스로 선택하도록 하는 것이 가장 좋은 방법이라고 생각하네. 어쨌든 우리의 조사가 진전을 보이는 것 같아 기분이 좋네. 배리모어 부부의 이상한 행동에 대한 이유를 밝혀냈고 그 상황은 깨끗하게 정리됐지. 하지만 여전히 황야의 음산한 울음소리와 이상한 주민들의 수수께끼는 풀리지 않았어. 다음 편지에는 이러한 것들에 대해 좀 더 밝혀낼 수 있었으면 하네. 홈즈, 무엇보다 좋은 것은 자네가 이곳으로 오는 것이야. 어쨌든 며칠 안으로 다시 보고하겠네.

10. 왓슨의 일기에서 발췌함

지금까지는 최근 내가 셜록 홈즈에게 보낸 보고서를 인용했다. 하지만 이제부터는 당시 내가 썼던 일기를 바탕으로 다시 한번 기억에 의존해 이야기를 해야 할 시점에 온 것 같다. 일기의 내용은 당시의 일에 대해 아주 세세한 부분까지 보여 줄 것이다. 그럼 이제 실패로 끝난 탈옥수 추적과 황야에서 기이한 경험을 한 다음 날 아침부터 다시 이야기를 시작하겠다.

10월 16일. 이슬비가 내리고 안개로 우중충한 날. 저택 주변으로 구름이 잔뜩 끼어 있었는데 구름이 흘러가 하늘이 잠시 빌때는 이따금씩 황야의 쓸쓸한 굴곡이 드러났고 언덕 위에는 빗물이 얇은 은맥처럼 흐르고 있다. 빛을 받을 때면 저 멀리 바위산의 표면이 번쩍거린다. 저택 안과 밖은 모두 우울한 분위기다. 헨리 경은 어젯밤의 흥분이 가시고 매우 가라앉은 기분으로 하루를 보내고 있고, 나는 항상 존재해 왔던 위험이 이제 현실로 다가올 것 같은 불길한 예감이 든다. 그게 어떤 것인지 정확히 알 수 없어 더욱 끔찍하게 느껴진다.

왜 이런 기분이 드는 걸까? 주위에서 연속적으로 일어나는 많은 사건들을 정리해 보면 모두 가까운 곳에 도사리고 있는 어떤 불길한 조짐을 예고하고 있다. 이 저택의 전 주인이 가문에 전해 내려오는 전설을 그대로 재현하듯 죽었다. 농부들은 계속해서 황야에서 괴이한 형태의 생명체를 봤다고 얘기하고 있다. 그리고 나 역시 두 번이나 먼 거리에서 사냥개가 울부짖는 듯한 소리를 들었다. 이 세상에서 들을 수 있는 소리라고는 도저히 믿을 수 없는 기이한 소리였다. 그 사냥개가 유령이라는 것은 믿을 수 없다. 그것은 우리에게 실제 발자국과 울음소리를 보여 주고 들려주었지 않은가. 스테이플턴은 어느 정도 그 미신을 믿는 것 같고 그건 모티머 씨 역시 마찬가지인 것 같다. 하지만 나는 이 세상에서 통하는 평범한 상식을 따르는 사람이기에 도저히 그런 존재를 믿을 수 없다. 그걸 믿는다는 것은, 단순히 지옥의 사냥개라고 하는 데 그치지 않고 심지어 그 사냥개가 입과 눈에서 지옥의 불꽃을 피운다고 떠들어 대는 이 시골 농부들과 내가 똑같은 지적 수준에 있다는 걸 증명하는 것이다. 홈즈는 이런 황당한 이야기를 귓등으로도 듣지 않을 것이며 나는 그런 홈즈의 대리인이다. 하지만 사실이기도 한 것이, 나는 황야에서 그 소리를 두 번이나 들었다. 정말로 황야에 그런 거대한 사냥개가 있다고 가정한다면 지금까지의 일들을 설명할 수 있다. 그렇다면 대체 그 사냥개는 어디에 숨어 있고, 먹이는 어디서 구한단 말인가? 또 어디에서 왔으며, 왜 낮에 그것을 본 사람은 없는 것일까?

그런 개가 실존한다 해도 여전히 설명되지 않는 부분들이 많다. 황야의 사냥개를 제외하고도, 런던에 인간 대리인이 있었던 것도 사실이다. 마차에 타고 있던 의문의 남자, 헨리 경이 받았던 황야에 대한 경고 편지, 이것들도 분명 실재했던 사실인데, 우리는 심지어 그것이 헨리 경을 보호하려는 움직임이었는지 아니었는지도 확실히 알지 못한다. 그런데다 지금 그 친구, 혹은 그 적들은 대체 어디 있단 말인가? 런던에 남아 있는 것일까, 아니면 우리를 따라 이곳으로 내려왔을까? 혹시…… 내가 바위산에서 봤던 그 기이한 남자일까?

나는 그를 얼핏, 한 번밖에 보지 못했지만 분명히 말할 수 있는 것이 몇 가지 있다. 그는 내가 이 고장에서 만난 사람이 아니었다. 나는 이곳에 사는 사람들을 모두 알고 있다. 그는 스테이플턴보다 훨씬 컸고 프랭클랜드보다 훨씬 말랐다. 체격은 배리모어와 비슷했지만 그는 저택에 남아 있었기에 우리를 따라 황야로 나올 수 없었을 것이다. 묘령의 사내가 런던에서 우리를 미행했던 것처럼 여기서도 누군가 우리를 훔쳐보고 있는 것이다. 우리는 그를 떨쳐 내지 못한 것이다. 그가 누구인지 알 수만 있어도 우리는 우리에게 다가올 위험이 무엇인지 알아낼 수 있을 것이다. 그러므로 그의 정체를 알아내기 위해 이제부터 내 모든 에너지를 쏟아부어야 한다.

나는 처음에 이 모든 계획을 헨리 경에게 털어놓으려 했다. 하지만 다시 생각해 보니 이 작전은 나 혼자 수행하는 것이 가장 좋을 듯싶다. 헨리 경은 말이 없어졌고 멍한 상태에 빠져 있었다. 황야에서 그 소리를 들은 후로 이상할 정도로 신경이 예민해졌는데, 그런 그에게 불안만 더 키우게 될 이야기는 하지 않고 되도록 조용히 내 일을 처리해 나가려 한다.

아침 식사 후 작은 사건이 하나 있었다. 배리모어가 헨리 경에게 시간을 내 달라고 요청해서 그들은 잠깐 서재에서 이야기를 나누었다. 당구대가 있는 방에 앉아 있던 나는 몇 차례 큰 소리가 났기에 두 사람이 무슨 이야기를 나누고 있는지 짐작할 수 있었다. 잠시 후 문이 열리고 헨리 경이 나를 불렀다.

"배리모어가 우리에게 유감이 있다고 합니다. 그가 자진해서 모든 비밀을 솔직히 털어놓고 사정을 이야기했는데도 우리가 그의 처남을 쫓아간 것은 정당치 못하다고 하는군요."

집사의 얼굴은 창백했지만 무척이나 침착한 모습으로 이렇게 말했다.

"제가 목소리를 너무 높인 것 같습니다, 헨리 경. 혹시 그랬다면 부디 용서해 주시기 바랍니다. 그렇지만 오늘 아침에 두 분이 들어오시는 소리에 셀던을 잡으러 나갔다는 걸 깨닫고 몹시 놀랐습니다. 그 불쌍한 녀석은 교도관들의 추적을 피해 도망 다니는 것도 힘든데, 저 때문에 두 분께도 쫓기게 되었습니다."

"만약 당신이 자진해서 우리에게 말해 주었다면 우리도 다르게 행동했을지 모르겠소. 하지만 당신은 상황이, 아니 당신의 부인이 말했다고 봐야겠지만, 마지막까지 몰리니 어쩔 수 없이 실토한 거나 마찬가지 아닌가요."

헨리 경이 말했다.

"그래도 헨리 경께서 그렇게 하실 줄은 몰랐습니다! 그렇게까지 하실 줄은 정말 몰랐습니다!"

"그 탈옥수는 사회적으로 매우 위험한 자요. 황야에는 외딴 집들이 많은데 그 남자는 무슨 일이든 서슴지 않는 자이지요. 그 자의 얼굴만 봐도 알지 않소? 스테이플턴 씨 댁만 해도 그렇습니다. 그곳을 지킬 수 있는 사람은 오직 스테이플턴 씨밖에 없소. 그자가 다시 감옥에 갇힐 때까지 그 누구도 안전하지 않단 말이오."

"처남은 절대 남의 집에 침입하지 않을 겁니다. 헨리 경. 확실히 약속드릴 수 있습니다. 절대 이 지역 사람 그 누구에게도 피해를 주지 않을 겁니다. 약속드립니다. 헨리 경, 며칠만 시간을 주십시오. 처남은 그동안 필요한 것들을 챙겨 남아메리카로 떠날 것입니다. 부디 이렇게 부탁드립니다. 셀던이 아직 황야에 있다고 경찰에 알리지 말아 주십시오. 그들은 이미 황야 수색을 포기했으니 처남이 떠날 배가 올 때까지만 그곳에 숨어 있도록 해 주십시오. 처남에 대해 경찰에 알리신다면 저와 제 아내에게도 문제가 생기고 맙니다. 헨리 경, 제발 부탁드립니다."

"어떻게 생각하십니까, 왓슨 선생님?"

"만약 아무 문제도 일으키지 않고 이 나라 밖을 떠난다면 외려 그자를 관리하는 데 들어가는 세금을 줄일 수가 있겠죠."

나는 어깨를 으쓱하며 대답했다.

"하지만 그자가 떠나기 전에 다른 누군가를 해친다면요?"

"처남은 절대 그런 짓을 하지 않을 겁니다, 헨리 경. 필요한 것은 모두 저희가 제공했습니다. 이 시점에서 처남이 또 다른 범죄 행위를 한다는 것은 스스로 자신이 숨어 있는 곳을 알리는 것

밖에 안됩니다."

"그건 그렇군. 그렇다면, 배리모어……."

"감사합니다, 정말 감사합니다! 처남이 다시 붙잡혔다면 제 불쌍한 아내는 아마 절망 속에서 헤어 나오지 못했을 것입니다."

"결국 우리가 중범죄자를 돕고 지원하는 셈이군요. 안 그런가요, 왓슨 선생님? 하지만 저렇게 장담하니 저도 어쩔 수가 없군요. 좋아, 그렇게 하지요, 배리모어. 이제 나가 보시오."

배리모어는 몇 번 더 감사하단 말을 중얼거리다 뒤돌아섰는데, 잠시 망설이더니 다시 돌아와 또 다른 이야기를 시작했다.

"경께서 저희 부부에게 무척 큰 은혜를 베푸셨으니 제가 답례로 도움을 드리고 싶습니다. 헨리 경, 사실 제가 알고 있는 일이 있습니다. 진작 말씀드려야 했었는데……. 저도 경찰 조사가 끝나고 한참 후에야 알게 된 일인데, 아직까지 그 누구에게도 말하지 않았습니다. 비참하게 운명하신 찰스 경의 사건에 관한 것입니다."

헨리 경과 나는 동시에 의자에서 벌떡 일어났다.

"그분이 어떻게 돌아가셨는지 안다는 말인가요?"

"아니요, 그건 아닙니다."

"그럼 무엇에 관한 건가요?"

"경께서 왜 그 시간에 황야로 난 문에 서 계셨는지 압니다. 어떤 여자를 만나기 위해서였습니다."

"여자? 정말이요?"

"네, 헨리 경."

"그럼, 여자의 이름은?"

"이름은 모릅니다. 다만 머리글자는 압니다. L. L.입니다."

"배리모어, 당신은 그걸 어떻게 알게 된 거요?"

"찰스 경께서는 그날 아침에 편지를 받으셨습니다. 찰스 경은 늘 편지를 많이 받으셨지요. 유명하기도 하셨지만 자선 사업도 많이 하셔서 어려움에 처한 사람들이 그분에게 도움을 요청하는 경우가 많았기 때문입니다. 그런데 그날 아침에는 이상하게 그 편지 한 통뿐이어서 제가 더 확실히 기억합니다. 쿰 트레이시에서 온 편지였고 주소는 여자 글씨체로 쓰여 있었습니다."

"그래서?"

"아내가 아니었다면 더 이상 그것에 대해 생각하지 않고 그냥 지나쳤을 겁니다. 찰스 경이 돌아가신 후 한동안 들어가지 않던 경의 서재에 몇 주 전 아내가 들어가 청소를 했는데, 벽난로 재받이에서 불에 타다 남은 편지 일부를 발견했습니다. 거의 다 타 버렸지만 검게 그을린 마지막 페이지 일부는 읽을 수 있을 정도로 남아 있었습니다. 편지의 추신 부분이었고 '제발 제 부탁을 들어주세요. 그리고 당신이 신사라면 이 편지를 읽고 난 후에 불태워 주세요. 열 시에 황야로 나가는 문에서 뵐게요.'라고 적혀 있었고 그 밑에 머리글자 L. L.이 쓰여 있었던 겁니다."

"지금도 그것을 가지고 있나요?"

"아닙니다. 편지를 들어 올리려 하자 다 바스라지고 말았습니다."

"백부님께서 그 사람으로부터 다른 편지를 받은 적이 있소?"

"글쎄요, 저는 찰스 경의 편지를 특별히 살펴본 적이 없습니다. 제가 관심을 가져야 할 부분이 아니었으니까요. 다만 그 편지는 한 통만 와서 특별히 기억에 좀 남았었습니다."

"그럼 그 L. L.이 누구인지 짐작 가는 사람이 있나요?"

"아닙니다. 누구인지 모릅니다. 하지만 그 여자 분에 대해 조사한다면 찰스 경의 죽음에 관해 더 많은 것을 알 수 있지 않겠습니까?"

"배리모어, 이해할 수가 없군. 이렇게 중요한 사실을 숨기다니요."

"그게, 헨리 경. 셀던이 우리를 찾아온 직후 보게 되어서 그것에 대해 깊이 고민해 볼 여력이 없었습니다. 게다가 아시다시피 저희 부부는 찰스 경을 매우 존경했습니다. 때문에 저희는 여러 가지 생각을 안 할 수가 없었습니다. 돌아가신 그분의 명예에 관한 일이 될 수도 있기 때문입니다. 사건에 여자가 개입되었다면 조심스러워야 한다는 노파심에…… 저희로선 최선이었습니다."

"백부님의 명예에 흠집이 난다는 말이요?"

"알려져서 좋을 것이 없다고 생각했습니다. 하지만 지금 경께서 저희를 배려해 주시니 저도 그 사건에 대해 모든 깃을 말씀드려야 한다고 느꼈습니다."

"고맙소, 배리모어. 이제 나가 보시오."

집사가 나가고 헨리 경이 나를 보며 물었다.

"선생님, 이 새로운 실마리에 대해 어떻게 생각하십니까?"

"이전보다 더 복잡해진 것 같습니다."

"저도 그렇게 느껴집니다. 하지만 이제 그 L. L. 여인만 찾으면 모든 의문이 다 풀리지 않겠습니까? 어쨌든 얻은 것이 있네요. 그 사건의 사실을 알고 있는 사람이 어딘가에 있다는 걸 알았으니 그 여자를 찾기만 하면 됩니다. 이제 어떻게 해야 할까요?"

"우선 홈즈에게 이 사실을 알려야 합니다. 홈즈가 지금까지 찾고 있는 어떤 단서가 될 수도 있습니다. 그리고 홈즈를 여기로 불러들일 수도 있을 겁니다."

나는 즉시 방으로 돌아가 아침에 있었던 대화에 관해 보고서를 썼다. 베이커 가로부터 아주 가끔 오는 짧은 답신에는 내가 보낸 정보에 대해 별다른 언급이 없었고 어떠한 지시도 거의 없었다. 최근 홈즈가 매우 바쁘다는 증거였다. 자신이 맡고 있는 협박 편지 사건에 온 사력을 다하고 있는 모양이었다. 하지만 나는 이 새로운 사실이 홈즈의 관심을 이쪽으로 돌리게끔 만들어주길 바라고, 무엇보다 그가 이곳으로 어서 내려왔으면 한다.

10월 17일. 하루 종일 비가 내려 처마 끝의 담쟁이덩굴 잎들이 아래로 떨어져 내렸다. 나는 탈옥수를 생각하고 있었다. 황량하고 추운데다 쉴 곳조차 없는 황야에 있는 그를 말이다. 불쌍한 악마! 그가 저지른 범죄가 무엇이었든 그는 지금 그에 상응하는 고통을 받고 있는 것이다. 그리고 나는 또 다른 얼굴들을 떠올렸다. 마차에 타고 있던 사람과 달을 배경으로 서 있던 사람. 미지의 감시자와 어둠 속의 사내도 이런 빗속에 여전히 밖에 있는 것일까? 나는 저녁에 우비를 입고 물이 불어난 황야의 먼 곳까지 걸어가 보았다. 칠흑 같은 어둠 속에서 비가 계속 얼굴을 때리고 바람마저 세차게 불어 왔다. 신이 이 거대한 늪 주변을 서성이는 모든 것에 선한 자비를 베풀어 주기를 기원할 뿐이었다. 오늘 같은 날씨에 단단한 고지대조차도 점점 습지로 바뀌고 있었다. 나는 그날 밤 그 낯선 감시자가 서 있던 검은 바위산을 찾아 꼭대기까지 올라가 황야를 내려다보았다. 비바람이 황야의 적갈색 얼굴 위를 휩쓸고 있었고 회색 구름이 낮게 깔려 있었다. 멀리 왼쪽으로 안개가 드리워진 빈 공간에는 나무 위로 우뚝 솟은 바스커빌 저택의 길쭉한 두 개의 탑이 보였다. 언덕의 경사면에 밀집해 있는 선사 시대의 오두막집들을 제외하고는 그 탑들이 내가 볼 수 있는 인간의 유일한 흔적이었다. 그랬다. 어디에서도 이틀 전 밤에 여기 서 있던 남자의 흔적은 없었다.

나는 저택으로 돌아가는 길에 농부 파울마이어 집에 다녀오던 이륜마차를 탄 모티머 씨를 만났다. 모티머 씨는 나와 헨리 경에 대한 관심을 놓지 않고 있었고, 우리의 안부를 확인하기 위해 날마다 저택을 찾아오다시피 했다. 걷고 있던 나를 보더니 반강제로 자신의 마차에 태워 저택까지 데려다준다고 하여 나는 그의 이륜마차에 타게 되었다. 이 시골 의사는 요즘 자신의 작은 스패니얼을 잃어버려 크게 걱정하고 있었다. 황야 부근으로 나갔는데 아직까지 돌아오지 않고 있다고 했다. 나는 그를 위로했지만 그림펜 늪에서 봤던 조랑말이 떠올랐다. 모티머 씨가 다시 그의 애완견을 볼 수 있을 것 같지는 않았다.

"모티머 씨. 그런데 근처에 모티머 씨가 모르는 사람들도 몇 명 살고 있는 것 같은데요?"

거친 길을 가느라 심하게 덜컹기리는 마차 안에서 내가 물었다.

"거의 없을 텐데요?"

"혹시 머리글자가 L. L.인 여성을 아십니까?"

"아니요."

그가 대답했다.

"제가 알지 못하는 몇몇 집시들과 노동자들이 있기는 합니다만 농부나 상류층 중에 그런 사람은 없…… 아, 잠시 만요. 로라 라이언스 부인이 있네요. 머리글자가 L. L.이 되겠군요. 하지만 그 부인은 쿰 트레이시에 사는데요."

"그녀가 누굽니까?"

내가 물었다.

"프랭클랜드 씨의 딸입니다."

"그 괴팍한 노인 프랭클랜드 씨요?"

"네, 맞아요. 황야에 그림을 그리러 왔던 라이언스라는 이름의 화가와 결혼했는데, 아주 몹쓸 사람인데다 그녀를 버리기까지 했지요. 그런데 제가 듣기로는 한쪽만의 잘못은 아닌 듯합니다. 프랭클랜드 씨는 자기 딸과 관계를 끊었는데, 딸이 자신의 허락 없이 결혼을 했기 때문이기도 하고, 몇 가지 이유가 더 있었다고 합니다. 그래서 그녀는 못된 영감과 남편 사이에서 어려움을 겪고 있다고 하죠."

"그녀는 생활을 어떻게 한답니까?"

"제가 알기로 아버지가 생활비를 조금은 보탠 것 같습니다. 하지만 프랭클랜드 씨 자신이 여러 소송에 휘말려 있기 때문에 그렇게 여유는 없을 겁니다. 어쨌든 그녀가 그런 일을 당할 만

했다 하더라도 희망 없는 상태로 버려둘 수는 없었겠지요. 그녀의 이야기가 알려지자 여기 사람들 몇몇이 그녀가 돈을 벌 수 있도록 도와주었습니다. 스테이플턴 씨와 찰스 경이 일을 주었고, 저도 작은 일감을 주었습니다. 그렇게 부인은 문서 타이핑을 대행하게 됐죠."

그는 내가 왜 이런 질문을 하는지 궁금해했지만 나는 그의 호기심을 적당히 채워 주며 많은 이야기를 하지 않았다. 이 사건에 여러 사람을 끌어들일 필요가 없다고 생각했다. 나는 내일 아침 쿰 트레이시로 가 봐야겠다고 마음먹었다. 만약 이 로라 라이언스란 여인에 대해 알아낸다면 중요한 사실 하나를 밝힐 수 있을 것이다. 나는 확실히 교묘한 지혜가 늘어 가고 있었는데, 모티머 씨의 집요한 질문에 프랭클랜드 씨의 두개골은 어떤 유형이냐고 말을 돌렸기 때문이다. 몇 년간 홈즈와 함께 다니며 배운 노하우였다. 모티머 씨는 더 이상 질문을 하지 않고 저택에 도착할 때까지 내게 두개골에 대한 설명만 계속했다.

비바람이 심했던 이 음울한 날에 대해 마지막으로 기록할 것이 하나 더 남아 있다. 집에 돌아와 방금 전 배리모어와의 대화에서 알게 된 사실이었는데, 나는 적절한 때에 그 비장의 카드를 쓸 수 있을 것이다.

모티머 씨는 우리와 함께 저녁을 먹고 헨리 경과 카드놀이를 했다. 배리모어가 서고에 있는 내게 따로 커피를 가지고 와서 나는 배리모어에게 몇 가지를 따로 물어볼 수 있는 기회를 잡을 수 있었다.

"배리모어 씨, 당신들의 소중한 처남은 떠났나요, 아니면 아직 여기에 있나요?"

"잘 모르겠습니다. 저희도 여기에 계속 있으면 문제가 되기에
하루빨리 떠나기를 바라고 있는데 사흘 전 마지막으로 음식을
가져다준 이후로 소식이 없습니다."

"그때 그를 봤습니까?"

"아닙니다. 하지만 다음 날 가서 확인해 보니 음식은 없었습
니다."

"그럼 여기에 있다는 뜻이군요."

"저도 그렇게 생각합니다. 음식을 다른 누군가가 가져간 게
아니라면요."

"그럼 거기에 다른 사람도 있단 말입니까?"

나는 커피 잔을 입술로 반쯤 가져가다 말고 배리모어에게 물
었다.

"네, 선생님. 황야에 또 다른 사람이 있습니다."

"본 적이 있습니까?"

"아닙니다."

"그럼 어떻게 압니까?"

"일주일 전쯤에 셀던이 그러더군요. 자기처럼 숨어 있다고 하
는데, 제 생각에 죄수는 아닌 것 같습니다. 왓슨 선생님, 이건
좋은 징조가 아닙니다. 정말이지, 좋은 징조가 아닙니다."

배리모어의 목소리가 높아졌다.

"배리모어 씨, 나는 당신 주인의 일이 아니면 그 무엇에도 관
심 없습니다. 내가 여기 온 이유는 오직 헨리 경을 돕기 위해서
지 다른 이유는 없습니다. 그러니 솔직하게 말해 주세요. 뭐가

좋은 징조가 아니라는 말입니까?"

배리모어는 잠시 동안 망설였다. 속내를 내보인 것을 후회하는 것 같기도 했고, 자신의 감정을 표현할 적당한 방법을 찾기가 어려운 듯도 했다.

"분명 어떤 음모가 진행 중입니다. 저기 어딘가에 뭔가가 있습니다. 어떤 끔찍한 계획이 세워지고 있습니다. 왓슨 선생님, 저는 헨리 경이 다시 런던으로 돌아가셨으면 합니다."

배리모어가 빗줄기가 세차게 떨어지는 황야로 난 창문을 향해 손짓하며 소리쳤다.

"대체 무얼 걱정하는 겁니까?"

"찰스 경의 죽음을 보세요! 아주 불길한 일입니다. 검시관의 말도 그렇고 한밤중 황야에서 들려오는 그 괴이한 울음소리도 말입니다. 죽고 싶은 사람이 아니라면 해가 진 후 황야에 나가는 사람은 아무도 없습니다. 그런데 저기 사람이 숨어 있어요. 그 자는 무엇을 감시하며 무엇을 기다리고 있는 겁니까? 그게 무엇을 의미할까요? 뭔지는 몰라도 분명 바스커빌가의 사람에게는 좋은 일이 아닐 겁니다. 헨리 경의 새로운 하인들이 이 저택을 맡을 준비가 되면 저는 이 모든 것에서 떠날 겁니다."

"그 기묘한 사람에 대해서 더 아는 것은 없습니까? 셀던은 뭐라고 했습니까? 그자가 어디 숨어 있는지 안다거나 무얼 하고 있는지 알고 있답니까?"

"그 사람을 한두 번 정도 마주쳤었는데 아무것도 모른다고 했습니다. 처음 그를 봤을 때는 경찰인 줄 알았는데 그건 아니라고 합니다. 겉보기에는 신사 같기도 한데, 뭘 하는지는 알 수 없다고 합니다."

"그럼 어디에서 지내고 있다고 합니까?"

"언덕에 있는 돌집 중 하나라고 합니다. 옛사람들이 살았던 그 오두막 말입니다."

"그럼 음식은?"

"처남에 의하면 그 사람을 도와주는 소년이 하나 있다고 했습니다. 그래서 필요한 것을 가져다 준다고요. 소년은 필요한 것을 구하려면 쿰 트레이시로 갈 겁니다."

"고맙습니다, 배리모어 씨. 나중에 더 이야기하도록 하지요."

집사가 나가고 나는 컴컴한 창가로 걸어갔다. 창밖으로 구름이 몰려오고 바람에 나뭇가지가 흔들리는 모습이 보였다. 집 안에서 봐도 이렇게나 거칠어 보이는데 황야의 오두막에서라면 말할 것도 없이 힘들 것이다. 대체 어떤 마음을 품은 사람이기에 이런 험한 날씨에도 굴하지 않고 저런 장소에 숨어 있는 것일까. 대체 얼마나 중대하고 간절한 목적이 있기에 저런 시련을 견디는 것일까. 저 황야의 오두막에 내가 이렇게 힘들게 고민해야만 하는 문제의 핵심이 있는 것만 같았다. 나는 빠른 시일 내에 사람이 할 수 있는 모든 것을 다해 이 수수께끼의 핵심을 밝혀내리라 맹세한다.

11. 바위산 위의 사나이

앞 장에서 나는 개인적인 일기장을 인용해 10월 18일까지의 일을 설명했다. 그다음부터 끔찍한 결말에 이르기까지 이상한 사건들이 꼬리를 물고 전개되었는데, 그 며칠 동안의 일은 내가 절대로 잊지 못할 정도로 뚜렷이 남아 있기에 당시의 일기를 참고하지 않아도 이야기할 수 있다. 나는 이제 쿰 트레이시에 사는 로라 라이언스 부인이 찰스 경에게 편지를 보내 경이 죽은 바로 그 날, 그 장소에서 만나자고 약속했던 것과 황야에 숨어 있는 남자가 언덕 경사면의 오두막에 살고 있다는 두 가지 사실을 알게 된 다음 날부터 이야기를 시작하겠다. 그 두 가지 사실을 알아내고도 이 어둠에 빛을 밝히지 못한다면, 나에게 지식과 용기, 둘 다 없다는 것을 나는 인정해야만 할 것이다.

나는 전날 헨리 경에게 라이언스 부인에 대해 알게 된 사실을 말할 틈이 없었는데, 그날 늦게까지 모티머 씨가 헨리 경과 함께 카드놀이를 했기 때문이다. 그다음 날 아침 식사 시간에 나는 헨

161

리 경에게 내가 알아낸 사실을 이야기하고 함께 쿰 트레이시에 가겠냐고 물었다. 처음에 그는 매우 가고 싶어 했지만 다시 생각해 보니 나 혼자 가는 것이 더 좋을 것 같았다. 공식적인 방문이 되면 얻어 낼 수 있는 정보가 적을 것이었기에, 결국 나는 별로 거리낌 없이 헨리 경을 남겨 두고 저택을 떠났다.

나는 쿰 트레이시에 도착해 마부 퍼킨스에게 마차를 세워 두라고 지시한 다음 부인이 있는 곳을 조사하기 시작했다. 곧 마을 중앙에 위치한데다 잘 갖추어진 그녀의 집을 어렵지 않게 찾을 수 있었다. 하녀가 별다른 격식 없이 나를 맞아 거실로 안내했다. 거실에서는 부인이 레밍턴 타자기 앞에 앉아 있다가 손님이 온 것을 알고 환하게 웃으며 일어났는데, 곧 낯선 사람이라는 사실을 알고는 바로 미소를 거두고 자리에 앉으며 내게 무슨 용무냐고 물었다.

그녀에 대한 첫인상은 매우 미인이라는 것이었다. 적갈색 눈과 머리카락, 그리고 주근깨가 많기는 했지만 두 뺨은 머리카락 색과 잘 어울리게 홍조를 띠고 있었는데 마치 노란 장미 한가운데 숨은 우아한 분홍 장미 같았다. 다시 말하지만 그건 첫인상이었고 자꾸 보다보니 흠이 보였다. 얼굴은 어딘지 모르게 사납게 느껴졌고, 특히 냉정해 보이는 눈과 뭔가 정직하지 못한 느낌의 입술은 아름다움을 반감시켜 어딘지 모르게 어색했다. 물론 자세히 보지 않으면 알아채기 어려운 것이었다. 아무튼 나는 그렇게 아름다운 부인의 얼굴을 계속 바라보고 있었는데 부인이 방문 목적을 물었다. 나는 내가 여기에 매우 중요한 일 때문에 왔다는 것을 잠시 잊고 있었던 것이다.

"저는 부인의 아버님을 잘 알고 있습니다."

참으로 서투른 소개였고, 부인도 노골적으로 그것을 표현했다.

"저와 아버지는 닮은 점이 아무것도 없습니다. 아버지에게 빚진 것도 없고, 아버지의 친구도 저와 관계없습니다. 고(故) 찰스 바스커빌 경과 다른 분들의 호의가 없었다면 아버지가 있더라도 굶어죽었을지 모르지만요."

"제가 부인을 뵈러 온 것은 찰스 바스커빌 경에 관한 일 때문입니다."

부인의 얼굴이 갑자기 심각해졌다.

"그분에 대해 제가 무슨 말씀을 드려야 하죠?"

타자기 위의 손이 신경질적으로 움직였다.

"찰스 경을 알고 계셨죠?"

"이미 말씀드린 것처럼 그분에게 신세를 많이 졌습니다. 이렇게 혼자 자립해 일할 수 있는 것도 찰스 경이 저의 불행에 큰 관심을 가져 주셨기 때문입니다."

"찰스 경과 편지 왕래를 하셨죠?"

"왜 그런 걸 물으시죠?"

부인이 노여운 눈빛으로 나를 올려다보며 날카롭게 물었다.

"헛된 소문을 막기 위해서입니다. 이런 소문이 저희의 손을 벗어나 외부에 알려지지 않도록 말입니다."

말이 없어진 부인의 얼굴이 더욱 창백해졌다. 그러다 잠시 후 부인은 거리낄 것이 없다는 표정으로 이렇게 말했다.

"대답하지요. 정확히 뭐가 궁금하신가요?"

"찰스 경과 편지 왕래를 하셨나요?"

"한두 차례요. 그분의 친절에 감사드리는 편지였습니다."

"편지를 보낸 날짜를 기억하십니까?"

"아니요."

"찰스 경을 만난 적이 있으신가요?"

"네, 그분이 여기 쿰 트레이시에 오셨을 때 한두 번 만났어요. 은퇴하셨기에 남을 돕는 일도 조용히 진행하기를 원하셨어요."

"만약 부인이 그분과 만난 적도 별로 없고 편지도 거의 쓰지 않으셨다면 찰스 경이 어떻게 부인에게 도움이 필요하다는 것을 아셨나요? 아까 많은 도움을 받으셨다고 했는데요."

나는 예민하고 까다로운 질문을 던졌지만 부인은 이미 준비가 되어 있었다.

"몇몇 신사분들이 불행한 제 이야기를 아시고 함께 힘을 합쳐 도와주신 거예요. 그중 한 분이 스테이플턴 씨인데, 찰스 경과 가까운 이웃이고 친하게 지내셨습니다. 친절한 스테이플턴 씨를 통해 찰스 경도 제 사정을 알게 되신 거고요."

찰스 경이 종종 스테이플턴을 통해 남을 도왔다는 것을 알고 있었기에 나는 부인의 말에 수긍했다.

"그럼, 찰스 경에게 만나고 싶다고 편지를 보낸 적이 있으신지요?"

내가 다시 물었다.

그런데 이 질문에 라이언스 부인이 갑자기 화를 냈다.

"예의에 벗어나는 질문을 하시는군요!"

"정말 죄송합니다, 부인. 하지만 꼭 알아야 합니다."

"그러면 대답하겠습니다. 그런 적 없습니다."

"찰스 경이 돌아가신 그날에 만나자고 한 일이 정말 없으십니까?"

순간 부인의 얼굴이 죽은 사람처럼 창백해졌다. 부인은 마른 입술을 움직여 '아니오'라고 말했지만 거의 들리지 않아 입을 보고 알 수 있었다.

"기억이 잘 안 나시는 것 같은데, 필요하시면 부인께서 보내셨던 편지를 일부 인용할 수도 있습니다. '부디 제 부탁을 들어주세요. 그리고 당신이 신사라면 이 편지를 읽고 난 후에 불태워주세요. 열 시에 황야로 나가는 문에서 뵐게요.'라고 쓰셨던데요."

부인은 거의 기절할 지경처럼 보였지만 애써 정신을 차렸다.

"세상에 신사는 없는 모양이군요?"

부인이 짧게 말했다.

"그분을 오해하지는 마십시오. 경은 분명 편지를 불태우셨습니다. 하지만 종종 타 버린 편지도 읽을 수 있는 경우가 있습니다. 이제 그 편지를 쓰셨다는 사실을 인정하시는 겁니까?"

"그래요, 제가 썼어요."

라이언스 부인은 말의 급류에 영혼을 실어 소리치며 말했다.

"제가 썼습니다. 제가 왜 아니라고 부정해야 하죠? 저는 그 일에 부끄러울 게 없어요. 그저 그분께 도움을 받고 싶었어요. 만나서 저의 사정을 이야기하면 도움을 받을 수 있을 거라고 믿었습니다. 그래서 만나 달라고 했던 거예요."

"그렇게 늦은 시각에요?"

"다음 날 찰스 경이 런던으로 가서서 몇 개월 동안 머무실 거라는 말을 들었어요. 또 제가 거기에 더 빨리 갈 수 없는 사정이 있었습니다."

"그러면 왜 저택 안이 아닌 그 문에서 만나자고 한 겁니까?"

"여자로서 그렇게 늦게 혼자 사는 남자 분의 집에 갈 수 있다고 생각하시나요?"

"그렇다면, 부인이 거기에 가셨을 때 무슨 일이 있었는지요?"

"전 가지 않았어요."

"라이언스 부인!"

"신성한 모든 것을 걸고 맹세합니다. 저는 절대 가지 않았습니다. 그럴 만한 일이 생겼었어요."

"그게 무슨 일이지요?"

"사적인 일입니다. 말할 수 없습니다."

"부인은 지금 찰스 경이 죽은 그 시각, 그 장소에서 경과 만나기로 했다는 건 인정하지만, 그 약속을 지키지는 않았다는 겁니까?"

"사실입니다."

나는 거듭해서 부인을 추궁했지만, 그녀는 요지부동이었다.

나는 소득 없이 길게 이어지는 대화를 끝내고 일어서며 이렇게 말했다.

"라이언스 부인, 부인은 알고 있는 모든 것을 밝히지 않음으로써 찰스 경의 죽음에 대해 큰 책임을 떠안고 불리한 입장에 서신 겁니다. 제가 만약 경찰에 조사를 요청한다면 부인은 상당히

곤란해지시겠지요. 결백하시다면 왜 처음에는 찰스 경에게 만나
자는 편지를 보내셨던 사실을 부인하셨습니까?"

"그걸 말하면 이상한 쪽으로 결론이 나서 제가 좋지 못한 소
문에 휘말릴까 걱정되었습니다."

"그럼 왜 찰스 경에게 그 편지를 없애 달라고 간절히 요청하
셨나요?"

"그 편지를 읽으셨으면 아실 텐데요."

"그 편지를 다 읽었다고는 말하지 않았습니다."

"그 편지의 일부를 인용하지 않으셨나요?"

"추신을 인용했지요. 말씀드렸듯이 그 편지는 불태워졌기 때
문에 다 읽을 수 없었습니다. 다시 한 번 묻겠습니다. 찰스 경에
게 그 편지를 왜 그렇게 간절히 없애 달라고 부탁하셨습니까?"

"사적인 이유에서 입니다."

"경찰 수사를 피하시기 위해서라도 말씀하시는 게 좋으실 텐
데요."

"그러면 말씀드리지요. 만약 선생님께서 제 불행한 과거에 대
한 이야기를 들으시면 제가 얼마나 경솔한 결혼을 했는지, 그것
을 후회할 만한 충분한 이유가 있다는 것을 아시게 될 겁니다."

"저도 들었습니다."

"저는 끔찍한 남편에게 끊임없는 학대를 받으며 살았습니다.
법은 남편의 편이었고 저는 억지로 남편과 살아야 했습니다. 저
는 그때 찰스 경에게 그 편지를 보냈어요. 얼마간의 비용만 있으
면 제가 다시 자유롭게 살아갈 가능성이 있다는 걸 알았죠. 그
편지는 제게 전부―제 마음의 평화, 행복, 그리고 자존심이었

습니다. 그분의 관대함을 알았기에 직접 제 이야기를 들으면 도와주실 거라고 생각했습니다."

"그러면 왜 약속 장소에 안 나가셨습니까?"

"그 직전에 다른 사람에게 도움을 받았기 때문입니다."

"그러면 왜 찰스 경에게 편지를 보내 그런 사정을 설명하지 않았습니까?"

"그다음 날 아침, 신문에서 그분이 죽었다는 기사를 보지 않았다면 편지를 보냈을 거예요."

부인의 말이 너무나 논리적이어서 질문을 통해 허점을 찾을 수 없었다. 나는 그녀가 당시 남편을 상대로 이혼절차를 밟고 있었다는 사실만 겨우 확인할 수 있었다.

라이언스 부인이 당시 바스커빌 저택에 가지 않았다는 말만은 사실인 것 같았는데, 만약 그 시간에 바스커빌 저택에 부인이 있었고 부인이 헨리 경을 유인한 미끼였다면 부인은 다음 날 아침 일찍 쿰 트레이시에 돌아갈 수 없었을 것이기 때문이다. 그런 것은 경찰이 조금만 조사를 하면 다 드러날 것이었다. 그렇다면 부인은 사실을 말하고 있거나 부분적으로나마 사실을 말하고 있다고 할 수밖에 없었다. 나는 다시 한 번 막다른 골목에 이르게 되었다. 이 사건을 조사하면 할수록 모든 방향에서 길을 막는 벽을 만나게 되었다. 그리고 부인의 표정과 행동을 곱씹으면 곱씹을수록 그녀가 뭔가를 감추고 있음이 확실하다고 느껴졌다. 왜 그녀는 그렇게 얼굴이 창백해진 걸까? 왜 모든 것을 감추고 있다가 어쩔 수 없는 상황에 몰려야만 실토하는 걸까? 그렇게 비극적인 사건에 대해 어떻게 저렇게 침묵할 수 있을까? 이 모든 것을 설명할 수 있으려면, 자신의 결백을 믿어 주길 바라는 그녀의 마음은 순수할 수 없었다. 하지만 더 이상 그곳에서 조사할 것은 없었다. 황야의 오두막 중 한 곳에 살고 있는 또 다른 사람을 찾아야 했기 때문이었다.

하지만 이 부분이 더욱 수수께끼 같았다. 마차를 타고 돌아가던 나는 선사 시대 사람들의 흔적이 있는 언덕이 얼마나 많은지를 깨달았다. 배리모어는 단지 여기 버려진 오두막 어딘가에 그 남자가 산다는 정보만 주었을 뿐이었고, 오두막은 황야 여기저기에 수백 채나 산재해 있었다. 나는 그 수상한 남자가 검은 바위산 정상에 서 있었다는 단서 하나만으로 위쪽부터 중점적으로 조사할 생각이었다. 그곳에서부터 시작해 그가 사는 곳을 찾을 때까지 황야의 모든 오두막을 확인해야만 했다. 만약 그자가 있는 곳을 발견한다면 어쩌면 내 권총이 필요할지도 모른다. 그자의 입을 통해 그가 누구이며 왜 우리를 미행했는지 알아낼 수 있으리라. 복잡한 리젠트 가에서는 우리를 따돌릴 수 있었지만 이렇게 고립된 곳에서는 불가능할 것이다. 반면에 내가 그 오두막집을 찾았을 때 그자가 거기 없다면 그가 돌아올 때까지 언제까지라도 기다려야 할 것이다. 홈즈는 런던에서 그 남자를 놓쳤다. 홈즈가 놓친 그자를 내가 잡는다면 내게 정말 큰 영광이 될 것이다.

이번 사건 조사에서 우리는 계속 운이 없었지만 적어도 지금은 운이 좀 따르고 있다고 믿고 싶었다. 내게 행운을 가지고 온 남자는 다름 아닌 프랭클랜드 씨였는데, 내가 마차를 타고 지나는 큰길로 난 자신의 정원 밖에서 여전히 얼굴에 붉은 기를 띠고 회색 구레나룻을 기른 채 서 있었다.

"안녕하신지요, 왓슨 선생."

노인이 평소와 다르게 공손히 인사했다.

"잠깐 말도 쉬게 하고 저희 집에 들어와 와인도 한 잔 하시며 나를 좀 축하해 주시지요."

나는 이 괴팍한 노인이 자신의 딸에게 어떻게 했는지 들은 뒤부터 정이 떨어져 있었지만, 빨리 마부 퍼킨스와 마차를 저택으로 돌려보내고 싶었던 차에 잘됐다 싶었다. 퍼킨스에게는 저녁 식사 시간에 맞춰 가겠다고 헨리 경에게 전해 달라고 부탁한 뒤 마차에서 내려 프랭클랜드 씨를 따라 집 안의 식당으로 들어갔다.

"오늘은 정말 제게 좋은 날입니다, 왓슨 선생. 제 인생에서 기념할 만한 날입니다."

프랭클랜드 씨가 좋아서 키득거리며 말했다.

"소송 두 개에서 승리했습니다. 그 소송을 통해 법은 법이고, 법에 호소하는 것을 두려워하지 않는 사람이 여기 있다는 걸 가르쳐 주고 싶었소. 드디어 미들턴 영감의 정원 중간에서부터 그 영감의 집 현관 앞 90미터까지 지나다닐 수 있는 통행권을 확보했습니다. 어떻게 생각하오? 그런 지역 유지들에게 우리 같은 서민들도 함부로 대해서는 안 된다는 것을 가르쳐 준 겁니다. 봐라, 이놈들아! 그리고 펜워디 사람들이 전에 나들이를 다니던 숲을 폐쇄했소. 그 못된 사람들이 그곳이 사유지가 아니기 때문에 떼로 놀러 와 온갖 쓰레기와 병을 버리지 뭡니까. 왓슨 선생, 이 두 가지 소송에서 제가 다 이겼다니까요! 이런 날은 제가 존 몰런드 경이 야생 조수 사육장에서 사냥을 했다는 이유로 불법 침입 소송을 걸어 이긴 후 처음입니다."

"어떻게 이기신 건가요?"

"여기 이 책을 보십시오. 좋은 책이죠. '프랭클랜드 대 몰런드 사건', 왕좌 재판소. 소송 비용으로 200파운드가 들었지만 내가 승소했지요."

"소송에 이기면 좋은 게 있나요?"

"아니요, 선생. 없지요. 나는 그런 것에 관심 없다고 자랑스럽게 말할 수 있소. 오로지 공적인 차원으로 그 일을 한 것이오. 두고 보시오. 분명 오늘 밤 펜워디 사람들이 내 인형을 불태울 테니. 지난번에 마을 사람들이 내 인형을 불태웠을 때 경찰에게 그런 인신공격적인 행동을 막아야 한다고 분명히 얘기했습니다. 지역 경찰들은 나를 못마땅하게 생각하기에 내가 보호받을 자격이 있음에도 불구하고 그렇게 하지 않았습니다. '프랭클랜드 대 국가 소송'은 공공의 관심을 끌 문제가 될 거요. 나는 경찰한테 날 그렇게 대한 것을 후회할 것이라고 분명히 얘기했습니다. 그런데 이제 그게 현실이 될 거요."

"어떻게 말입니까?"

내가 물었다.

노인은 우쭐한 표정으로 자랑을 계속했다.

"나는 그들이 안달하며 알고 싶어 하는 것에 대해 정보가 있지만, 어떤 경우에도 그 도움을 주지 않겠다고 말했지요."

지금까지 나는 빨리 프랭클랜드의 잡담에서 벗어날 생각으로 여러 가지 말을 던지고 있었지만, 지금부터는 그 이야기를 정말 더 많은 듣고 싶었다. 나는 큰 관심을 보이면 금방 이야기를 중단하는 이 늙은 심술쟁이의 청개구리 같은 성격을 잘 알고 있었다.

"아, 밀렵 사건을 말하는군요."

나는 일부러 무관심한 척 말을 던졌다.

"하하, 왓슨 선생. 그것보다 훨씬 더 중요한 것이오! 황야에 있는 탈옥수 이야기라면 어떻소?"

나는 프랭클랜드를 똑바로 보며 물었다.

"정말로 그자가 있는 곳을 아신다는 말씀입니까?"

"정확하게는 모르지만 경찰이 그놈을 잡을 수 있을 정도로는 압니다. 그놈을 잡을 수 있는 방법이 정 없다면 그놈이 어디서 음식을 구하는지 확인해서 추적하면 잡을 수 있지 않겠소?"

위험하게도 그는 이미 탈옥수에 대해 어떤 사실에 가까워진 것이 분명했다.

"그렇겠군요. 하지만 그자가 황야 어디에 있는지 어떻게 알 수 있나요?"

"나는 알고 있습니다. 내 두 눈으로 그놈에게 음식을 가져다 주는 사람을 똑똑히 봤소."

배리모어가 떠올라 가슴이 철렁 내려앉았다. 참견을 좋아하는 이 늙은 심술쟁이가 그 사실을 알았다니 심각한 문제였다. 하지만 그의 다음 이야기가 내 걱정을 덜어 주었다.

"그놈에게 음식을 가져다주는 사람이 소년이라는 사실을 알면 선생은 놀랄 거요. 나는 옥상에 설치한 망원경을 통해 그 아이를 매일 보고 있소. 매일 똑같은 시간에 똑같은 길을 따라 다니는데 탈옥수가 아니라면 누구한테 가겠소?”

내게는 무척 큰 행운이었다! 하지만 침착하게 관심을 드러내서는 안 되었다. 소년이라니! 배리모어는 미지의 사나이에게 필요한 것을 가져다주는 사람이 소년이라고 했다. 하지만 거긴 그가 있는 곳이지 탈옥수가 있는 곳이 아니다. 프랭클랜드는 잘못 짚고 있었지만 만약 이 노인이 알고 있는 것을 알아낸다면 황야의 그 남자를 찾기 위한 길고 힘든 시간을 단축할 수 있을 것이다. 그러기 위해 나는 짐짓 믿을 수 없다는 듯, 관심 없는 척하며 말을 던졌다.

“황야의 양치기 자식 중 한 명이 아버지에게 저녁을 가져다주는 것이 아닐까요?”

내가 믿지 못하겠다는 내색을 하자 늙은 독재자는 불이라도 붙은 듯 화를 냈다. 그는 화를 내며 적의로 가득 찬 눈으로 나를 노려보았는데 그의 회색 구레나룻이 성난 고양이털처럼 곤두섰다.

“정말이오. 왓슨 선생! 저 멀리 있는 검은 산이 보입니까? 저쪽에 가시나무 덤불이 있는 낮은 언덕 말이오? 이 황야 전체에서 가장 돌이 많은 곳이오. 저런 곳이 양치기가 양을 몰고 갈 만한 장소겠소? 선생의 이야기는 정말 말도 안 되오!”

드넓은 황야를 가리키며 소리치는 그에게 나는 그런 사실을 알지 못해서 잘못 말했다고 순순히 대답했다. 그러자 프랭클랜드는 아주 좋아하며 더 많은 이야기를 꺼내 놓았다.

“아마 그랬을 겁니다. 왓슨 선생. 나는 분명한 사실을 바탕으로 얘기하고 있는 겁니다. 아주 여러 차례 그 소년이 보따리를 메고 가는 것을 봤습니다. 그것도 매일 말이오. 어떨 때는 하루에 두 번씩도 볼 수 있었소. 잠깐, 내 눈이 잘못된 게 아니라면 왓슨 선생, 지금 저쪽 언덕 경사에서 뭔가 움직이고 있습니다."

나는 저 멀리 몇 킬로미터 떨어진 곳에서 엷은 푸른색과 회색의 언덕과 구분되는 작고 검은 점이 움직이는 것을 분명히 볼 수 있었다.

"이리 오시오, 선생! 어서!"

프랭클랜드가 소리치며 계단으로 뛰어 올라갔다.

"직접 와서 보시고 판단하시오!"

삼각대 위에 설치된 고급 망원경이 함석지붕 위로 길게 나와 있었다. 프랭클랜드가 망원경을 들여다보더니 기쁨의 함성을 질렀다.

"빨리요, 왓슨 선생. 서두르시오, 녀석이 언덕을 다 지나가기 전에 말입니다!"

작은 사내아이가 어깨에 보따리를 메고 천천히 언덕을 오르고 있었다. 소년이 언덕 정상에 오르자 누더기를 걸친 괴이한 형체가 선명한 푸른 하늘을 배경으로 나타났다. 소년은 추격을 걱정하는 사람처럼 조심스럽고 은밀하게 주변을 살폈다. 그러더니 언덕을 넘어 사라졌다.

"어떻소? 내 말이 맞지 않소?"

"정말이군요. 저 소년은 뭔가 비밀스러운 심부름꾼 같군요."

"지역 순찰대원이 봐도 저게 어떤 심부름인지는 쉽게 알 수 있을 거요. 하지만 나는 그들에게 한마디도 안 할 겁니다. 그러니 왓슨 선생도 그러시오. 절대 말해서는 안 되오, 아시겠소?"

"물론입니다."

"경찰은 내게 모욕을 줬다니까! 국가를 상대로 낸 소송에서 사실이 드러나면 전 지역에서 분노하게 될 거요. 어떤 경우에도 나는 경찰을 돕지 않을 겁니다. 못된 마을 사람들이 내 인형을 말뚝에 박아 태울 때 경찰은 인형이 아니라 나를 신경 썼어야 했습니다. 그런데 가시려고요? 이렇게 기쁜 날에 저와 같이 포도주 한 잔 합시다!"

나는 프랭클랜드의 간청과 저택까지 바래다주겠다는 제안을 뿌리치고, 노인이 바라보고 있을 때까지 저택으로 가는 척하다 황야로 빠졌다. 그리고 그 소년이 사라졌던 돌투성이 언덕을 향해 걸었다. 주변의 모든 상황이 나를 도와주고 있었다. 나는 체력이나 인내심 부족으로 내 앞에 굴러 온 행운의 기회를 놓쳐서는 안 된다고 다짐했다.

언덕 정상에 도착했을 때 태양은 이미 지고 있었다. 발밑으로 펼쳐진 긴 경사면의 한쪽은 황금빛으로 물든 초록색이었고 다른 한쪽은 회색 그림자로 뒤덮여 있었다. 저 멀리 하늘에서 낮게 안개가 끼어 있었고 그 옆으로 특이한 모양의 바위산이 튀어나와 있었다. 광활한 황야에서는 아무 소리도 들리지 않았고 어떤 움직임도 없었다. 갈매기 혹은 마도요로 보이는 거대한 회색빛의 새 한 마리가 파란 하늘 위로 높이 솟아올라 날아가고 있었는데, 거대한 아치를 그리고 있는 하늘과 그 아래 버려진 땅 사이에서 그 새와 나만이 유일하게 살아 있는 생명체 같았다. 이 황야의 풍경이 만드는 쓸쓸함과 내가 맡은 기이한 사건, 그리고 이를 해결해야 한다는 절박감이 가슴속 깊이 한기를 느끼게 했다. 내가 그곳에 도착했을 때 소년은 어디에도 없었다. 하지만 발밑으로 보이는 언덕 사이에 오래된 석재 오두막들이 둥그렇게 산재해 있었다. 그리고 그 중에서 비바람을 막기에 충분할 만큼의 지붕이 얹혀 있는 오두막이 딱 한 채 보였다. 나는 그 오두막을 발견하고 심장이 터질 것만 같았다. 그 괴이한 남자가 숨어 지내는 은신처가 분명했다. 나는 지금 그자의 비밀을 밝혀내기 위한 첫 걸음을 떼고 있는 것이었다.

나는 스테이플턴이 주변에 앉아 있는 나비를 잡기 위해 조심스럽게 포충망을 들고 움직이듯 슬그머니 오두막을 향해 다가갔다. 분명 누군가 그곳에 살고 있던 흔적을 발견한 나는 무척이나 만족스러웠다. 바위들 사이로 난 작은 통로가 허름한 오두막의 문 같은 역할을 하고 있었다. 그 미지의 남자는 그곳 어딘가에 숨어 있거나 아니면 황야에 나가 배회하고 있을 것이었다. 어떤 일이 벌어질지 알 수 없어 팽팽한 긴장감이 온몸에 느껴졌다. 나는 담배를 버리고 권총 손잡이를 손에서 놓지 않은 채 문으로 다가가 안을 들여다봤다. 그 안은 텅 비어 있었다.

하지만 그 안의 흔적들을 보니 내가 잘못 찾은 건 확실히 아니었다. 그 남자가 사는 곳이 분명했다. 비에 맞아도 젖지 않도록 방수포로 싼 담요가 신석기 시대 사람이 잠자리로 사용했던 것으로 보이는 긴 돌 위에 놓여 있었고 조잡하게 만든 화덕 주변에는 불을 피우고 난 재가 수북이 쌓여 있었다. 그 옆에는 조리 기구들과 반쯤 물이 찬 양동이가 있었다. 빈 통조림 무더기야말로 이곳에서 한동안 누군가 살았다는 증거였다. 어두웠던 실내에 내 눈이 적응하자 한 구석에 있는 금속으로 된 잔과 반쯤 비어 있는 술병도 눈에 들어왔다. 오두막 한가운데 있는 평평한 돌은 탁자로 사용하는 듯 그 위에 작은 짐 꾸러미가 놓여 있었는데, 내가 망원경으로 본 소년이 메고 있던 것이 분명했다. 그 안에는 빵 한 덩이와 고기 통조림 하나, 그리고 복숭아 통조림 두 개가 있었다. 꾸러미를 꺼내어 다 살펴본 뒤 그 아래 종이가 놓여 있는 것을 발견했는데 나는 보자마자 놀라움을 금할 수 없었다. 연필로 흘려 쓴 글씨는 이렇게 적혀 있었다.

왓슨 선생이 쿰 트레이시에 갔습니다.

나는 이게 무슨 뜻인지 한참을 생각해야만 했다. 이 정체불명의 남자가 미행했던 사람은 헨리 경이 아닌 바로 나였던 것이다. 이 남자가 직접 나를 미행하지는 않았으니 그 소년이 이 남자를 대신해 나를 감시했던 것이다. 그러면 이것은 소년이 보낸 보고서이다. 쿰 트레이시에서 온 후로 황야에 들어올 때까지 내가 움직이지 않았기에 특별히 관찰하거나 보고할 내용이 없었으리라. 항상 어떤 기운이 느껴졌던 것은 이것이었다. 헤어날 수 없는 미세한 그물이 우리를 붙들고 있는 느낌을 받기는 했었다. 하지만 너무도 가볍게 그물을 들어 올려서 오직 그물에 걸린 사람이 그 사실을 깨닫게 되는 때는, 그것이 드러나는 그 순간뿐이다.

보고서가 더 있을 수 있다는 생각에 오두막 안을 둘러봤지만 다른 단서는 없었다. 이곳에 사는 이의 의도나 성격을 보여 주는 그 어떤 것도 없었다. 이 남자는 스파르타식의 매우 엄격한 생활습관을 가졌다는 것과 생활의 편리함에 연연하지 않는다는 점만을 알 수 있을 뿐이었다. 지난번 엄청나게 쏟아진 비와 이곳의 뻥 뚫린 지붕을 생각하니 이런 불편한 장소에서의 생활을 견딜 만큼 그자의 목표가 강하고 간절하다는 것을 짐작할 수 있었다. 미지의 그 남자가 우리의 적일까, 아니면 우리의 수호천사일까? 나는 이것을 알아낼 때까지 이곳을 떠나지 않겠노라 다짐했다.

밖은 태양이 지면서 서쪽 하늘이 붉은 금빛으로 불타고 있었고, 멀리 거대한 그림펜 늪 한가운데 있는 연못은 태양빛을 받아 붉은 조각들을 반사하고 있었다. 멀리 바스커빌 저택의 두 개의 돌탑이 보였고, 그림펜 마을에서 올라오는 흐릿한 연기도 눈에 들어왔다. 이 두 개의 풍경 사이로 언덕 너머 스테이플턴의 집도 보였다. 이 모든 풍경은 저무는 태양의 금색 빛을 받아 감미롭고 평화롭게 보였다. 하지만 그런 풍경 속에 있으면서도 나는 자연의 아름다움을 느끼지 못하고, 명확하지 않은 상황들과 감시당하고 있다는 사실에서 느껴지는 공포심에 억눌려 있었다. 그러나 이런 팽팽한 긴장감은 오히려 나의 목적을 분명하게 만들었다. 나는 어두운 오두막에 앉아 침착하게 주인이 오기를 기다렸다.

드디어 인기척이 났다. 멀리서 돌을 밟고 올라오는 구두 소리가 분명하게 들려왔고 발자국 소리는 점점 더 가까워졌다. 나는 가장 어두운 구석으로 몸을 숨기고 주머니에 있는 권총을 장전했다. 내가 먼저 이 정체를 알 수 없는 남자를 보기 전에는 내 모습을 드러내지 않을 작정이었다. 밖에서는 이제 그자가 멈춘 듯 아무 소리도 들리지 않았다. 잠시 후, 다시 발자국 소리가 나더니 열린 오두막 문 앞으로 그림자 하나가 나타났다.

"이보게, 왓슨. 아름다운 밤 아닌가? 안에 있는 것보다 밖으로 나오는 것이 훨씬 좋을 거야."

아주 익숙한 목소리였다.

12. 황야에서의 죽음

나는 너무 놀라 숨조차 쉴 수 없었다. 나는 내 귀를 의심했다. 겨우 다시 정신을 차리자 내 몸의 감각들이 살아났다. 그 목소리는 그동안 내가 짊어지고 있던 무거운 책임감을 순식간에 날려버렸다. 이렇게 분명하고 통찰력 넘치면서 익살스러운 목소리를 가진 사람은 단 한 사람뿐이었다.

"홈즈! 홈즈!"

"밖으로 나오게. 나올 때 권총 조심하고."

홈즈가 다시 말했다.

나는 몸을 숙여 오두막 밖으로 나왔다. 홈즈는 돌 위에 앉아 있었다. 밖으로 나오자 깜짝 놀란 내 모습에 홈즈가 즐거워했다. 그는 좀 마르고 지친 듯했지만 여전히 빈틈없어 보이고 눈빛은 살아 있었으며, 날카로운 얼굴은 햇볕에 그을리고 바람에 거칠어져 있었다. 모직 정장과 납작한 모자를 쓴 그의 차림새는 황야를 여행하러 온 사람 같았다. 홈즈는 베이커 가에 있을 때와 다름없이 깔끔하게 면도를 하고 깨끗하게 차려입고 있었는데 고양이 같은 청결함은 홈즈의 특징 중 하나였다.

"내 평생 사람을 보고 오늘처럼 기뻤던 적이 없었네."

나는 양손으로 홈즈를 덥석 잡으며 말했다.

"아니면 오늘처럼 놀란 날이 없었던가. 그렇지?"

"그래, 솔직히 말해 그렇다네."

"자네만 놀란 건 아닐세. 자네가 이 은신처를 찾아내리라곤 생각지도 못했어. 더구나 이렇게 안에 숨어 있을 줄이야. 사실 문에 거의 다 와서야 자네가 안에 있다는 것을 알았지."

"내 발자국 때문이지?"

"아니, 왓슨. 세상의 수많은 발자국 가운데 어떻게 내가 자네의 발자국을 알아볼 수 있겠나. 자네가 만약 나를 속이고 싶다면 담배부터 바꿔야 할걸. 오는 길에 옥스퍼드 가의 브래들리 상점 글자가 찍힌 담배꽁초를 봤네. 그래서 자네가 이 근처에 있다는 것을 알았지. 오두막으로 들어가기 직전에 담배꽁초를 버렸겠지."

"정확해."

"역시 내 생각대로야. 자네의 끈기를 잘 알기에 아직 잠복하고 있을 거라 확신했네. 권총을 장전한 채 이곳 주인이 돌아오기를 기다리며 말이야. 그런데 자네는 내가 범인이라고 생각했었나?"

"나는 자네가 누구인지는 몰랐지만 곧 알아낼 작정이었네."

"훌륭하군, 왓슨! 그래, 여기는 어떻게 알아냈나? 자네는 이미 나를 봤을 텐데, 그 탈옥수를 추격하던 날 말이네. 내가 경솔하게도 달을 배경으로 서 있었지."

"그래, 자네를 봤어."

"그래서 이곳을 찾을 때까지 모든 오두막을 뒤졌나?"

"아니. 자네를 돕는 그 소년을 지켜 본 사람이 있었네. 그 소년이 안내해 준거나 다름없네."

"분명 그 늙은 영감의 망원경으로 본 거겠지? 망원경 렌즈에서 반사되는 빛을 보기 전까지는 나도 몰랐네."

홈즈는 일어나 오두막 안을 들여다보았다.

"아하, 카트라이트가 몇 가지 물품을 갖다 놓았군. 여기 메모도 있네? 아, 자네 쿰 트레이시에 갔었군. 그렇지?"

"그래."

"로라 라이언스 부인을 만나려고?"

"맞아."

"좋아. 우리 둘의 조사는 확실히 같은 방향으로 가고 있었어. 각자의 조사 결과를 조합하면 이제 전반적인 내용을 추스를 수 있을 거네."

"자네가 여기에 와 있어서 정말 기쁘네. 사건이 좀처럼 풀리지 않아 그 부담감이 극에 달하고 있었거든. 그런데 자네는 대체 여기에 어떻게 온 거야? 그리고 뭘 하고 있었나? 나는 자네가 베이커 가에서 그 협박 편지 사건을 해결하고 있다고 생각했네."

"자네가 그렇게 생각해 주기를 바랐던 거지."

"그럼 자네는 나를 이용했고, 나를 믿지 못했던 것이군! 난 내가 자네를 도울 수 있는 자격이 충분히 있다고 생각했는데 말이네, 홈즈."

나는 쓰라린 마음으로 소리쳤다.

"이봐, 왓슨. 다른 사건에서와 마찬가지로 이 사건에서도 자네는 무척 중요한 역할을 해내고 있네. 내가 자네를 속인 것처럼 느꼈다면 용서하게. 사실 내가 이렇게 한 것은 부분적으로는 자네를 위한 거였어. 자네가 위험하다고 느꼈기 때문에 내가 여기 직접 내려와 조사하게 된 것이네. 만약 내가 헨리 경, 그리고 자네와 함께 내려와 있었다면 나와 자네는 똑같은 시각을 가지게 되었을 테니 사건에 별 도움이 되지 않았을 걸세. 그리고 만약 내가 여기 있었다면 머리가 비상한 우리의 적은 아마 더욱 조심했겠지. 그나마 지금처럼 했기 때문에 저택에서 더 많이 알아내지 않았는가? 나는 내가 이 사건에 관여하지 않는 것처럼 있다가 결정적인 순간에 나서야 한다고 생각했네."

"하지만 왜 나한테 비밀로 했나?"

"자네가 이걸 미리 알았다면 도움이 안 되었을 거네. 어쩌면 내가 여기 있다는 것이 알려졌을지도 모르지. 자네는 나에게 뭔가를 말해 주고 싶거나 아니면, 친절한 성품 때문에 생활에 필요한 물건을 이것저것 가져다주려고 불필요한 위험을 무릅쓸 가능성이 더 컸어. 나는 카트라이트를 데리고 왔네. 기억나나? 심부름센터의 그 소년 말이네. 그가 간단한 생필품을 가져다주었지. 빵과 깨끗한 셔츠 칼라 같은 것 말이야. 남자에게 그밖에 더 필요한 게 뭐가 있겠나? 그리고 내 눈과 발이 되어 여러 일들을 해줬지. 아주 일을 잘하는 녀석이야."

"그럼, 내 보고서는 모두 쓸모없는 것 아니었나!"

나는 그것을 쓰기 위해 했던 고생과 그것을 쓰면서 느꼈던 자부심에 목소리마저 떨렸다.

"여기, 자네 보고서가 있네, 왓슨. 종이가 너덜너덜해지도록 읽었으니 걱정 말게. 그저 원래 받아야 하는 날짜에서 하루 정도 늦게 받았을 뿐이지. 나는 이렇게나 어려운 사건에 대해 자네가 보여 준 열정과 능력에 감사할 뿐이야. 아주 훌륭했네."

홈즈가 주머니에서 한 뭉치의 종이를 꺼내며 말했다.

나는 여전히 홈즈가 나를 속였다는 사실에 화가 난 상태였지만 그의 칭찬에 어느새 마음이 풀리고 말았다. 또한 진심으로 홈즈의 말이 옳았다는 것을 느낄 수 있었다. 홈즈가 황야에 있다는 사실을 내가 모르는 것이 우리의 목적을 달성하기 위한 최선의 방법이었다.

"좋아."

내 표정이 좀 누그러지자 홈즈는 화제를 사건으로 돌렸다.

"이제 로라 라이언스 부인을 찾아갔던 일의 결과를 말해 주게. 자네가 그 마을에 간 것이 부인을 만나기 위해서라는 것을 아는 건 별로 어렵지 않았네. 왜냐하면 나도 이미 쿰 트레이시에 사는 부인이 이 사건과 관련해 우리에게 도움을 줄 수 있을 거라고 생각했기 때문이지. 만약 자네가 오늘 그곳에 가지 않았다면 아마 내가 내일 직접 가야 했을 거야."

해가 완전히 지고 땅거미가 황야 전체를 뒤덮고 있었다. 공기가 차가워졌기에 우리는 오두막 안으로 자리를 옮겼다. 그렇게 오두막에 나란히 앉아 나는 라이언스 부인과 나눴던 대화를 홈즈에게 전달했는데 홈즈가 무척 흥미로워해서 내용 중 일부분은 반복해서 이야기해야만 했다.

"정말 중요한 이야기네."

내가 이야기를 끝내자 홈즈가 말을 꺼냈다.

"이 복잡한 사건에서 내가 미처 추리할 수 없었던 부분이 이제 메워졌네. 아마 자네도 라이언스 부인과 스테이플턴이 매우 가까운 사이라는 것을 짐작했겠지?"

"아니, 둘이 그런 사이라는 것은 몰랐는데."

"둘의 사이는 의심할 여지가 없어. 그들은 자주 만나고 서로 편지를 주고받았어. 그 두 사람이 특별한 관계라는 뜻이지. 이제 아주 확실한 무기가 우리 손에 들어왔네. 만약 내가 이걸로 스테이플턴의 아내를 떼어 낸다면……."

"스테이플턴의 아내라니?"

"자네가 내게 많은 정보를 줬으니 나도 답례를 하겠네. 스테이플턴 양이라고 알고 있는 그 여동생은 사실 스테이플턴의 부인이야."

"정말? 홈즈, 지금 그 말이 정말인가? 그런데 스테이플턴은 어떻게 헨리 경이 자신의 아내와 사랑에 빠지도록 놔둘 수 있지?"

"헨리 경이 사랑에 빠진 것은 본인을 빼고는 누구에게도 해가 되지 않아. 자네도 봤듯이 스테이플턴은 자신의 아내에게 헨리 경의 애정 행위가 이루어지지 않도록 안간힘을 썼지. 다시 한 번 말하지만 그녀는 스테이플턴의 여동생이 아니라 아내야."

"하지만 왜 그렇게까지 속인 거지?"

"그랬을 때 자신의 계획에 아내가 더 유용하게 쓰일 수 있기 때문이지."

말로 표현할 수 없었던 내 본능적인 직감과 희미했던 의심이 한순간에 분명해지고, 모든 초점은 그 박물학자에게 맞춰졌다. 무표정하고 생기 없는 얼굴에 밀짚모자를 쓰고 포충망을 들고 다니는 그 남자는 친절한 얼굴 뒤로 잔인한 속내를 품고 있었던 것이다.

"그럼 스테이플턴이 우리가 찾는 범인인가? 런던에서 우리를 미행했던 자 역시?"

"내가 추리한 바로는."

"그럼 그 경고 편지는…… 스테이플턴의 아내가 보낸 것이겠군!"

"맞아."

오랫동안 날 조롱하던 기괴한 소행이 절반은 분명히, 절반은 추측으로 어둠 속에서 그 모습을 드러냈다.

"홈즈, 정말 확실한가? 그녀가 스테이플턴의 아내라는 것을 어떻게 알았나?"

"그 박물학자가 자네를 처음 만났을 때 자신의 과거에 대해 어느 정도 진실을 말했다는 것을 그자는 잊고 있겠지. 하지만 장담컨대 그자는 그것에 대해 여러 차례 후회했을 걸세. 스테이플턴은 한때 북부 지역에서 학교를 운영한 적이 있어. 학교 선생만큼 추적하기 쉬운 직업은 없지. 누구든 한 번 그 직업에 몸을 담았다면 학교 관리 기관을 통해 간단히 확인할 수 있다네. 나는 그렇게 끔찍하게 파산한 학교를 찾아봤고, 그 학교의 소유자가 아내와 함께 사라졌다는 사실을 확인했네. 물론 이름은 달랐지만, 스테이플턴이 한 이야기와 일치했지. 그리고 사라진 남자가 곤충학에 매우 조예가 깊었다는 사실 역시 스테이플턴이라는 증거라고 할 수 있었지."

어둠이 걷히고 있었다. 하지만 여전히 많은 것들이 그림자 속에 있었다.

"만약 스테이플턴 양이 그의 아내라면 로라 라이언스 부인은 어떻게 되는 건가?"

"그게 바로 자네가 조사를 통해 밝혀낸 부분이네. 자네가 부인과 나눈 이야기가 그 상황을 아주 분명하게 이해할 수 있게 해주었네. 나는 라이언스 부인과 남편이 이혼하려 한다는 사실은 몰랐네. 그런데 정황상 스테이플턴이 미혼이라고 생각하기 때문에 라이언스 부인이 그의 아내가 되려고 하는 걸세."

"그럼 부인이 모든 사실을 알게 된다면?"

"그러면 우리에게 협조하게 될지도 모르지. 부인을 만나는 것이 우리 둘의 첫 임무일 거네. 내일 함께 가지. 그런데 왓슨, 자네 지금 너무 오랫동안 저택을 떠나 있었어. 자네가 있어야 할 곳은 바스커빌 저택이네."

서쪽 하늘에 마지막 남은 태양의 붉은 기운이 완전히 넘어가고 밤이 황야 전체에 내려앉았다. 몇 개의 희미한 별들이 보랏빛 하늘에서 반짝였다.

"마지막 질문이 있네, 홈즈. 자네하고 나 사이에 더 이상 비밀은 필요 없다고 생각하니까. 이 모든 것이 의미하는 게 대체 뭔가? 스테이플턴이 원하는 게 대체 뭐야?"

대답하는 홈즈의 목소리가 낮게 가라앉았다.

"왓슨, 그건 살인이네. 아주 세밀하고 정교하게 꾸며진, 잔인한 살인. 구체적인 것은 묻지 말게. 범인의 그물이 헨리 경을 향해 쳐져 있다 해도 이제 곧 내 그물이 그자를 옭아맬 거야. 그리고 이렇게 자네가 도와주고 있으니 그자는 이미 우리 손에 들어온 것이나 마찬가지네. 다만 조심해야 할 것은 우리가 그자를 칠 준비가 되기 전에 그자가 우리를 공격하는 것이지. 하지만 다음 날, 길면 그다음 날 안으로 나는 이 사건을 마무리할 테니 그때까지 자네의 역할을 잘해 주게. 아픈 아이를 돌보는 자상한 어머니처럼 헨리 경 곁에 있게. 오늘 자네가 한 일이 중요하기는 했지만 차라리 헨리 경 곁을 떠나지 않으면 좋았을 텐데 하는 생각이 들어. 잠깐, 이 소리는!"

이때 황야의 정적을 깨고 끔찍한 비명 소리, 그것도 공포와 괴로움으로 가득한 긴 외침이 들려왔다. 무시무시한 울음소리에 나는 혈관 속의 피가 다 얼어붙는 것만 같았다.

"오, 이런!"

나는 거칠게 숨을 쉬며 소리쳤다.

"대체 이 소리는 뭐야? 대체 뭐냐고?"

홈즈는 용수철처럼 자리에서 튀어 일어났다. 어둠 속이었지만 오두막 문 앞에 서 있는 홈즈의 형체에서 긴장한 것이 느껴졌다. 그는 어깨와 머리를 앞으로 숙인 채 어둠 속을 뚫어지게 응시했다.

"쉿!"

홈즈가 속삭였다.

비명 소리는 그 격렬함 때문에 크게 들렸지만, 멀리 어두운 황야 어딘가에서 울려 퍼지고 있었다. 이제 소리가 점차 가깝게 그리고 더 크게, 이전보다 더 다급하게 들려왔다.

"어디서 나는 소리야?

홈즈가 속삭였다. 그의 목소리에 긴장감이 가득했고, 이 강철 같은 남자의 마음조차 그 소리에 동요하고 있다는 것을 알 수 있었다.

"어디서 나는 소리인가, 왓슨?"

"아마도 저쪽?"

나는 손으로 어둠 속을 가리키며 대답했다.

"저기가 아니야!"

다시 한 번 고통스러운 울음소리가 밤의 정적을 깨트리며 전보다 가까운 곳에서 더욱 크게 울렸다. 게다가 또 다른 소리가 함께 들려왔는데, 깊고 낮게 중얼거리는 음악 같은 소리가 마치 바다의 낮고 지속적인 속삭임처럼 오르내리기를 반복했다.

"사냥개야!"

홈즈가 소리쳤다.

"빨리, 왓슨, 빨리! 이런, 우리가 너무 늦지 않았기를!"

홈즈는 황야를 향해 달리기 시작했고 나도 홈즈의 뒤를 따라갔다. 하지만 곧 우리 앞에 펼쳐진 황야 어딘가에서 마지막으로 절박하게 외치는 소리가 울리더니 쿵 하고 둔탁하고 무거운 게 떨어지는 소리가 났다. 우리는 그 자리에 멈춰 서서 귀를 기울였다. 하지만 바람 한 점 없는 밤의 묵직한 정적을 깨뜨리는 어떤 소리도 더 이상 나지 않았다.

홈즈가 혼비백산하여 이마에 손을 댄 채 발까지 구르며 안타까워하고 있었다.

"놈에게 당했어! 왓슨, 우리가 너무 늦었어."

"아니, 아니야. 그럴 리가 없어!"

"바보처럼 손을 놓고 있었다니. 자네도 봤지, 왓슨. 책임을 다하지 않으면 어떤 일이 생기는지! 만약 최악의 일이 벌어졌다면 그놈에게 반드시 복수하겠어!"

우리는 다급하게 어둠 속으로 내달렸다. 바위를 힘들게 넘고 가시금작화 덤불을 헤치고 숨을 헐떡이며 언덕을 올랐다가 넘어지듯 빠르게 비탈을 내려갔다. 우리는 그렇게 그 무시무시한 소리가 들려왔던 방향을 향해 달리고 또 달렸다. 사방이 트인 곳에 다다르자 홈즈가 멈춰 서서 주변을 둘러 봤지만 짙은 어둠만이 황야를 덮고 있을 뿐 황량한 벌판 속에서 움직이는 것은 아무것도 찾을 수 없었다.

"뭐가 좀 보이나?"

"아무것도."

"잠깐, 들어 봐! 저게 뭐지?"

어디선가 낮은 신음 소리가 들려왔다. 우리 왼쪽에서 다시 한번 신음 소리가 났다. 그쪽은 날카로운 절벽에 의해 끊긴 바위산의 능선이 있는 곳으로, 그 아래로는 여기저기 돌들이 흩어져 있는 경사면이었다. 그 위로 정체를 알 수 없는 검은 물체가 사지를 벌린 채 놓여 있었다. 우리가 그쪽으로 달려가자 막연히 보이던 형체가 점점 뚜렷이 시야에 들어왔다. 한 남자가 얼굴을 땅쪽으로 떨어뜨린 채 고꾸라져 있었다. 고개는 끔찍한 각도로 꺾여있었고, 마치 공중제비를 하는 사람처럼 어깨를 숙이고 몸을 웅크리고 있었다. 너무도 기괴한 형태에 나는 그 신음 소리가 그의 영혼이 빠져나가는 마지막 소리라는 사실조차 잊었다. 검은 형체는 더 이상 신음 소리도 내지 않고 움직이지도 않았다. 홈즈가 남자에게 손을 대다가 흠칫 놀라 다시 손을 거두었다. 그가 성냥을 그어 불을 켜자 피해자의 꺾인 손가락과 부서진 두개골에서 흘러나와 천천히 퍼져 가는 소름 끼치는 피 웅덩이가 드러났다. 나는 그 불빛에 드러난 남자를 보고 심장이 내려앉고 현기증이 일었다. 그는 바로 헨리 바스커빌 경이었다!

그가 입고 있던 고급스러운 붉은 모직 정장은 바로 베이커 가에서 우리가 헨리 경을 처음 만났던 날 아침에 그가 입고 있던 옷이었다. 우리는 다시 한 번 자세히 살펴보려 했지만 성냥불은 우리의 희망이 사라졌다는 듯이 깜빡이더니 꺼져 버렸다. 홈즈는 길게 신음 소리를 내뱉었는데 어둠 속에서 홈즈의 절망한 얼굴이 희미하게 보였다.

"나쁜 자식! 이 짐승 같은 놈! 아, 홈즈! 헨리 경을 이런 운명이 되도록 내버려 둔 나를 절대 용서할 수 없을 거야!"

"자네보다 내가 더 잘못했네, 왓슨. 이 사건을 완벽하게 해결하려 하다 내 의뢰인을 죽게 만들었어. 내 경력에 있어 가장 수치스러운 일이네. 하지만 우리가 어찌 알 수 있었겠나? 그렇게 경고를 했는데도 자신의 목숨이 위험한 황야로 나올 줄 어떻게 알았겠는가?"

"우리가 헨리 경의 비명 소리를 듣고 말다니! 오, 신이시여! 우리가 경을 구하지 못하다니! 헨리 경을 죽인 그 더러운 사냥개는 어디에 있지? 지금 저 바위틈 어딘가에 숨어 있을지도 몰라.

그리고 스테이플턴, 그자는 어디에 있지? 그자는 이 죽음의 대가를 반드시 치러야 해!"

"그럴 거네. 내가 반드시 그렇게 할 거야. 삼촌과 조카가 모두 살해당했어. 한 사람은 자신이 믿었던 초현실적 짐승을 실제로 보고 놀라 죽었고, 또 한 사람은 그 존재로부터 도망치다 떨어져 죽었네. 우리는 이제부터 스테이플턴과 그 짐승과의 관계를 증명해야만 해. 헨리 경은 결국 추락사했기에 우리는 그 짐승의 존재를 증명하기 어렵겠지만. 맹세하네, 이 교활한 녀석은 반드시 내 손으로 잡고 말 거야!"

우리는 쓰린 가슴을 안고 헨리 경의 처참한 시체를 바라봐야 했다. 갑작스럽고 돌이킬 수 없는 경의 죽음으로 인해 오랜 시간에 걸쳐 공을 들인 수사가 결국 헛수고가 되었고 그 사실이 우리를 고통스럽게 했다. 우리는 바위산 꼭대기에 올라가 반은 은빛으로 그리고 나머지 반은 악의 기운으로 뒤덮인, 헨리 경을 집어삼킨 황야를 내려다봤다. 저 멀리 몇 킬로미터 떨어진 그림펜 마을 쪽에서 노란 불빛 하나가 밝게 빛나고 있었다. 스테이플턴의 집에서 나오는 빛이었다. 그곳을 바라보며 나는 주먹을 불끈 쥐었다.

"왜 당장 저놈을 잡을 수 없는 거지!"

"왓슨, 우리 조사는 아직 안 끝났네. 저놈은 우리가 상상할 수 없을 정도로 신중하고 교활한 자야. 우리가 무엇을 아느냐가 아니라, 우리가 무엇을 입증할 수 있느냐가 중요하네. 단 하나라도 실수한다면 그땐 놈이 도망치고 말거야.

"그럼 이제 어떻게 하지?"

"내일은 무척 할 일이 많을 거네. 오늘 밤은 우리의 불쌍한 친구의 시신을 수습하는 일밖에 할 수 없네."

우리는 경사가 가파른 비탈길을 내려와 헨리 경의 시신으로 다가갔다. 은색 돌들 옆에 있는 시체가 더욱 검고 두드러져 보였다. 고통스럽게 뒤틀린 채 죽어간 시체를 보니 또다시 분노가 치밀어 오르며 눈앞이 캄캄해졌다.

"홈즈, 도움을 요청해야겠어. 우리 두 사람이 경을 데리고 저택까지 갈 수는 없네. 이런, 자네 미쳤나?"

홈즈가 시체를 들어 보더니 갑자기 환호성을 지르고는 시체를 자세히 살폈다. 그리고 신나게 웃으며 내 손을 잡아끌었다. 지금 이 사람이 내가 알던 그 엄하고 자제력 강한 친구란 말인가. 이렇게 강렬한 감정을 표출하다니!

"턱수염, 텀수염이야! 이 친구 턱수염이 있어!"

"턱수염?"

"이 사람은 헨리 경이 아니네. 그래, 바로 내 이웃…… 바로 그 탈옥수로군!"

우리는 한 치의 망설임도 없이 시체를 뒤집었다. 차갑고 선명한 달빛 아래 피가 떨어지고 있는 턱수염이 드러났다. 튀어나온 이마, 깊이 가라앉은 짐승 같은 눈, 의심의 여지없이 지난 번 바위 사이의 촛불 빛에 드러났던 그 얼굴, 바로 탈옥수 셸던이었다.

그 순간 헨리 경이 자신의 옛 정장을 배리모어에게 줬다는 말이 떠올랐고 모든 것이 이해되었다. 배리모어는 셸던의 도피를 돕기 위해 그 옷을 준 것이다. 그러고 보니 구두, 셔츠, 모자, 모든 것이 헨리 경의 물건이었다. 이 사건은 여전히 비극적이었지만, 그는 적어도 국가의 법에 의해 사형 선고를 받을 만큼 악한 짓을 한 자였다. 나는 안도감과 기쁨에 넘치는 목소리로 홈즈에게 옷에 관해 설명했다.

"그러면 이 불쌍한 탈옥수는 이 옷 때문에 죽은 것이군. 그 사냥개는 헨리 경의 물건 냄새를 맡고 온 게 분명해. 분명 호텔에서 없어진 구두를 이용했을 거네. 그런데 한 가지 이상한 점이 있네. 셸던은 이 어둠속에서 사냥개가 자신을 쫓고 있다는 것을 어떻게 알았을까?"

"사냥개 소리를 들었겠지."

"황야에서 사냥개 소리를 들었다고 해서 이 탈옥수처럼 대범한 자가 공포에 질려 잡힐 위험을 무릅쓰고 도와 달라고 크게 소리를 질렀다고? 그렇지 않아. 우리가 들었던 소리를 미루어 보면, 이 남자는 짐승이 자신을 추격한다는 것을 알고 오랫동안 도망쳤어. 그러다 결국에는 자신도 어쩔 수가 없었겠지."

"우리의 추리가 옳다고 가정하고 내가 궁금한 것은……"

"나는 가정 같은 건 안 하네."

홈즈가 단호하게 말했다.

"아무튼, 그럼 이 사냥개는 왜 오늘 풀어 놨을까? 이 사냥개가 항상 황야 어딘가를 어슬렁거리고 있었던 것은 아니라고 생각하네. 스테이플턴은 헨리 경이 황야에 있다는 것을 알지 못한 채 개를 풀어 놓지는 않았을 거란 말이네."

"내 의문점이 더 풀기 어려운 것이군. 지금 자네의 질문은 답을 금방 얻게 될 거지만, 내 질문은 영원히 해결되지 않을 수도 있어. 자, 지금 문제는 이 불쌍한 놈의 시체를 어떻게 처리할 것인가야. 곧 여우나 까마귀가 파먹을 텐데 여기에 그냥 둘 수는 없지 않나?"

"경찰에 연락할 수 있을 때까지 오두막에 옮겨 놓는 건 어때?"

"좋아. 다른 방법이 없군. 우리 둘이서 거기까지는 옮길 수 있겠지. 어어, 왓슨, 저길 보게. 그자가 오고 있어. 놀랄 정도로 뻔뻔한 자군! 저자의 의심을 살 만한 말을 해서는 안 되네. 그렇지 않으면 내 계획이 모두 수포가 될 테니까."

황야 저쪽에서 사람 하나가 다가오고 있었다. 빨간 담배 불빛이 흐릿하게 빛났고, 좀 더 가까이 오자 달빛에 분명한 형태와 그 특유의 경쾌한 걸음걸이가 보였다. 박물학자 스테이플턴이었다. 그는 우리를 발견하더니 잠시 멈췄다 다시 걸어왔다.

"어, 왓슨 선생님 아니신가요? 이런 늦은 밤에 황야에? 그런데 저런, 그건 뭔가요? 누가 다쳤나요? 설마 우리의 친구 헨리 경은 아니겠죠!"

스테이플턴은 급하게 우리를 지나쳐 가 시체를 살펴보았다. 나는 그가 놀라 흡 하고 숨을 들이쉬는 소리를 들었는데, 그는 손가락 사이에서 담배마저 떨어뜨렸다.

"누, 누구죠? 이 사람은?

스테이플턴이 말까지 약간 더듬으며 물었다.

"셀던입니다. 프린스타운 감옥을 탈출한 그 죄수 말입니다."

스테이플턴이 창백해진 얼굴로 우리 쪽을 돌아봤다. 놀라움과 실망을 감추려는 노력이 역력했는데, 그는 날카로운 눈으로 홈즈와 나를 바라보며 이렇게 말했다.

"이런, 정말 충격적인 일이군요. 이자는 어떻게 죽었지요?"

"아마 여기로 떨어져 목이 부러진 것 같군요. 저와 제 친구는 황야를 산책하다 이자의 비명 소리를 들었습니다."

"저도 그 소리를 듣고 여기에 온 것이랍니다. 헨리 경이 아닌가 걱정했지요!"

"헨리 경이라고 생각할 특별한 이유가 있으셨나요?"

나는 이렇게 묻지 않을 수 없었다.

"헨리 경에게 우리 집으로 오라고 했으니까요. 그분이 오지 않아서 놀라던 차에 비명 소리를 듣고 자연스럽게 경이 걱정된 거죠. 그런데⋯⋯."

스테이플턴이 가늘고 짧은 그 눈으로 다시 나와 홈즈를 번갈아 쳐다보며 말을 이었다.

"혹시 그 비명 소리 말고 다른 소리는 못 들으셨나요?"

"네. 당신은 무슨 소리를 들으셨나요?"

홈즈가 물었다.

"아니오."

"그런데 왜 그런 걸 물으시죠?"

"아, 여기 농부들이 유령 사냥개니 뭐니 하는 이야기를 하잖습니까. 황야에서 밤마다 들려온다는 그 울음소리 말입니다. 오늘 밤 그런 소리에 대한 증거를 찾으신 건 아닌지 궁금해서요."

"그런 소리는 전혀 듣지 못했습니다."

내가 대답했다.

"그럼 이 불쌍한 탈옥수는 왜 죽었다고 생각하십니까?"

"발각될지도 모른다는 불안과 공포 때문이지 않겠습니까? 제정신이 아닌 상태에서 황야를 달리다 결국 저 위에서 이리로 떨어졌고 목이 부러져 죽은 거지요."

"말이 되는군요."

스테이플턴이 한숨을 쉬며 말을 받았다. 나는 그 한숨을 안도하는 표시로 받아들였다. 그가 다시 물었다.

"셜록 홈즈 씨께서는 어떻게 생각하시나요?"

"사람을 알아보는 눈이 날카로우시군요."

홈즈가 스테이플턴의 인사에 가볍게 목례하며 대답했다.

"찰스 경 사건 때문에 왔슨 선생님이 내려와 계신 후로 줄곧 홈즈 씨를 기다렸습니다. 아주 때맞춰 잘 오셨습니다!"

"그렇군요. 어쨌든 저는 이 친구의 설명에 의심할 여지가 없다고 생각합니다. 내일 아침 런던으로 돌아갈 건데, 좋지 않은 기억만 얻어 가는군요."

"아, 내일 돌아가신다고요?"

"네, 그럴 생각입니다."

"저는 홈즈 씨가 오셔서 우리를 괴롭히는 이 문제를 깔끔히 해결해 주실 거라 생각했는데요."

"언제나 사람들의 기대를 다 만족시킬 수는 없지 않습니까. 그리고 사건 수사에는 전설이나 헛소문이 아닌 실질적인 단서가 필요한데, 이 사건은 그런 기본적인 조건조차 존재하지 않습니다."

홈즈가 어깨를 으쓱하며 태연하게 말했다. 스테이플턴은 계속 홈즈를 의심스럽게 쳐다보다 나를 보며 이렇게 말했다.

"저 불쌍한 놈의 시체를 저희 집으로 옮기자고 말씀드리려 했는데 제 여동생이 기겁할 것 같아 차마 그렇게 못하겠군요. 뭔가로 덮어 두면 내일 아침까진 괜찮겠죠."

우리는 그렇게 했다. 그리고 자신의 집으로 가자는 스테이플턴의 요청을 거절하고 홈즈와 나는 바스커빌 저택을 향해 걷기 시작했다. 뒤돌아보니 스테이플턴 혼자 넓은 황야를 걸어가고 있었다. 그 뒤로는 달빛에 의해 은색으로 반짝이는 화강암 비탈길 위에 검은 형체 하나가 끔찍한 최후를 맞은 탈옥수가 누워 있는 곳을 알려 주고 있었다.

13. 그물을 드리우다

"드디어 결말이 드러나고 있네."

함께 황야를 걸으며 홈즈가 입을 열었다.

"진짜 배짱이 대단한 녀석이야! 자신의 음모에 엉뚱한 사람이 걸려 죽었다는 것을 알면 당황스러움을 감출 수 없었을 텐데, 자제력이 대단해. 런던에서도 말했지만, 왓슨, 이놈처럼 뛰어난 적수는 없었어."

"그자가 자네를 보게 돼서 유감이네."

"나도 그건 유감이지만, 어쩔 수 없는 상황 아니었나."

"자네가 여기 있는 걸 알았으니 이제 그자의 계획도 변하겠지?"

"아마 좀 더 조심스러워지거나, 계획을 앞당기거나, 둘 중 하나겠지. 다른 영악한 범죄자들처럼 그자도 자신의 영리함에 빠져 우리를 완전히 속였다고 생각할 수도 있네."

"그자를 당장 체포하면 안 되겠나?"

"왓슨, 자네는 성격이 너무 급해. 자네는 본능적으로 무엇이든 바로 행동으로 옮기려 하지. 하지만 이성적으로 생각해 보게. 오늘 밤 그자를 체포한다고 해서 우리가 도대체 얻는 것이 무엇인가? 그자에 대한 증거가 하나도 없네. 그놈은 지독하게 교활한 자야. 만약 그가 대리인을 통해 행동했다면 증거를 찾을 수 있겠지만, 우리가 그 무자비한 개를 밝은 곳으로 끌어내야 한다면, 지금 당장 그 주인의 목에 밧줄을 거는 것은 우리에게 전혀 도움이 되지 않아.

"이미 사건이 일어났는데?"

"아니, 하나의 그림자일 뿐이야. 그저 짐작과 추측이지. 우리가 그 전설과 이런 증거만 가지고 법정에 간다면 재판에서 웃음거리가 될 거네."

"찰스 경이 죽은 일도 있지 않나?"

"찰스 경이 살해되었다는 증거는 어디에도 없어. 자네와 나는 경이 공포심 때문에 놀라서 죽었고, 또 무엇이 그토록 큰 공포를 불러일으켰는지도 알지만, 그 무신경한 열두 명의 배심원들을 어떻게 설득하지? 거기에 사냥개 발자국이 있었다고? 그럼 송곳니 자국은 어디에 있나? 물론 우리는 그 개가 찰스 경을 물지 않았고, 사냥개가 덤벼들기 전에 이미 그가 사망했다는 사실을 알고 있네. 하지만 이 모든 것을 증명할 수 있어야 하고 우리는 아직 그것에 대한 증거가 없네."

"그럼 오늘 밤 일어난 일은?"

"오늘 밤 사건도 별로 다르지 않네. 다시 말하지만, 그 남자의 죽음에 사냥개가 연관되었다는 직접적인 증거가 없어. 우리는 개를 본 적도 없고 그저 소리를 들었을 뿐이야. 게다가 그 사냥개가 남자를 좇아갔다는 것을 어떻게 증명하지? 왓슨, 진정하고 우리에게 어떤 사건도 없다는 사실을 인정하게. 참아, 친구. 하지만 시도해 볼 가치는 있네."

"그럼 자네는 어떻게 할 생각인가?"

"우선 로라 라이언스 부인이 스테이플턴에 대해 알면 우리를 도와줄 거라고 기대하고 있네. 그리고 나만의 계획도 있어. 내일 하루면 스테이플턴의 음모를 밝혀내기에 충분할 거야. 내일이 끝날 때쯤에는 우리가 그보다 유리한 위치에 있을 거네."

홈즈는 더 이상 아무 말도 하지 않고 바스커빌 저택에 도착할 때까지 생각에 잠긴 채 묵묵히 걷기만 했다.

"같이 들어갈 건가?"

집 앞에 다다라서 내가 물었다.

"그래. 더 이상 숨어 있을 이유가 없지. 마지막으로 한 가지 부탁하지, 왓슨. 헨리 경에게 사냥개에 대한 이야기는 하지 말게. 셀던의 죽음으로 인해 스테이플턴이 우리에 대해 마음을 놓게 된 것 같아. 그래서 내일 시도하려는 일에 더욱 자신감을 갖게 됐을 거네. 자네 보고서가 맞다면 내일 스테이플턴과 저녁을 먹기로 했지?"

"맞아, 나도 참석하기로 했네."

"그럼 자네는 적당한 핑계를 대서 헨리 경 혼자 보내도록 하게. 그러면 일이 훨씬 수월하겠지. 그건 그렇고 시간이 많이 늦었지만 저녁은 주겠지?"

홈즈를 본 헨리 경은 놀라기보다 기뻐했다. 요 며칠 일어난 여러 일들 때문에 그가 빨리 런던에서 오기를 기다리고 있었던 것이다. 하지만 홈즈가 아무런 짐도 가지고 오지 않고 아무 설명도 없자 실망한 눈치였다. 헨리 경과 나는 홈즈에게 필요한 것들을 챙겨 주고 늦은 저녁을 먹었다. 우리는 그날 겪은 일들 중 헨리 경이 알아야 할 내용만 간단히 들려줬고, 그에 앞서 나는 어쩔 수 없이 배리모어와 그의 아내에게 그 소식을 전해야만 했다. 배리모어에게는 안도감을 준 소식이었지만, 그의 아내는 앞치마로 얼굴을 감싸 쥐고 슬픔의 눈물을 흘렸다. 모든 사람들이 그를 폭력의 화신이고 반은 짐승에 반은 악마라 욕하지만, 부인에게는 그저 어린 시절 자신이 돌보던 고집 센 작은 소년이었던 것이다. 진짜 악마는 자신을 위해 울어 줄 여인 하나 없는 그 남자이다.

"아침에 왓슨 선생이 나간 후 하루 종일 집에서 따분한 시간을 보냈습니다. 약속을 지켰으니 칭찬받을 만하죠? 혼자 황야에 나가지 않겠다는 약속을 하지 않았다면 오늘 저녁은 훨씬 더 재미있었을 겁니다. 스테이플턴이 자기 집으로 오라고 연락을 했었거든요."

헨리 경이 말했다.

"정말 재미있는 저녁이 되셨을 거라 확신합니다."

홈즈가 무미건조하게 대답했다.

"그런데 좀 전에 있었던 사건에서 목이 부러진 사람이 경인 줄 알고 저희가 슬퍼했다는 것을 경은 모르시겠지요."

"그게 무슨 말씀이십니까?"

헨리 경이 눈을 크게 뜨며 소리쳤다.

"그 불쌍한 탈옥수가 경의 옷을 입고 있었습니다. 그 옷을 건네준 집사가 경찰에 끌려가 조사를 받게 되지 않을까 걱정스럽군요."

"그런 일은 없을 겁니다. 제 옷에 따로 표시를 해 두지는 않았습니다."

"배리모어에게는 정말 다행이군요. 사실 우리 모두에게 잘 된 일입니다. 현재로써는 이 문제에 관해서 우리 모두 법적으로 불리한 입장이죠. 양심적인 탐정으로서 이 집안사람들을 전부 체포해야 할지도 모릅니다. 왓슨의 보고서야말로 가장 확실한 범죄의 증거이기 때문입니다."

"그럼 사건이 지금 어떻게 되어 가고 있나요? 이 복잡한 사건에서 뭔가 새로 알아내신 것이 있나요? 왓슨 선생님과 제가 여기 내려온 뒤로 이전보다 더 알아낸 게 별로 없는 것 같아서요."

헨리 경이 말했다.

"제 생각에는 조만간 이 사건을 아주 분명하게 설명할 수 있을 것 같습니다. 너무나 어렵고 복잡한 사건이기에 아직 몇 가지 더 밝혀야 할 부분들이 있습니다만 곧 알아내겠죠."

"아마 왓슨 선생님이 홈즈 씨에게 이야기했겠지만, 저희는 황야에서 사냥개 울음소리를 들었어요. 그래서 이게 완전히 미신 같지만은 않습니다. 저는 외국에 있을 때 개들을 데리고 여러 가지 일을 해 봤습니다. 그래서 그 소리가 개의 울음소리라는 것을 확신합니다. 만약 홈즈 씨가 그 개에게 재갈을 물리고 목줄을 채워 주신다면 저는 당신을 역사상 가장 위대한 탐정이라고 선언하겠습니다."

"분명 그 개에게 재갈을 물리고 목줄을 채울 겁니다. 경께서 도와주신다면요."

"무엇이든지 하겠습니다."

"좋습니다. 단, 무조건 하셔야 합니다. 어떤 것도 묻지 마시고요."

"그렇게 하겠습니다."

"만약 경께서 그렇게 해 주신다면 우리의 문제는 곧 해결될 것입니다."

그런데 홈즈가 갑자기 말을 끊고 내 머리 뒤를 응시했다. 등잔 불빛이 홈즈의 얼굴을 비췄는데 그 모습이 마치 섬세하게 깎아 윤곽이 뚜렷한 고대 조각상 같았다.

"무슨 일인가?"

"무슨 일이지요?"

나와 헨리 경이 동시에 물었다.

홈즈가 다시 고개를 돌렸고, 나는 그가 내면의 어떤 감정을 자제하고 있다는 것을 알 수 있었다. 그의 얼굴은 차분해 보였지만 눈은 승리의 기쁨에 가득 차 있었던 것이다.

"그림을 감상하느라 좀 실례했습니다."

홈즈는 반대편 벽에 나란히 걸려 있는 초상화들을 손으로 가리키며 말했다.

"왓슨은 제가 미술에 조예가 있다는 것을 인정하지 않지만, 그건 질투 때문이지요. 우리는 작품에 대한 의견이 많이 다릅니다. 어쨌든 이 작품들은 정말 뛰어난 초상화들이군요."

"그렇게 말씀해 주시니 고맙습니다."

헨리 경이 약간 놀란 눈으로 홈즈를 보며 말을 받았다.

"전 사실 미술 작품에 대해서는 잘 모릅니다. 그보다는 말이나 소에 대해 더 잘 알죠. 미술에 관심이 많으신지 미처 몰랐습니다."

"저는 좋은 작품을 알아볼 수는 있습니다. 지금 우리 앞에는 아주 좋은 작품들이 있습니다. 저것은 넬러(*독일 태생의 영국 초상화가.)의 작품이군요. 저쪽에 파란 실크 옷을 입고 있는 여인을 그린 작품 말입니다. 그리고 가발을 쓰고 살이 좀 찐 신사의 그림은 레이놀즈(*18세기 영국의 대표적 초상화가.)의 작품이 분명합니다. 선조 분들의 초상화지요?"

"네, 전부 다요."

"저분의 성함을 아시나요?"

"배리모어에게 배워서 이제는 꽤 알고 있습니다."

"망원경을 가지고 있는 저 신사 분은 누구시죠?"

"서인도제도에서 로드니 제독 밑에서 근무하셨다던 바스커빌 해군 소장이십니다. 파란 외투를 입고 종이 두루마리를 들고 계신 분은 윌리엄 바스커빌 경이구요. 피트 수상 시절에 하원의장을 지내셨다고 들었습니다."

"자, 그럼 제 맞은편에 기사다워 보이고 레이스가 달린 검은색 벨벳 옷을 입고 계신 분은요?"

"저분에 대해서는 아셔야 합니다. 바로 모든 불행의 원인인 사악한 휴고입니다. 저희 가문의 사냥개에 대한 전설의 원흉이죠. 아무리 오랜 시간이 흐른다 해도 저희 가문 사람들은 저분을 잊을 수 없을 겁니다."

나는 호기심과 놀라움이 뒤섞인 채로 헨리 경의 설명을 들으며 초상화를 올려다보았다.

"아, 그렇군요. 언뜻 보기에는 참 선해 보입니다. 하지만 눈에 사악함이 서려 있군요. 저는 그가 좀 더 건장하고 악당 같이 생겼을 거라고 생각했었지요."

"저 그림은 그분을 그린 게 틀림없습니다. 그림 뒤에 이름과 1647년이라는 날짜가 쓰여 있습니다."

홈즈는 그 그림에 대해 좀 더 이야기했는데, 휴고의 초상화가 홈즈를 사로잡는 어떤 매력이 있는 듯했고, 그는 저녁 식사 내내 그 그림을 쳐다봤다. 나는 헨리 경이 방으로 들어간 후에야 비로소 홈즈를 이해하게 되었는데, 홈즈가 나를 다시 식당으로 데리고 가더니 방에 있던 촛불을 들고 와 벽에 걸린 초상화에 촛불을 가까이 대고 물었다.

"알 것 같나?"

나는 깃털 장식을 한 커다란 모자, 이마로 보기 좋게 흘러내린 곱슬머리, 하얀 레이스 칼라, 연속되고 엄숙한 초상화 사이에 놓인 그 얼굴을 바라봤다. 잔인하게 생긴 얼굴은 아니었다. 하지만 얇은 입술은 사납고 무정해 보였으며 가늘고 차가운 눈이 어딘가 무서운 인상을 만들어 내고 있었다.

"자네가 아는 누군가하고 닮지 않았나?"

"턱이 헨리 경하고 비슷한 것 같군."

"아마도. 잠시만 기다리게!"

홈즈가 이렇게 말하고는 의자 위에 올라가 촛불을 왼손에 바꿔 들고 오른팔과 손으로 초상화의 커다란 모자와 긴 곱슬머리를 가렸다.

"이럴 수가!"

나는 너무 놀라 소리 지를 수밖에 없었다.

그 속에서 드러난 사람은 바로 스테이플턴이었다.

"이제 보이나? 내 눈은 사람들의 얼굴을 정확하게 볼 수 있도록 훈련되어 있어. 얼굴을 둘러싸고 있는 장식품들은 소용이 없네. 범죄 수사관에게 가장 먼저 요구되는 것은 변장을 하더라도 그것을 꿰뚫어 볼 수 있는 능력이야."

"하지만 홈즈, 이게 어찌 된 일인가. 이건 거의 스테이플턴의 초상화인데?"

"맞아, 육체적, 정신적 양쪽 측면으로 모두 나타난 격세 유전의 매우 흥미로운 사례야. 한 가문의 초상화를 연구하다 보면 환생 이론이 저절로 믿어지기도 하지. 왓슨, 그자는 바스커빌 가문의 후손임이 분명하네."

"유산 상속을 노린 것이군."

"그렇지. 이 초상화는 우리가 놓친 가장 확실한 연결 고리를 제공해 주었어. 잡았네, 왓슨. 이제 잡았어! 장담컨대 내일 저녁이 되기 전에 그 교활한 자는 마치 자신의 포충망에 잡혀 꼼짝못하는 나비처럼 우리의 그물에 걸려 버둥거리고 있을 거네. 왓슨, 핀과 코르크 마개, 그리고 카드를 준비해서 그자를 잡아 우리 베이커 가의 수집품 목록에 추가하자고!"

홈즈는 초상화에서 물러나며 시원한 웃음을 터뜨렸다. 나는 가끔 그 웃음소리를 듣는데 언제나 그 누군가에게는 좋지 않은 전조였다.

다음 날 아침, 나는 일찍 일어났지만 옷을 입으며 창밖을 보니 홈즈는 이미 외출했다 돌아오는 길이었다.

"일어났나, 왓슨? 오늘은 긴 하루가 될 걸세."

홈즈는 즐거운 표정으로 손바닥을 비비며 말했다.

"그물은 모두 잘 설치되어 있네. 이제 곧 그물질을 시작할 거야. 오늘이 가기 전에 얼굴이 갸름한 커다란 물고기를 잡았는지, 아니면 그놈이 그물을 뚫고 도망쳤는지 알 수 있겠지."

"벌써 황야에 갔다 왔나?"

"그림펜에 가서 프린스타운 감옥으로 셀던의 죽음을 알리는 전보를 보냈네. 우리 중 누구도 그 문제로 곤란해지는 일은 없을 거야. 그리고 나의 충직한 보조, 카트라이트에게도 연락했네. 내가 안전하다는 것을 알리지 않으면 충견이 주인의 무덤을 지키듯 내 오두막 앞에서 날 계속 기다리고 있을 테니까."

"다음에 할 일은 뭔가?"

"헨리 경을 만나야지. 아, 저기 오는군!"

"안녕히 주무셨습니까? 홈즈 씨는 마치 보좌관과 함께 전투를 준비하는 장군처럼 보이는군요."

헨리 경이 아침 인사를 건넸다.

"정확하게 보셨습니다. 왓슨은 지금 저의 지시를 기다리고 있는 중이죠."

"저도 마찬가지입니다, 홈즈 씨."

"좋습니다. 제가 알기로는 오늘 밤에 스테이플턴 가족과 저녁 식사 약속을 하신 것 같더군요?"

"홈즈 씨도 함께 가시는 건 어떻습니까? 스테이플턴 남매는 무척 좋은 사람들입니다. 홈즈 씨를 보면 분명 아주 기뻐할 텐데요."

"유감스럽지만 저와 왓슨은 이제 런던으로 돌아가야 합니다."

"런던으로 가신다고요?"

"네, 지금 시점에는 그게 더 좋을 것 같습니다."

헨리 경의 얼굴이 금세 어두워졌다.

"이 사건이 해결될 때까지는 두 분이 저를 도와주시기를 바랐는데요. 이 저택이나 황야 모두 저 혼자 지내기에는 그리 좋은 곳도 아니고요."

"친애하는 헨리 경, 저를 절대적으로 믿고 제가 말씀드린 대로 정확히 따르셔야 합니다. 스테이플턴에게 가세요. 그리고 저와 왓슨도 함께하고 싶어 했지만 급한 일이 생겨 런던으로 돌아갔고, 최대한 빨리 이곳 데번셔로 돌아오기를 희망한다고 전하십시오. 스테이플턴에게 제 이야기를 꼭 전해 주시겠습니까?"

"그렇게 해야 한다면요."

"이게 최선입니다, 헨리 경."

헨리 경의 얼굴에 그늘이 드리워졌다. 우리가 떠난다는 소리에 이 젊은이가 크게 상심한 것이다.

"언제 떠나십니까?"

헨리 경이 차갑게 물었다.

"아침 식사를 마치고 바로 쿰 트레이시로 떠날 겁니다. 하지만 왓슨은 다시 돌아올 거라는 뜻에서 짐을 그대로 남겨 두고 갈 겁니다. 왓슨, 스테이플턴에게 자네가 그곳에 가지 못해 매우 유감이라고 메모를 전달하도록 하게."

"저도 두 분과 함께 런던으로 가고 싶습니다. 제가 왜 여기 혼자 남아 있어야 합니까?"

헨리 경이 끼어들었다.

"그것이 헨리 경이 해 주셔야 할 일이기 때문입니다. 제 부탁 대로 하시겠다고 약속하셨잖습니까. 경이 여기 남아 계셔야 합 니다."

"좋습니다, 그러면 여기 남아 있겠습니다."

"한 가지 더요. 머리핏 하우스까지 마차를 타고 가시고 도착 하면 마차를 돌려보내십시오. 그들에게 저택으로 돌아갈 때에는 걸어 갈 예정이라고 하십시오."

"황야를 걸어서요?"

"네."

"하지만 그건 홈즈 씨가 여러 차례 하지 말라고 경고하신 일 아닙니까?"

"이번에는 안전하실 겁니다. 저는 경의 배짱과 용기를 믿습니 다. 그렇지 않았다면 이런 제안도 하지 않았을 겁니다. 경이 그 렇게 해 주시는 것이 매우 중요한 일입니다."

"그럼, 그렇게 하지요."

"단, 목숨이 중요하시다면 절대로 다른 길로는 가지 마십시 오. 반드시 머리핏 하우스에서 그림펜으로 가는 직선 길을 따라 건너십시오. 늘 다니시던 그 길로 말입니다."

"말씀하신 대로 하겠습니다."

"좋습니다. 그러면 저희는 아침을 먹고 최대한 빨리 출발하겠습니다. 그래야 오후에는 런던에 도착할 것입니다."

홈즈가 어젯밤 스테이플턴에게 말하는 것을 들어 그가 떠날 것이라는 건 알고 있었지만 나도 함께 떠나야 하는지는 몰랐었다. 나는 어안이 벙벙했다. 가장 중요한 순간이 다가오고 있는 것 같은데 우리 둘 다 이곳을 비우는 이유를 알 수 없었기 때문이다. 하지만 그의 말을 따라야 했다. 우리는 심란해 보이는 헨리 경에게 작별을 고하고 저택을 떠나 몇 시간 후 쿰 트레이시에 있는 기차역에 도착했다. 승강장에서는 그 소년이 우리를 기다리고 있었다.

"지시할 게 있으세요, 선생님?"

"저 기차를 타고 런던으로 가게, 카트라이트. 런던에 도착하자마자 바로 헨리 바스커빌 경에게 내 이름으로 전보를 치게. 내가 두고 온 수첩이 있는데 그것을 찾아 등기 우편으로 베이커 가로 보내 달라고 말이네."

"네, 알겠습니다."

"그리고 역무원에게 가서 혹시 내게 온 메시지가 있는지 물어 보게."

카트라이트는 바로 전보를 가지고 돌아왔다. 홈즈가 내게 전보를 보여 주었다.

전보 잘 받았음. 서명하지 않은 영장을 가지고 내려가겠음. 다섯 시 40분 도착.
−레스트레이드

"오늘 아침에 내가 보낸 전보에 대한 답신이네. 레스트레이드는 뛰어난 형사인데다 그의 도움이 필요할 것 같아. 자, 지금이야 말로 자네가 이미 알고 있는 로라 라이언스 부인을 만나기에 최적의 시간이군."

드디어 홈즈의 치밀한 계획이 시작되었다. 헨리 경을 이용해 스테이플턴이 우리가 떠났다고 믿도록 해놓고 우리가 정말로 필요한 순간에 돌아가는 것이었다. 더구나 홈즈 이름으로 런던에서 온 전보에 대해 헨리 경이 스테이플턴에게 이야기한다면, 스테이플턴은 마지막 의심까지 버릴 것이다. 나는 벌써 턱이 홀쭉한 물고기를 잡기 위한 우리의 그물이 좁혀지는 게 느껴졌다.

로라 라이언스 부인은 사무실에 있었고 홈즈는 부인에게 단도직입적으로 말을 시작해 부인을 당혹스럽게 만들었다.

"저는 지금 찰스 바스커빌 경의 사망과 관련한 상황을 조사 중입니다. 여기 제 친구 왓슨 선생이 부인과 나눈 이야기를 들려주었고, 또한 부인이 그 사건과 관련해 무언가를 숨기고 있다는 이야기도 들었습니다."

"제가 숨기고 있다고요?"

부인이 발끈했다.

"부인은 찰스 경에게 밤 열 시에 황야로 나가는 문에서 만나자고 했다는 사실을 인정했으며, 그것은 정확히 찰스 경이 죽은 시각과 장소입니다. 부인은 분명 그 두 사건 사이의 연관성에 대해 뭔가 숨기는 것이 있습니다."

"그 둘은 연관이 없어요."

"그렇다면 대단한 우연의 일치군요. 우리는 결국 둘 사이의 연관성을 찾는 데 성공할 것입니다만, 그저 솔직하게 얘기하고 싶습니다. 라이언스 부인, 저희는 이 사건을 살인 사건으로 보고 있습니다. 그리고 증거들에 의하면 단지 당신의 친구 스테이플턴뿐만 아니라 그의 아내도 이 사건과 연관이 깊습니다."

라이언스 부인은 의자에서 벌떡 일어났다.

"그의 아내요?"

그녀가 외쳤다.

"더 이상 비밀로 할 수가 없군요. 사람들에게 그의 여동생으로 알려진 그 여성은 사실 스테이플턴의 아내입니다."

라이언스 부인은 다시 의자에 앉았지만 의자 손잡이를 너무 세게 쥔 나머지 분홍색 손톱이 새하얗게 변할 정도였다.

"그의 아내요? 아내라뇨! 그는 결혼하지 않았어요."

부인이 소리쳤다.

홈즈가 어깨를 으쓱했다.

"증거를 대 보세요! 증거를 대라고요! 증명할 수 있나요?"

분노로 빨갛게 충혈된 부인의 눈이 그 어느 때보다도 많은 말을 하고 있었다.

"그걸 증명하기 위해 제가 여기 온 것입니다."

홈즈는 이렇게 말하며 주머니에서 여러 장의 사진들을 꺼냈다.

"몇 년 전 두 사람이 요크에서 찍은 사진들입니다. 밴들러 부부라고 서명까지 되어 있습니다. 이 남자가, 그리고 이 여자가 누구인지 쉽게 알아보실 겁니다. 그리고 여기, 당시 세인트 올리버 사립 학교를 운영했던 밴들러 부부를 아는 사람들로부터 받은 세 건의 증언서도 있습니다. 모두 신뢰할 수 있는 사람들입니다. 의심스러우면 자세히 읽어 보시죠."

라이언스 부인은 그것을 힐끔 보더니 다시 우리를 보았다. 그녀의 얼굴은 절망으로 굳어 있었다.

그녀가 말을 시작했다.

"홈즈 씨, 그는 제가 남편과 이혼하면 저와 결혼하겠다고 약속했어요. 그런데 거짓말이었군요. 나쁜 자식! 모든 게 다 거짓말이었어요! 그가 한 말 중에 단 하나도 진실인 게 없었어요. 대체 왜? 왜? 저는 단지 이 모든 것이 다 저를 위한 것이라고 생각했어요. 이제 보니 저는 그저 이용당한 것이군요. 저와 한 약속을 하나도 지키지 않는 사람에게 더 이상 제가 신의를 지킬 이유가 없겠지요. 그가 저지른 끔찍한 일들을 제가 더 이상 보호할 이유가 없어요. 물어보세요, 홈즈 씨. 더 이상 감출 게 없습니다. 그 전에 하나 맹세할 수 있는 것은 제가 찰스 경에게 보낸 편지가 그분에게 해가 될 거라고는 꿈에도 생각하지 못했다는 사실입니다. 그분은 저에게 가장 큰 은혜를 베푼 저의 친구였어요."

"저도 부인을 믿습니다. 이 사건을 다시 언급하는 것이 부인에게 고통스러운 일일 테지만, 제가 지금까지 조사한 바를 말씀드려 볼 테니 제가 잘못 알고 있는 부분이 있으면 중간 중간 말씀해 주시죠. 부인이 보내신 그 편지, 스테이플턴이 쓰라고 한 것이지요?"

"그가 불러 줬어요."

"부인이 이혼하는 데 필요한 법정 비용을 찰스 경으로부터 도

214

움을 받아야 한다며 편지를 쓰게 했지요?"

"그래요."

"그런데 편지를 보낸 후에는 부인에게 약속 장소에 나가지 말라고 했지요?"

"그가 말하기를 제가 이혼하는 데 드는 비용을 다른 남자가 지불하는 것이 자존심 상한다고 하더군요. 자신이 비록 가난하지만 우리 사이의 장애물을 치우는 데 자신의 전 재산을 쓰는 게 좋겠다고요."

"스테이플턴이 무척 믿음직스러웠겠군요. 이후 신문에서 찰스 경의 죽음에 대한 기사를 볼 때까지 스테이플턴으로부터 아무 말도 듣지 못했습니까?"

"네."

"그가 부인에게 찰스 경과의 약속에 대해서는 아무 것도 말하지 말라고 했지요?"

"그랬어요. 찰스 경의 죽음이 매우 해괴해서 저의 일이 알려지면 의심받을 거라며 조용히 있으라고 겁을 줬죠."

"그랬을 겁니다. 하지만 부인은 스테이플턴을 의심하고 계시지요?"

부인이 잠시 머뭇거리더니 고개를 숙이고 이렇게 대답했다.

"그 사람일거라고 생각했습니다. 그리고 그가 저와의 신의를 지켰다면 저도 끝까지 비밀을 지켰을 거예요."

"제 생각에 부인은 운이 좋은 분입니다. 부인이 그의 비밀을 알고 있다는 것을 스테이플턴이 알고 있는데 운 좋게 아직 살아 계시는 겁니다. 부인이야말로 최근 몇 달 동안 위험한 절벽의 가장 끝에 서 있던 분 중 한 명입니다. 다행입니다, 라이언스 부인. 조만간 곧 어떤 소식을 전할 수 있을 것 같습니다."

런던에서 오는 급행열차가 도착하기를 기다리며 홈즈는 내게 말했다.

"왓슨, 사건이 점점 마무리가 되어 가고 우리 앞에 있던 장애물도 거의 사라졌네. 조만간 요즘 시대에 가장 보기 힘든 충격적인 이 사건에 대해 제대로 설명할 수 있겠지. 범죄학을 공부하는 사람들은 1866년 소러시아(*1918년까지 우크라이나와 벨라루스의 일부지역, 폴란드 동부를 일컬음.)의 그로드노에서 발생한 사건들과 미국 노스캐롤라이나에서 있었던 앤더슨 살인 사건을 기억할 걸세. 이 사건과 매우 유사하지만 이번 사건은 그것들과는 또다른 아주 독특한 특성을 가지고 있네. 지금도 우리는 이 교활한 자에 대해 분명히 증명할 수 없는 부분이 있어. 물론 오늘 밤이 가기 전에 다 드러나겠지만, 그렇지 못한다면 아주 놀랄 일이 될 거야."

런던발 급행열차가 큰 소리를 내며 역내로 진입하고 있었다. 그리고 잠시 후 작은 불도그처럼 강단 있게 생긴 남자가 일등석 칸에서 뛰어내렸다. 우리 세 사람은 악수를 나누었다. 레스트레이드 경위의 시선에서 홈즈에 대한 존경심이 보였다. 실제 사건에서 범인과 부딪쳐 가며 경력을 쌓은 그가 추리로 이론을 펼치는 홈즈를 약간 멸시하는 경향이 있었던 것을 나는 기억하지만 말이다.

"무슨 좋은 일이라도 있습니까?"

레스트레이드 경위가 물었고, 홈즈가 이렇게 대답했다.

"수년 만의 대사건이오. 출발까지 두 시간쯤 여유가 있으니 천천히 저녁이나 할까요? 식사 후 다트무어의 신선한 밤공기로 레스트레이드, 당신의 목에 걸쳐 있는 런던의 안개를 걷어 드리겠습니다. 그곳에 가 본 적은 없으시죠? 그렇다면, 아마 이 첫 방문을 결코 잊지 못할 겁니다."

14. 바스커빌가의 개

이것을 정말 결함이라고 말할 수 있다면, 홈즈의 결함 중 하나는 전체적인 계획이 현실화되기 전까지는 그 누구에게도 말해주지 않는다는 것이었다. 주변 사람들을 놀라게 하는 것을 좋아하는 홈즈의 개인적인 성격이 얼마쯤 그 이유기도 했고, 나머지는 그 어떤 기회도 놓치지 않고 그 어떤 실수도 하지 않으려 단속하는 직업적 조심성 때문이었다. 하지만 그로 인해 홈즈의 조수나 조력자로 함께 일하는 사람들은 언제나 답답함을 견뎌야만 했다. 그런 고통에 익숙한 나였는데도 불구하고 그날의 긴 마차 여행은 정말이지 너무나 큰 고역이었다. 우리는 마지막 계획을 시도하기 직전이었고, 심지어 우리 앞에는 큰 난관이 놓여 있었다. 하지만 홈즈는 침묵을 지켰고 나는 그저 추측만 할 수 있을 뿐이었다. 찬바람이 연신 부는 음산한 공터가 마찻길 양쪽으로 보이자 다시 한 번 황야로 돌아왔다는 생각에 신경이 바짝 곤두섰다. 말들이 한 달음씩 내딛고 마차 바퀴가 한 바퀴씩 구를 때마다 우리는 점점 사건의 정점을 향해 가까이 다가가고 있었다.

긴장이 고조되고 앞으로 일어날 일에 대해 걱정이 커져 갔지만 우리는 임시로 고용한 마차의 마부 때문에 그저 하찮은 잡담만 나눠야 했다. 그런 어색하고도 힘든 시간을 견디자 마침내 프랭클랜드의 집을 지나 바스커빌 저택에 가까워졌다. 그렇게 되자 오히려 긴장감이 조금씩 풀리는 것 같았다. 우리는 현관문까지 가지 않고 대로변의 문 앞에서 마차를 세워 내렸고, 비용을 지불한 뒤 마부에게 즉시 쿰 트레이시로 돌아가도록 지시했다. 우리는 다 같이 머리핏 하우스를 향해 걷기 시작했다.

"레스트레이드, 무기는 가져 왔소?"

홈즈가 물었다.

"제가 바지를 입었다는 건 뒤쪽 호주머니가 있다는 말이고, 호주머니가 있다는 건 그 안에 뭔가 있다는 뜻이죠."

키 작은 형사가 웃으며 대답했다.

"좋습니다. 저희 역시 비상사태에 준비되어 있습니다."

"홈즈 씨, 이 사건에 상당히 집착하시는 것 같은데, 이제 뭘 할 겁니까?"

"기다릴 거요."

"이런, 여기는 그다지 기분 좋은 곳이 아니군요."

경위가 몸을 떨며 주위를 둘러보았다. 날이 차가웠고 그늘진 언덕의 비탈면과 그림펜 늪 위로 안개가 거대한 호수처럼 펼쳐져 있었다.

"우리 앞쪽에 있는 집에서 불빛이 보이네요."

"저곳이 우리 여행의 종착지인 머리핏 하우스요. 지금부터 발끝으로 조심해서 걷고 절대 큰 소리로 말해서도 안 되오."

우리는 조심스럽게 집으로 난 길을 따라 걸었다. 그런데 집 근처, 200미터쯤 다다랐을 때 홈즈가 우리에게 멈추라고 했다.

"여기가 잘 보이겠군. 오른쪽에 있는 저 바위들 때문에 들킬 염려가 없겠어."

홈즈가 말했다.

"여기서 기다리나요?"

"그렇소, 여기서 잠복하는 거요. 왓슨, 집 안에 들어가 봤지? 실내 구조가 어떤지 설명해 주겠나? 저쪽 끝에 격자무늬로 된 창문은 뭔가?"

"부엌 창문인 것 같은데."

"그럼 저 뒤에 아주 밝게 빛나는 저쪽은?"

"저긴 식당이 분명해."

"블라인드가 올라가 있어. 왓슨, 자네가 이곳을 가장 잘 아니까 조용히 기어가서 그들이 뭘 하는지 보고 오겠나? 하지만 절대 들키면 안 되네!"

나는 발끝으로 조용히 걸어 잡목들이 자라고 있는 낮은 담 뒤에 다다라 몸을 웅크린 다음, 담이 만든 그림자 아래로 조금씩 움직여 창문으로 안을 들여다볼 수 있는 위치에 자리를 잡았다.

실내에는 헨리 경과 스테이플턴 둘뿐이었다. 둥근 탁자를 사이에 두고 양쪽에 앉아 있는 그들의 옆모습을 볼 수 있었다. 탁자 위에는 커피와 와인이 있었고 둘 다 담배를 피우고 있었다. 스테이플턴은 즐겁게 말하는 듯 했지만 헨리 경은 창백한 얼굴을 하고선 듣는 둥 마는 둥 얼이 빠진 것 같았다. 아마도 잠시 후 불길한 황야를 혼자 지나야 한다는 생각이 마음을 무겁게 짓누르고 있는 것 같았다.

잠시 후 스테이플턴이 일어나 방으로 들어갔고, 헨리 경은 와인 잔을 다시 채운 다음 의자 등받이에 몸을 기대며 긴 담배 연기를 내뱉었다. 현관문이 '끼익' 하고 열리더니 자갈을 밟는 구두 소리가 들려왔다. 그 소리는 내가 웅크리고 있는 담 반대편 쪽으로 향하고 있었다. 담 너머로 보자 스테이플턴이 과수원 한쪽에 있는 헛간의 문 앞에 멈춰서 열쇠로 문을 열고 안으로 들어갔다. 뭔가 드잡이하는 소리가 났다. 1분 정도 지났을 때쯤 다시 열쇠가 돌아가는 소리가 났고, 스테이플턴이 나와서 내가 숨어 있는 곳을 지나 다시 집으로 들어갔다. 그가 헨리 경과 다시 이야기를 나누기 시작했고, 나는 내가 본 것을 말해 주기 위해 조용히 기어서 홈즈와 레스트레이드 경위가 있는 곳으로 돌아왔다.

"왓슨, 그럼 그 여자는 안에 없다는 말인가?"

내가 본 것을 모두 보고하자 홈즈가 물었다.

"없었네."

"그럼 어디에 있지? 부엌을 빼고는 불이 켜진 방이 없는데?"

"그건 나도 모르겠네."

나는 그림펜 늪 위로 흰 안개가 짙게 퍼지기 시작했다고 말했다. 안개는 서서히 움직여 우리가 있는 방향으로 밀려오더니 우리를 에워싸기 시작했다. 낮고 두껍게 깔린 안개는 눈으로도 또렷이 볼 수 있을 정도로 짙었고, 그 위로 달빛이 비춰 안개가 마치 거대한 얼음 들판처럼 보일 정도였다. 그 위로 멀리 있는 바위산 꼭대기는 얼음 들판에 박혀 솟아오른 것처럼 보였다. 홈즈가 서서히 밀려오는 안개를 바라보며 초초하게 중얼거렸다.

"왓슨, 안개가 우리 쪽으로 밀려오고 있어."

"그게 무슨 문제가 되나?"

"아주 심각한 문제일세. 안개야말로 여기서 내 계획을 망칠수 있는 유일한 장애물이네. 이제 열 시니 곧 헨리 경이 나올 거야. 우리 작전의 성공과 심지어 헨리 경의 목숨까지도, 헨리 경이 안개가 길을 다 덮어 버리기 전에 저 집에서 나오느냐 마느냐에 달려 있네."

우리 머리 위의 하늘은 아직 깨끗했다. 별은 밝게 빛나고 있었고 반달이 여전히 이 모든 광경을 부드럽게 비추고 있었다. 그저 우리 앞의 어둠 속에 스테이플턴의 집이 묵직하게 있을 뿐이었다. 톱니 모양의 지붕과 불쑥 솟아오른 굴뚝이 은빛으로 반짝이는 하늘을 배경으로 뚜렷하게 도드라졌고, 창문을 통해 나온 넓은 막대 모양의 황금색 불빛은 과수원과 황야를 향해 길게 퍼져나갔다. 그러다 불빛 중 하나가 갑자기 꺼졌는데 아마 하인이 부엌을 나간 것 같았다. 이제 불이 켜진 방은 식당 한 곳뿐이었고, 그곳에는 살인마 집주인과 그것을 전혀 모르는 손님이 여전히 담배를 피우며 한창 대화를 나누는 중이었다.

시간이 지날수록 양털 같은 안개는 황야의 절반을 뒤덮었고, 그것도 모자라 집 쪽으로 점점 더 밀려오고 있었다. 아니, 이미 퍼지기 시작한 엷은 안개 자락이 불빛이 새어 나오는 창문을 스르륵 휘감기 시작했다. 과수원 쪽 담은 벌써 안개에 가려 사라져 있었다. 이제는 오직 나무들만이 소용돌이치며 움직이는 안개 속에서 윤곽을 드러내고 있었다. 우리가 지켜보는 가운데 안개가 점점 더 밀려와 집의 양쪽을 가리고는 천천히 하나로 합쳐지며 둑처럼 되었다. 2층과 지붕만 남은 집은 그늘이 있는 안개 가득한 바다에 떠 있는 이상한 배처럼 보일 정도로 안개에 휩싸여 있었다. 홈즈는 초초한 듯 땅을 발로 구르기도 하고 우리 앞에 있는 바위를 화난 듯 치기도 하다 마침내 입을 열었다.

"만약 헨리 경이 15분 이내로 저 집에서 나오지 않으면 돌아가는 길이 모두 안개에 덮이고, 30분 후면 눈앞의 손도 보이지 않을 정도로 안개에 점령당할 거야."

"좀 더 높은 곳으로 자리를 옮길까?"

"그래, 그게 좋겠지."

짙은 안개가 계속 앞으로 몰려와서 우리는 집으로부터 거의 1킬로미터나 떨어진 곳까지 물러났다. 하늘 높이 떠서 은빛으로 빛나고 있는 달만이 짙은 흰색 바다가 천천히, 하지만 가차 없이 밀려오는 광경을 무덤덤하게 비추고 있었다.

"너무 멀리 왔네. 더 이상 뒤로 갈 수는 없어. 헨리 경이 우리 쪽에 오기 전에 범인에게 추월당하면 손 쓸 겨를도 없네. 무슨 일이 있어도 이 자리를 지켜야 해."

홈즈가 말했다. 그리고 그 자리에서 무릎을 꿇고 귀를 땅에 대 본 후 말했다.

"다행이군. 경이 오는 소리가 들리네."

빠른 걸음 소리가 황야의 침묵을 깨뜨렸다. 우리는 바위틈에 웅크리고 앉아 앞의 은빛 둑을 뚫어지게 바라봤다. 발자국 소리가 점차 커지더니 마치 커튼을 제치듯 안개 속에서 헨리 경이 나타났다. 경은 안개가 걷히고 별이 빛나는 곳으로 나오자 놀란 듯 주위를 잠시 둘러보더니 다시 길을 재촉했다. 그는 우리가 숨어 있는 곳을 지나쳐 우리 뒤쪽의 긴 비탈길을 오르기 시작했다. 경은 걸으면서도 쫓기는 사람처럼 계속 주위를 둘러보았다.

"쉿!"

홈즈가 주의를 주는 그 순간 나는 권총을 장전하는 날카로운 소리를 들었다.

"저길 봐! 그자가 오고 있어!"

작지만 타닥타닥 빠르게 걷는 소리가 짙은 안개 속 어딘가에서 들려왔다. 이제 안개는 우리가 숨은 곳에서 50미터쯤까지 밀려와 있었다. 우리 세 사람은 저 안개 속에서 어떤 끔찍한 것이 튀어나올지 확실히 알 수 없는 상태에서 그쪽을 주시했다. 나는 홈즈 바로 옆에 있었기에 순간적으로 그의 얼굴을 볼 수 있었는데, 핏기가 없긴 했어도 앞으로 있을 승리에 들뜬 홈즈의 눈이 달빛에 반짝이고 있었다. 그때 갑자기 홈즈가 무언가를 발견한 듯 정면을 뚫어지게 바라보았고, 놀라움에 입술이 벌어졌다. 그 다음 순간 공포에 질린 레스트레이드 경위가 외마디 비명을 지르며 앞으로 고꾸라졌다. 나는 그걸 보고 나도 모르게 권총을 손에 쥐며 일어났는데, 짙은 안개 속에서 우리 앞으로 튀어나온 생명체의 그 무시무시한 모습에 놀라 온몸이 마비되는 것 같았다. 그건 사냥개, 거대한 크기의 새까만 사냥개였다. 지금까지 죽은 사람이 아니고서는 한 번도 본 적이 없는 개였다. 벌어진 입에서는 불이 뿜어져 나오고, 두 눈은 이글거리는 불빛에 번쩍이고 있었다. 심지어 주둥이와 목, 그리고 턱 밑까지 불꽃이 일렁이고 있었다. 정신적으로 허약한 사람의 끔찍한 악몽 속이 아니라면 상상조차 할 수 없는 그런 지옥의 괴물 같은 모습이었다.

그 거대한 검은 괴물은 헨리 경의 발자국을 따라 쿵쿵거리며 뛰어가고 있었다. 그 모습에 너무 놀란 우리가 미처 정신을 차리기도 전에 사냥개가 우리를 지나쳐 갔다. 하지만 곧 홈즈와 나는 거의 동시에 그 사냥개를 향해 총을 쐈다. 사냥개의 끔찍한 비명소리가 들린 것으로 보아 우리 둘 중 한 사람이 맞힌 것 같았다. 하지만 그럼에도 불구하고 사냥개는 멈추지 않고 계속 앞으로 달렸고, 저 앞에서 뒤를 돌아보는 헨리 경이 보였다. 달빛에 드러난 그의 얼굴은 창백했고 너무 놀란 나머지 두 손을 든 채 자신을 쫓아오는 끔찍한 생명체를 멍하니 보고만 있었다.

하지만 사냥개가 고통스럽게 울부짖는 소리가 들리자 우리의 두려움도 사라졌다. 상처를 입었다는 것은 저 괴물이 인간 세계에 속한 생명체라는 뜻이었고, 우리가 상처를 입혔다면 죽일 수도 있다는 뜻이었다. 나는 그날 밤의 홈즈처럼 빨리 달리는 사람을 본 적이 없었다. 나도 발이 빠른 사람이었지만 내가 키 작은 경위를 앞서 달리는 거리만큼이나 홈즈는 거의 날아가다시피 하며 나를 앞서 달렸다. 앞쪽에서 헨리 경의 비명 소리와 사냥개의 낮은 울부짖음이 연달아 들렸다. 나는 그 괴물이 먹잇감을 덮쳐 땅에 넘어뜨리고 목덜미를 물어뜯으려 하는 찰나를 보았다. 하지만 다음 순간, 홈즈가 다섯 발의 리볼버를 연달아 사냥개의 옆구리를 향해 쏘았고, 사냥개는 끔찍한 마지막 굉음을 끝으로 쿵하고 넘어지더니 굴렀다. 그 짐승은 마지막으로 허공을 한 번 물어뜯고 발로 격렬하게 땅을 긁으며 발광했으나 그 움직임마저 멈추었다. 나는 숨을 헐떡이며 몸을 숙여 안개 때문에 희미하게 보이는 사냥개의 이마를 총으로 밀어 보았다. 더 이상 총을 쏠 필요가 없었다. 그 거대한 사냥개는 죽었다.

헨리 경은 인사불성이 되어 누워 있었다. 우리는 헨리 경의 셔츠 칼라를 떼어 내서 아무런 상처도 입지 않은 것을 확인했고, 제때에 구조하게 된 것에 대해 홈즈는 안도의 한숨을 내쉬었다. 헨리 경의 눈꺼풀이 가늘게 떨렸고 조금씩 몸이 움직였다. 레스트레이드 경위가 브랜디가 든 병을 헨리 경의 입에 갖다 대자 젊은 준남작은 겁에 질린 눈으로 우리를 올려다봤다.

"맙소사! 그게 뭐였습니까? 대체 그게 뭐였나요?"

경이 소리쳤다.

"죽었습니다. 뭔지는 몰라도, 바스커빌가의 유령을 잡았습니다."

홈즈가 대답했다.

그 힘이나 크기로 봤을 때, 우리 앞에 죽어 있는 괴물은 정말이지 끔찍한 생명체였다. 블러드하운드(*뛰어난 후각으로 이름 난 초대형 사냥개.)나 마스티프 같은 순종도 아니었고, 여위고 포악한데다 크기는 암사자만 한 게 그 둘의 잡종인 것 같았다. 심지어 이미 죽었는데도 턱에서는 아직까지 퍼런 불꽃이 떨어지는 것 같았고, 작고 깊이 박힌 사악한 눈에서는 여전히 불꽃이 이글거리는 것 같았다. 나는 손을 뻗어 그 개의 주둥이를 만진 다음 손가락을 들어 보았다. 손에 묻은 것이 어둠 속에서 반짝였다.

"인(燐)이야."

내가 말했다.

"아주 교묘하게 준비했군."

홈즈가 사냥개의 냄새를 맡으며 말을 받았다.

"인은 냄새가 없으니 후각도 방해하지 않겠지. 헨리 경, 이런 위험에 빠트려 정말 미안합니다. 사냥개라고 생각은 했지만 이런 괴물일 줄은 몰랐습니다. 그리고 안개 때문에 놈을 볼 시간도 부족했습니다."

"홈즈 씨가 제 생명을 구했어요."

"먼저 경의 생명을 위태롭게 했지요. 일어날 수 있겠습니까?"

"브랜디 한 모금만 더 마시면 좋을 것 같습니다. 그리고 일어나도록 좀 도와주세요. 이제 어떻게 할 생각이죠?"

"우선 여기에 좀 계십시오. 오늘 밤 더 이상의 모험은 무리입니다. 여기서 기다리시면 저희 중 누군가가 돌아와 저택으로 모시고 가겠습니다."

헨리 경은 비틀거리는 몸을 가누려고 했지만 얼굴은 아직도 유령처럼 창백하고 팔다리는 떨리고 있었다. 우리가 경을 부축해 바위로 데려가 앉히자 그는 떨며 두 손에 얼굴을 묻었다.

"저희는 지금 가 봐야 합니다. 남은 일을 마무리해야 하는데, 이제부터는 매분 매초가 중요합니다. 사건이 일어났으니 남은 건 범인을 잡는 일입니다."

"그자가 집에 있을 확률은 거의 없어. 총소리를 듣고 그자도 게임이 끝났다는 것을 알았을 테니까."

머리핏 하우스로 가는 길을 되짚어 빠르게 걸으며 홈즈가 말했다.

"우리가 그래도 꽤 멀리 있었고 이 안개가 아마 총소리를 좀 감소시키지 않았겠나?"

"스테이플턴은 사냥개를 데려가려고 따라 왔을 거야. 그건 분명해. 아니, 아니. 지금쯤이면 도망 갔겠지! 하지만 집을 뒤져 확인해야 해."

현관문이 열려 있었다. 우리는 안으로 뛰어 들어가 방마다 빠르게 뒤졌다. 복도에서 우릴 본 늙은 하인은 사색이 되었다. 식당에만 등잔불이 있었기에 홈즈는 이번에 그것을 가지고 와 집 안을 샅샅이 뒤졌다. 우리가 쫓는 그자의 흔적은 어디에도 없었다. 하지만 위층에 방이 하나 잠겨 있었다.

"여기 누군가 있소! 안에서 소리가 납니다! 문을 열어야겠소!"

레스트레이드 경위가 외쳤다.

안에서는 희미하게 신음 소리와 함께 인기척이 들렸다. 홈즈가 잠긴 문을 발로 세게 차자 문이 떨어져 나갔다. 홈즈가 손에 권총을 쥔 채 우리 셋은 한꺼번에 안으로 뛰어 들어갔다.

하지만 우리가 기대했던 필사적이고 도전적인 악당 대신 전혀 예상하지 못한 이상한 물건들을 보고 놀라 한참이나 그 자리에 굳은 채 서 있었다.

방은 그야말로 작은 박물관이었다. 나비와 나방 표본들로 가득한 유리 진열장이 벽 쪽에 나란히 놓여 있었다. 까다롭고도 위험한 스테이플턴에게 이 일이 휴식이었던 것이다. 방 한가운데는 천장까지 닿는 긴 기둥이 세워져 있었는데, 벌레 먹은 들보를 받치기 위해 오래 전부터 있었던 것이었다. 그리고 그곳에 누군가 묶여 있었다. 단단하게 묶기 위해 천으로 두껍게 둘러놓아서 남자인지 여자인지초차 구분할 수 없었다. 수건은 목을 감아 기둥 뒤쪽으로 매어져 있었고, 다른 수건은 얼굴 아랫부분을 덮고 있었는데 그 위로 슬픔과 수치심 그리고 두려운 의문으로 가득한 두 눈이 우리를 응시하고 있었다. 우리가 서둘러 재갈을 빼고 결박을 풀자 스테이플턴 부인이 바닥으로 풀썩 쓰러졌다. 그녀의 아름다운 얼굴이 앞으로 떨궈지자 뒷목의 빨간 채찍 자국이 선명히 드러났다.

"짐승 같은 자식!"

홈즈가 소리쳤다.

"레스트레이드, 어서 브랜디 술병 좀! 의자에 앉히고! 학대와 피로로 기절한 것 같아!"

그녀가 눈을 떴다.

"그는 괜찮나요? 그는 도망쳤나요?"

그녀가 물었다.

"우리가 그를 잡을 겁니다, 부인."

"아니, 아니요. 남편 말고 헨리 경이요. 그분은 괜찮으신가요?"

"네."

"그럼 사냥개는요?"

"죽었습니다."

그녀가 길고 긴 안도의 한숨을 내쉬었다.

"감사합니다! 신이시여, 감사합니다! 오, 그 악당! 그가 저를 어떻게 했는지 보세요!"

그녀는 소매를 걷어 팔을 보여 주었는데 팔이 온통 멍 자국인 것을 보고 우리는 경악하고 말았다.

"이건 아무것도 아니에요. 그 사람은 내 마음과 영혼을 고문하고 모욕했어요! 그가 저를 사랑한다는 희망에 매달릴 수 있는 한 그 학대와 외로움, 그리고 거짓된 삶, 그 모든 것을 다 견딜 수 있었어요. 하지만 정신을 차려 보니 제가 그 사람의 도구로 쓰이고 있었죠."

부인은 이렇게 말하며 격렬하게 울음을 터뜨렸다.

"더 이상 그를 보호하지 않는 것 같군요, 부인. 그렇다면 이제 그자가 어디에 있을지 말씀해 주시죠. 한 번이라도 그자의 범죄에 도움이 된 적이 있다면 지금 저희를 돕는 것으로 속죄하셨으면 좋겠습니다."

"그 남자가 도망칠 곳은 한 군데뿐이에요. 늪 한가운데 예전에 주석 광산이었던 바위산이 있어요. 그곳이 남편이 사냥개를 숨기고 은신처로 모든 것을 준비해 둔 곳이에요. 거기가 그가 도망간 곳일 거예요."

안개가 만든 둑은 흰 양모처럼 창문을 가리고 있는데 홈즈가 등불을 들고 그쪽으로 다가갔다.

"보이세요? 오늘 밤에는 그 누구도 그림펜 늪으로 들어가는 길을 찾을 수 없을 겁니다."

그 말에 그녀가 박수까지 치며 크게 웃었다. 그녀의 눈과 치아가 웃음 속에서 번뜩거렸다.

"아마 들어가는 길을 찾았다 해도 나오지는 못할 거예요! 오늘 같은 밤에 길을 표시해 둔 막대기를 어떻게 볼 수 있겠어요?

우리는 늪지로 통하는 길을 표시하기 위해 함께 막대기를 세웠어요. 아, 오늘 밤 그 막대기들을 뽑을 수만 있다면, 그는 꼼짝 못하고 잡힐 거예요."

그녀가 소리쳤다.

안개가 걷힐 때까지 어떤 추적도 소용없을 거란 사실은 분명했다. 홈즈와 나는 레스트레이드 경위에게 그 집을 감시하도록 당부하고 헨리 경을 데리고 저택으로 돌아왔다. 스테이플턴 '부부'의 이야기를 더 이상 헨리 경에게 숨길 수는 없었다. 자신이 사랑했던 여자에 대한 진실을 알게 되었을 때 헨리 경은 의연하게 그 타격을 견뎌 냈다. 그러나 그날 밤의 모험에서 받은 충격으로 헨리 경은 아침이 되기 전, 고열과 함께 의식이 혼미해졌고 모티머 씨의 진찰을 받아야 했다. 두 사람은 이후 함께 세계 여행을 했는데, 그제야 비로소 헨리 경은 그 저주받은 땅의 주인이 되기 전처럼 건강하고 활기찬 사람으로 돌아갈 수 있었다.

이제까지 나는 이 이야기의 결말을 향해 빠르게 달려왔다. 그리고 독자들이 그 당시 우리들의 삶에 오랫동안 먹구름을 드리우다가 그렇게 비극적인 종말에 이른 그때의 불길한 공포와 분명치 않은 추측의 여정을 함께 느낄 수 있길 바랐다. 사냥개가 죽은 다음 날 아침, 안개는 모두 걷혔고 우리는 스테이플턴 부인의 안내를 받아 늪을 통과하는 길에 들어섰다. 길을 가르쳐 주며 진심으로 기뻐하는 그녀의 모습을 보았을 때, 나는 그때까지 그녀의 삶이 얼마나 끔찍했는지 조금이나마 짐작할 수 있었다. 넓게 퍼진 늪 한쪽의 좁고 단단한 땅 위에 다다랐을 때 우리는 그녀를 남겨 두고 거기서부터 세워져 있는 작은 표식들을 따라 들어갔다. 수풀 사이에 지그재그로 난 늪 속을 통과하는 길은 녹색 찌꺼기 같은 것이 덕지덕지 끼어 낯선 침입자를 방해했다. 줄지어 늘어선 갈대와 진흙투성이의 무성한 수초들이 썩은 내가 나는 가스를 우리의 얼굴 쪽으로 뿜어내고 있었다. 우리는 여러 차례 발을 헛디뎌 그 살아 있는 듯 꿈틀거리는 늪 가장자리에 빠지기도 했다. 늪에서부터 나오는 잔물결은 내내 발밑을 맴돌았고 걸음을 옮길 대마다 끈끈한 바닥이 발뒤꿈치를 끌어당겼다. 늪에 발이 빠졌을 때, 마치 불길한 손이 깊고 더러운 곳으로 우리를 끌어내리려는 것만 같은 그 사악한 느낌을 아직도 잊을 수 없다. 우리는 그 길을 가며 먼저 지나갔던 사람의 흔적을 발견할 수 있었다. 진흙더미 위에 난 황새풀 군락 가운데 검은색의 물체가 튀어나와 있었는데 홈즈가 그것을 잡으려고 길에서 조금 벗어났다가 금방 허리까지 늪 속으로 빠져 버렸다. 우리가 아니었다면 그는 두 번 다시 단단한 땅을 밟지 못했을 것이다. 홈즈가 낡은 검은색 구두를 들어 올렸다. 신발 안창에 '마이어스 토론토'라는 글씨가 새겨져 있었다.

"진흙 목욕에 대한 보상이 있군. 헨리 경의 잃어버린 구두야."

홈즈가 중얼거렸다.

"스테이플턴이 도망가면서 여기에 버렸겠군."

"맞아. 사냥개를 풀어 놓기 전에 헨리 경의 냄새를 맡게 하려고 그자가 들고 있다가 일이 엎어지자 손에 든 채 도망친 거지. 그리고는 이쯤에서 던져 버렸어. 어쨌든 그자가 적어도 여기까지는 안전하게 온 모양이군."

추측해 볼 수 있는 게 많았지만 우리는 그 이상 알아내지 못했다. 늪에서는 더 이상 그자의 발자국이 발견되지 않았는데, 진흙이 솟아올라와 빠르게 발자국을 덮어 버렸기 때문이었다. 늪을 건너 단단한 땅에 도착했을 때도 우리는 역시 그의 발자국을 찾아보았지만 아무것도 발견하지 못했다. 만약 땅이 거짓말을 하는 게 아니라면, 스테이플턴은 어젯밤 이 섬의 은신처에 오기 위해 발버둥 쳤지만 결국 이곳에 도달하지 못한 것이었다. 결국 거대한 그림펜의 늪 중앙 어딘가에 그 잔인한 인간이 영원히 묻혀 버리고 만 것이다.

우리는 흉악한 동지를 숨겨 두었던 늪지의 그 섬에서 그자가 남겨 놓은 흔적들을 발견했다. 커다란 수레와 잡다한 물품들이 있는 갱이 예전에 이곳이 광산이었다는 것을 말해 주고 있었다. 그 옆으로 인부들이 살았던 집들이 보였고 그 집들 중 한 집에서 말뚝, 쇠줄, 그리고 갉아먹던 뼛조각 등 사냥개가 있었던 흔적이 있는 집이 있었다. 갈색 털이 엉켜 있는 뼛조각도 그 사이에 있었다.

"이런, 개의 유골이야! 털북숭이 스패니얼이야. 안타깝게도 모티머 씨는 그 개를 다시는 볼 수 없겠군. 음, 이곳이 우리가 모르는 어떤 비밀을 말해 줄 것 같지는 않네. 그자는 사냥개를 숨길 수는 있었겠지만 그 울음소리까지 감출 수는 없었어. 낮에도 들려왔던 그 기분 나쁜 울음소리의 근원지는 여기였어. 급한 일이 있으면 머리핏 하우스의 헛간에 보관했지만 들킬 위험이 컸을 테니 특별한 날, 거사를 치루는 날에만 개를 데리고 나왔겠지. 자, 이 그릇에 담긴 것은 죽은 사냥개에게 발라 빛을 내게 한 그 혼합물이야. 당연히 바스커빌가의 전설에 나오는 그 지옥의 사냥개를 재현한 것이지만, 극도의 공포심을 주어 찰스 경을 살해하고자 한 욕망에서 비롯한 것이기도 하지. 그 불쌍한 탈옥수가 비명을 지르며 도망친 것도 이상하지 않네. 우리도 마찬가지였을 거야. 심지어 헨리 경도 황야의 어둠 속에서 자신을 향해 뛰어오는 그 개를 보았을 때 그랬지 않은가? 교활하고도 사악한 방법이야. 희생자를 죽음에 이르게 하는 것과 별개로, 이런 황야에서 멀리서라도 그런 괴물을 본다면 어느 농부가 자세히 다가가 알아보려 하겠나? 그렇게 그 사냥개에 대한 소문은 커져만 갔겠지. 왓슨, 런던에서도 했던 말이지만, 지금까지 우리는 늪에 빠져 있는 그자보다 더 위험한 범인을 상대한 적은 없었어."

홈즈는 긴 팔을 들어 녹색 얼룩처럼 여기저기 늪이 놓여 있는 검푸른 땅을 가리켰다. 늪은 저 멀리 황야의 적갈색 산비탈까지 이어져 있었다.

15. 회상

　11월의 마지막 날이었다. 춥고 안개 낀 그 밤, 홈즈와 나는 베이커 가의 집 안 거실 벽난로 앞에 양쪽으로 나란히 앉아 있었다. 데번셔의 비극적인 사건 이후 홈즈는 중요한 두 가지 사건을 처리했다. 첫 번째는 넌퍼레일 클럽의 유명한 카드 스캔들과 관련해 업우드 대령의 잔인한 범죄를 밝혀낸 것이었고, 두 번째는 입양한 딸 카레르 양의 죽음과 관련해 살해 혐의로 고통 받고 있던 불쌍한 몽팡시 부인을 변호한 것이었다. 카레르는 6개월 후 뉴욕에서 결혼까지 하고 살아있는 것으로 밝혀져 사람들을 경악케 했다. 홈즈는 매우 어렵고 중요한 사건을 연속으로 해결한 뒤라 사기가 살아 있었다. 그래서 나는 바스커빌 사건의 수수께끼 같은 부분에 대해 자세히 이야기해 달라고 홈즈를 설득했다. 나는 인내심을 가지고 기회를 엿보고 있었는데, 홈즈는 지난 사건에 대해서는 다시 생각하지 않는 편이었고, 그의 명석하고 논리적인 정신은 자신의 관심을 현재의 중요한 사건에서 과거의 기억을 되새김질 하도록 내버려 두지 않는다는 것을 잘 알고 있었기 때문이다. 하지만 모티머 씨와 헨리 경이 런던에 와 있었다. 모티머 씨가 헨리 경의 긴장된 마음을 풀어 주기 위해 장기 여행을 제안했고, 떠나는 길에 들른 것이었다. 이날 오후 그들의 방문으로 인해 그 사건에 대해 이야기하는 것이 자연스럽게 이루어졌다.

"사실 이 사건은 자신을 스테이플턴이라고 칭했던 그 남자 쪽에서 보면 너무나도 단순하고 명확한 사건이었어. 다만 우리가 사건 초기에 그자의 정체와 범행 동기를 알 수 없는 상태에서 부분적인 사실들만 가지고 수사를 진행했기에 복잡해 보였던 것이지. 나는 스테이플턴 부인과 두 차례 이야기를 나눴네. 그러면서 사건의 상황을 파악하게 됐고, 풀리지 않았던 의문점들을 모두 해결할 수 있었지. 수사 사건을 정리한 목록 중에서 B항을 보면 그 사건에 대해 정리해 놓은 것이 있는데……."

"자네가 기억하는 대로 전체적인 이야기를 해 주면 더 좋을 것 같네."

"그것도 좋지만 내가 다 기억할 수 있을지 모르겠네. 흥미롭게도 한 가지에 강하게 몰두하면 과거의 일들은 지워져 버리니까 말일세. 자기 사건에 대해 완벽히 파악해서 어떤 전문가와 그와 관련된 논쟁을 할 수 있었던 변호사라도 1, 2주 동안 법정에서 그 문제를 다룬 후에는 다 잊어버리기 마련이잖나. 나도 그런 것 같네. 최근의 카레르 사건 때문에 바스커빌 저택 사건이 많이 흐려졌어. 아마 내일이면 또 다른 사건에 집중하게 될 테고 그러면 그 귀여운 프랑스 아가씨 카레르 사건과 악명 높은 업우드 대령 사건도 차차 내 기억 속에서 지워져 갈 것이네. 하지만 그 사냥개 사건은 워낙 특별했던 사건이니 많은 것들을 기억하고 있네. 차근차근 얘기해 볼 테니 내가 기억하지 못하는 부분이 있으면 자네가 지적해 주게.

가족의 초상화는 거짓말을 하지 않았어. 조사해 보니 스테이플턴은 정말 바스커빌 가문의 후손이었지. 찰스 경의 막내 동생인 로저 바스커빌의 아들이었어. 방탕한 짓을 일삼다 중앙아메리카로 도망간 뒤 그곳에서 결혼도 하지 않고 죽었다고 알려졌던 그 사람 말이네. 하지만 로저 바스커빌은 결혼을 했고, 한 아이를 두었지. 그 아이의 이름은 아버지와 같은 로저 바스커빌이었네. 그는 코스타리카의 미녀인 베릴 가르시아와 결혼했는데 상당한 공금을 훔친 후 이름을 밴들러로 바꾸고 영국으로 돌아와 요크셔의 동쪽 지역에 학교를 건립했지. 그는 영국으로 돌아오는 길에 폐결핵에 걸린 교사를 알게 되었었나 봐. 그래서 그런 특수한 사업을 시작하게 된 거지. 그 교사의 능력을 이용해서 학교를 세워 성공적으로 시작했지만 얼마 후 그 교사는 죽었네. 그리고 학교는 전염병에 대한 소문에 시달리게 됐고, 결국 문을 닫았지. 그러자 밴들러는 이름을 다시 스테이플턴으로 바꾸고 얼마 남지 않은 재산과 미래에 대한 어두운 계획을 가지고 영국 남부로 이사한 거네. 곤충학에 대한 취미만 똑같이 유지한 채 말이야. 영국 박물관에서 알아낸 사실이지만 그자는 곤충학계에서는 꽤나 권위 있는 전문가로 이름나 있었어. 그자가 요크셔 지방에서 거주할 때 잡은 나방은 그의 이름이 붙으면서 밴들러라는 이름이 영원히 남게 되었지.

그자의 인생 중 우리에게 흥미로운 부분을 이야기할 차례로
군. 그자는 조사를 통해 자신이 그 막대한 재산을 상속받는 데
방해가 되는 사람이 두 명이라는 것을 알아냈어. 처음 데번셔로
내려갔을 때는 아직 계획이 명확하지 않았던 것 같지만, 자신의
아내를 여동생이라고 속인 걸 보면 그자는 처음부터 음모를 가
지고 그곳에 간 것이 틀림없어. 아직 계획을 구체적으로 확립하
지는 않았지만 어쨌든 아내를 이용할 생각은 처음부터 하고 있
었던 거지. 그자는 재산을 가로채기 위해서는 수단과 방법을 가
리지 않고, 어떤 위험이라도 무릅쓸 각오가 돼 있었다네. 그는
자신의 조상들의 땅과 가까운 곳에 살 집을 마련하고는 찰스 경
을 비롯해 이웃들과 친분을 쌓기 시작했지.찰스 경은 그자에게
가문에 전해져 내려오는 사냥개에 대한 전설을 말해 줬을 거야.
자신의 죽음에 대한 방법을 제시한 것인 줄은 꿈에도 몰랐겠지.
이미 모티머 씨로부터 찰스 경의 심장이 좋지 않다는 것을 들어
서 알고 있던 그가 찰스 경이 가문의 전설을 꽤나 진지하게 받
아들이고 있다는 사실을 알았으니, 그의 비상한 머리는 재빠르
게 준남작을 살해할 방법을 생각해냈겠지. 진짜 살인자에게 죄
를 느끼게 하는 건 불가능한 일이야.

그렇게 방법이 세워지자 스테이플턴은 교묘하게 계획을 실
행에 옮기기 시작했네. 보통의 범죄자라면 그저 사나운 사냥개
한 마리를 동원하는 것으로 그쳤겠지. 하지만 그는 여러 방법을
동원해 사냥개를 정체를 알 수 없는 괴물로 만들어 냈어. 그자
의 계획 중에서도 가장 뛰어난 부분이었어. 그자는 런던 풀럼 가
에 있는 로스 앤드 맹글스라는 가게에서 그 개를 샀네. 거기 있

던 개 중에서 가장 크고 사나운 개였겠지. 스테이플턴은 개를 데리고 노스 데번 노선 기차를 타고 이곳에 와 아무도 눈치채지 못하도록 황야를 통과하는 그 먼 길을 걸어갔어. 곤충을 쫓아다니며 이미 그림펜 늪을 통과하는 길을 알고 있었기 때문에 사냥개를 숨겨 둘 만한 장소는 진작부터 생각해 놓고 있었을 거야. 그는 그곳에서 사냥개를 기르며 기회를 노렸던 거네.

하지만 기회가 그렇게 쉽게 오지 않았어. 찰스 경을 밤에 저택 밖으로 유인해 낼 수가 없었겠지. 그 살인마는 여러 차례 사냥개를 황야로 끌고 나와 숨어서 기다렸겠지만 계속 실패했고, 그러는 동안 사냥개가 마을 사람 몇몇의 눈에 띄게 되었을 걸세. 그렇게 전설에 나온 지옥의 사냥개는 다시 사람들의 입에 오르내리기 시작했어. 스테이플턴은 심지어 자신의 아내에게 찰스 경을 유혹하라고 시켰다고 하네. 그녀는 완강하게 거부했지. 폭행과 위협을 당하면서도 그녀는 찰스 경을 감정적으로 유인해서 스테이플턴에게 넘겨주는 일은 절대 할 수 없다고 버텼다네. 그녀는 정말 그렇게 했어. 그자는 한동안 교착 상태에 빠져 있었지.

그러던 중에 그자는 난관을 탈출할 수 있는 기회를 발견했는데, 스테이플턴을 신뢰했던 찰스 경이 로라 라이언스 부인을 돕는 일에 그자를 대리인으로 삼았기 때문이었네. 그자는 미혼이라고 속여 부인에게 접근했고, 남편과 이혼한다면 자신과 결혼하자고 약속했지. 차근차근 일을 진행하고 있던 스테이플턴은 갑자기 계획을 앞당겨야만 했는데 찰스 경이 모티머 씨의 권고로 저택을 떠난다는 것을 알게 됐기 때문이야. 그자는 급하게 계획을 실행해야만 했기에 라이언스 부인을 재촉해 경이 런던으로 떠나기 전에 자신을 만나 달라고 부탁하는 편지를 쓰게 한 거지. 물론 그 후에는 허울만 좋은 구실을 대며 약속 장소로 나가지 못하게 말렸네. 그자는 이렇게 해서 기다리던 기회를 잡았던 걸세.

그날 저녁 스테이플턴은 쿰 트레이시에서 돌아와 사냥개가 더 끔찍스러워 보이도록 물감을 바르고 인을 묻힌 다음 개를 데리고 나와 찰스 경이 기다리고 있는 황야 쪽 문으로 보냈네. 주인의 자극에 미쳐 날뛴 사냥개는 황야로 난 문을 뛰어 넘었고, 비명을 지르며 주목 산책로를 도망치는 불운한 준남작의 뒤를 쫓았지. 그 터널처럼 음침한 산책로에서 온몸에 불이 타오르는 거대한 괴물이 쫓아오니 심장이 약한 노인이 얼마나 고통스러웠을지 짐작이 가나? 결국 경은 산책로 중간에서 공포와 심장 발작으로 인해 사망했지. 찰스 경이 길을 따라 달리는 동안 사냥개는 바로 옆 풀밭 위를 달렸을 거야. 그래서 산책로에는 오직 경의 발자국만 남았던 거네. 모티머 씨가 봤다던 개의 발자국은, 아마도 경이 쓰러진 후 그 사냥개가 냄새를 맡으려고 다가왔다가 생겼을 것이네. 하지만 사냥감이 죽었다는 것을 알고 다시 떠났을 테고, 스테이플턴은 서둘러 그림펜 늪의 은신처에 다시 개를 가두었겠지. 그렇게 그 사건은 경찰에게는 의문점 투성이로, 마을 사람들에게는 공포와 비통함으로 남겨졌고 결국 모티머 씨에 의해 우리가 이 사건에 관여하게 된 걸세.

이게 찰스 바스커빌 경의 죽음에 관한 전부일세. 자네도 잘 알다시피 사건이 너무나도 악랄하고 교활해 실제 살인자를 찾기

가 거의 불가능할 정도였지 않나. 그자의 유일한 공범인 사냥개
는 주인을 배신할 수 있는 존재가 아닌데다, 그 괴기스러움과 우
리가 상상조차 할 수 없는 모습은 사건에 효과를 더했지. 이 사
건에 두 명의 여자가 관계되어 있었는데, 스테이플턴 부인과 로
라 라이언스 부인은 둘 다 스테이플턴에게 강한 의심 내지는 반
감을 가지고 있었다네. 스테이플턴 부인은 그가 찰스 경을 상대
로 음모를 꾸미고 있다는 것과 사냥개의 존재를 알고 있었고, 라
이언스 부인은 그런 것은 몰랐지만 오직 스테이플턴만이 알고
있는 약속 시간과 장소에서 찰스 경이 사망했다는 사실에 의혹
을 품었지. 하지만 둘 다 스테이플턴에게 강하게 구속되어 있는
상태였기 때문에 스테이플턴은 마음을 놓고 있었어. 그렇게 그
의 음모가 절반은 성공할 수 있었는지 모르겠지만 훨씬 어려운
부분이 남아 있었지.

　　스테이플턴은 캐나다에 다른 상속자가 있다는 사실을 몰랐
을 가능성도 있네. 어쨌든 그는 모티머 씨를 통해 헨리 경이 도
착한다는 것도 금방 듣게 되었지. 아마 스테이플턴의 처음 계획
은 헨리 경이 데번셔에 오기 전에 런던에서 죽일 기회를 찾는 거
였을 걸세. 하지만 혼자 런던으로 가기에는 아내를 믿을 수 없었
지. 찰스 경을 상대로 덫을 놓는 계획에 그녀가 거절한 다음부터
는 아내를 믿을 수 없었겠지. 그녀가 배반할 수도 있다는 두려움
때문에 그녀를 데번셔에 오랫동안 혼자 놔둘 수 없었어. 이게 바
로 그가 부인을 데리고 런던으로 함께 온 이유였네. 나는 그들이
크레이븐 가에 있는 멕스버러 호텔에서 묵었다는 걸 찾아냈어.
내가 보낸 아이가 증거를 찾기 위해 들렀던 호텔 중 하나지. 그

자는 거기에 아내를 가둬 놓고 자기는 턱수염을 붙여 변장을 한 다음 모티머 씨를 따라 여기 베이커 가까지 왔다가 그 후 기차역을 거쳐 노섬벌랜드 호텔까지 갔네. 스테이플턴 부인은 남편이 어떤 일을 꾸미는지 어렴풋이 알고 있었지. 하지만 잔인한 학대를 일삼아 온 남편에 대한 두려움 때문에 위험에 처한 사람에게 경고하기 위한 편지를 쓸 용기가 없었을 거네. 만약 편지가 스테이플턴 손에 떨어진다면 그녀도 죽임을 당했을지 몰라. 그래서 그녀는 우리가 알다시피 필체를 알아보지 못하게 신문을 오려서 편지를 보낸 걸세. 그렇게 첫 번째 경고 편지가 헨리 경에게 전달되었던 것이지.

사냥개를 이용할 때를 대비하려면 헨리 경의 물건을 구하는 것이 매우 중요한 일이었다네. 그는 특유의 기민함과 대담함으로 즉시 그 일을 시작했지. 호텔의 구두닦이나 객실 담당 직원이 그에게 매수되었으리란 것은 의심할 여지가 없네. 처음에 훔친 것이 안타깝게도 새 구두였기 때문에 그의 목적에 쓸모가 없었지. 그래서 새 구두는 돌려놓고 다른 구두를 또다시 훔친 거야. 그것은 나에게 실재로 사냥개가 존재한다는 결정적 증거로 작용했지. 그때서야 왜 새 구두에는 전혀 관심이 없고 오래된 구두를 손에 넣으려 했는지 설명할 수 있었네. 왓슨, 사건이 이상하고 기묘할수록 더 주의 깊게 조사할 필요가 있어. 사건을 복잡하고 이상하게 만드는 이런 요소들이 추리를 교란시키기에 우리는 정당하게 고려하고 과학적으로 조사해야 해. 그래야만 사건을 더 빨리 해결할 수 있네.

다음 날 손님들이 우리를 방문했을 때, 스테이플턴은 마차에 숨어 그림자처럼 그들을 미행하고 있었지. 나에 대해서 잘 알고 있었던 사실과 그자의 행동 방식을 미루어 보면, 그의 범죄가 바스커빌 사건에만 국한된 건 아니라는 게 나의 견해일세. 지난 3년간 서쪽 지역에서 일어난 강도 사건 중에 범인이 잡히지 않은 게 네 건이야. 그 중 마지막 사건이 올해 5월에 포크스톤 궁에서 발생한 건데, 복면을 쓴 범인이 자기를 놀라게 한 하인에게 냉혹하게 권총을 쏘아 댔지. 나는 스테이플턴이 그런 식으로 부족한 자금을 채웠으리라 의심하지 않을 수 없다네. 수 년 동안 그자는 극단적으로 위험한 사람이었어.

그날 아침 스테이플턴이 우리의 추적을 쉽게 따돌리고, 또 대담하게도 마부를 통해 내 이름으로 내게 경고했던 것만 봐도, 그자가 언제든지 빠르게 대처할 능력이 있다는 것을 알 수 있었네. 스테이플턴은 내가 이 사건을 맡은 이상 런던에서는 자신의 계획이 실현되기 힘들 것이라고 깨달았겠지. 그래서 다트무어로 돌아가 헨리 경이 오기를 기다린 거네."

"잠깐! 사건을 순서대로 아주 정확하게 설명해 주고 있지만, 궁금한 부분이 있네. 스테이플턴이 런던에 있을 때 사냥개는 어떻게 되었을까?"

내가 그의 말을 끊고 물었다.

"나도 그 문제에 대해 생각해 봤네. 그것은 확실히 중요한 부분이니까. 스테이플턴에게 공범자가 있었다는 건 의심의 여지가 없네. 비록 모든 계획을 털어놓는 짓 따위는 하지 않았겠지만 말이네. 이름이 앤서니였던 머리핏 하우스의 늙은 하인이야. 스테이플턴 부부와는 인연이 오래된 것 같아. 학교를 운영하던 몇 년 전부터 말이네. 그래서 그는 자신의 주인과 여주인이 부부라는 사실을 알고 있었을 거야. 그 사람도 자기 나라에서 도망친 자일세. 앤서니라는 이름은 영국에서 흔치 않지만 스페인이나 스페인계 중남미 사람들에게 안토니오는 흔한 이름이라는 점을 보면 그렇지. 게다가 스테이플턴 부부처럼 영어가 완벽하긴 했지만 어딘가 발음이 이상했어. 내가 황야에 있었을 때 그 남자가 스테이플턴이 표시해 둔 길로 그림펜 늪을 건너는 광경을 본 적도 있네. 비록 그 사냥개가 어떤 목적으로 이용되는지는 몰랐겠지만, 스테이플턴이 없을 때는 그자가 사냥개를 돌본 것이 확실해.

스테이플턴 부부가 데번셔로 돌아간 후 곧이어 자네와 헨리 경도 도착했지. 그때 내가 어떻게 지냈는지 잠깐 말하겠네. 아마 자네도 기억할 텐데, 내가 어떤 흔적이 없는지 그 편지를 세밀히 검사할 때 나는 화이트 재스민으로 알려진 향수의 향을 희미하게 느낄 수 있었다네. 세상에는 75여 종의 향수가 있지만 범죄 전문가라면 그 향을 모두 구분할 수 있어야 해. 나도 냄새를 정확히 알아차리는 능력 덕분에 여러 번 사건을 해결한 경우가 있었지. 그 향기는 이 사건에 여자가 개입되었다는 것을 암시했네. 그때부터 나는 스테이플턴 부부를 주의 깊게 조사하기 시작했고, 그곳에 내려가기 전에 사냥개의 존재를 확인해 범인에 대해서도 어느 정도 파악했지.

스테이플턴을 지켜보는 것이 나의 목표였어. 자네와 내가 함께 그곳에 갔다면 그렇게 하기가 훨씬 더 어려웠을 거야. 그자가 날카롭게 경계했을 테니까. 그래서 자네를 포함한 모든 사람을 속이고 런던에 있는 것처럼 꾸민 채 비밀리에 그곳에 갔던 걸세.

황야에서의 생활은 자네가 생각하는 것만큼 힘들지는 않았네. 물론 그런 하찮은 일이 사건 조사에 방해가 돼서도 안 되지만 말일세. 나는 주로 쿰 트레이시에서 지냈고 현장에 있어야 할 때만 황야의 그 오두막에 갔었네. 카트라이트를 시골 소년으로 위장시켜 함께 데려갔는데 여러모로 그 아이가 많이 도와주었지. 음식과 깨끗한 속옷 등을 가져다주고, 내가 스테이플턴을 감시할 때면 자네를 살펴보았지. 이렇게 해서 나는 모든 것을 꿰뚫고 있었던 걸세.

이미 말했듯이 자네의 보고서는 베이커 가에 도착하는 즉시 쿰 트레이시로 전달되게끔 해 두었었는데 그 편지들이 나한테 많은 도움이 되었지. 특히 스테이플턴이 본의 아니게 자신의 과거를 그대로 말한 부분은 매우 유용했어. 자네 덕분에 나는 그자와 부인의 정체를 파악할 수 있었고, 내가 해야 할 일을 정확히 알게 되었네. 배리모어 부부와 탈옥자가 얽히며 사건이 잠시 혼란스러워졌지만 그것도 자네가 효과적으로 정리해 주었지. 물론 나는 이미 황야에서 직접 관찰한 것으로부터 이미 자네와 같은 결론에 도달했지만 말이야.

자네가 나를 황야에서 발견할 때쯤, 나는 이미 사건에 대해 거의 모든 것을 파악한 상태였어. 하지만 배심원이 있는 재판까지 이 사건을 가져가기에는 증거들이 없었지. 스테이플턴이 헨리 경을 죽이려 했지만 대신 불운한 탈옥수의 죽음으로 끝났던 날 밤, 그때도 역시 우리는 그자의 살인죄를 증명할 것을 하나도 얻지 못했지. 결국 현행범으로 잡는 것밖에는 방법이 없을 것 같았네. 그래서 헨리 경을 위험에 그대로 노출시키면서까지 미끼로 이용하는 그 일을 감행했던 걸세. 사건을 성립시키고 스테이플턴을 잡기 위해 우리의 의뢰인에게 심각한 충격을 입히는 대가를 치러야 했지. 헨리 경을 그렇게 위험한 상황에 처하게 한 것에 대해서 나는 비난받아 마땅하네. 하지만 나도 그렇게 끔찍한 짐승이 튀어나와 우리를 공포로 얼어붙게 할 줄은 상상조차 못했고, 안개 역시 예상할 수 없었던 변수였네. 우리는 지불한 대가만큼 목적을 달성했고, 모티머 씨 말대로 이번 충격은 일시적인 것일 테니까 이번 장기 여행이 헨리 경의 피폐해진 신경과 상처받은 감정을 회복시켜 줄 걸세. 스테이플턴 부인에 대한 경의 사랑이 깊고 진실했기에, 이 암울한 사건에 있어서 헨리 경을 가장 슬프게 한 것은 아마 그녀에게 기만당했다는 사실일 거네.

이제 남은 건 스테이플턴 부인이 사건에서 어떤 역할을 했는지에 대한 걸세. 스테이플턴이 그녀에게 압력을 행사했다는 건 의심의 여지가 없어. 그녀의 감정이 사랑이었는지 두려움이었는지, 혹은 양쪽 모두였을지는 모르겠네. 두 감정이 공존할 수 없는 것은 아니니까. 어쨌든 그의 지배는 대단히 효과적이었지. 스테이플턴의 명령에 부인은 동생 역할을 하는 데 동의했으니까. 하지만 살인을 돕는 공범자가 되는 것에서는 스테이플턴도 자신의 힘에 한계를 느꼈을 거야. 그녀는 남편을 관련시키지 않는 한에서 헨리 경에게 경고하려고 했고, 또 계속 경고를 보냈지. 그리고 스테이플턴은 자신의 계획에서 바라던 바이긴 했지만 어쨌든 헨리 경이 자신의 아내에게 구애를 하자 막상 질투가 났던 것 같네. 그래서 그동안 교묘하게 잘 감추고 있던 불같은 본성을 자제하지 못했던 걸세. 스테이플턴은 부인과 헨리 경이 친해지면 그를 자주 머리핏 하우스에 오게 할 수 있고 그러면 조만간 그자가 바랐던 기회가 생길 거라 확신했을 거야. 하지만 사태가 있었던 그날, 부인은 갑자기 그자에게 저항했지. 그녀는 탈옥수의 죽음에서 낌새를 알아차렸을 테고, 그날 헨리 경이 저녁 식사를 하러 오는데 동시에 사냥개도 헛간에 있다는 사실도 알았을 거야. 그녀는 남편에게 범죄에 대해 비난했을 테고 두 사람은 격렬하게 싸웠겠지. 그 과정에서 스테이플턴은 처음으로 그녀에게 라이언스 부인과의 관계에 대해서도 드러냈을 거야. 그동안 힘겹게 남편에게 헌신했던 그녀의 감정은 순간 증오로 변했고, 스테이플턴은 부인이 배신할 거라고 판단했기 때문에 그녀를 묶어 두었지. 그래서 그날 부인은 헨리 경에게 경고를 할 수 있는 기회를 잃었네. 스테이플턴은 마을 사람들이 헨리 경의 죽음을 틀림없이 가문의 저주로 여기리라 생각했고, 부인 역시 기정사실을 받아들이고 그녀가 알고 있는 일을 발설할 수 없게 되어 자신에게 돌아오길 바랐겠지. 이 부분에서 그자는 오산을 했네. 어쨌든 내 생각에 그는 우리가 아니었어도 파멸했을 걸세. 스페인 혈통의 여자는 그런 상처를 쉽게 용서하지 못하는 편이거든. 자, 친애하는 왓슨. 이제 내가 기록한 것을 보지 않고서는 더 이상 이야기할 수 없을 것 같네. 중요한 것은 다 말한 것 같은데 혹 내가 설명하지 않은 것이 있나?"

"그런데 홈즈, 스테이플턴이 정말 칠스 경처럼 헨리 경이 사냥개로 놀라서 죽을 거라고 생각했을까? 젊은 헨리 경에게는 좀 무리한 계획 아니었을까?"

"그 짐승은 매우 사나운 데다가 꽤 굶주린 상태였어. 헨리 경이 그 개를 보고 죽을 정도로 놀라지는 않더라도, 겁을 주어 최소한 저항할 수 없는 상태로 만들 수는 있었을 거야."

"듣고 보니 그렇군. 마지막으로 설명하기 어려운 게 남았네. 만약 스테이플턴이 상속자가 되었다고 치세. 그럼 그자는 자신이 다른 이름으로 저택에서 그렇게 가깝게 살고 있었다는 사실을 어떻게 설명할 수 있었을까? 당연히 의심을 받거나 조사를 받지 않았을까?"

"그건 대답하기 곤란한 문제일세. 그리고 그런 것까지 내가 완벽히 해결하길 바라는 건 무리한 부탁이야. 과거와 현재는 내 조사 범위지만, 그 남자가 미래에 할 일에 대해서 대답하는 건 어려운 문제지. 하지만 스테이플턴 부인에게 들은 바로는 남편이 그 문제에 대해 몇 번 언급했는데, 세 가지 정도 생각해 놓고 있었다고 하네. 남아메리카에 있으면서 유산 상속을 주장하는 방법이 있는데, 그곳의 영국 대사관을 통해 자신의 신분을 증명하고 그곳에서 유산을 상속받으려고 생각했던 것 같아. 아니면, 상속 절차를 위해 런던에 머물러야 한다면 그 기간에는 변장을 할 생각이었겠지. 마지막으로는, 공범을 고용해 그 공범을 상속자로 만들고 자신의 서류와 증거를 제출하는 방법도 있었네. 상속을 받으면 일정 부분의 재산을 그 공범에게 나누어 줄 생각이었겠지. 그는 어떤 어려움에도 유산을 차지할 방법을 찾아냈을 거야. 머리가 좀 비상한 자 아닌가? 자, 왓슨. 지난 몇 주 동안 고생스럽게 일만 했으니 오늘 하루 밤만큼은 즐겁게 생각을 돌릴 수 있는 일을 하는 게 좋지 않겠나? 내게 오페라 〈위그노 교도들〉(*총 5막의 그랜드 오페라이며 1836년에 파리에서 초연되었다.

천주교와 개신교의 갈등에서 비롯된 역사적인 사실을 바탕으로 쓰인 극이며, 천주교 교도와 개신교 교도의 사랑 이야기가 극의 줄거리를 이룬다.)의 특별석 표가 있다네. 드 레즈케 남매(*폴란드의 전설적인 성악가 삼 남매)의 노래 들어 봤나? 30분 안에 준비하라고 하면 너무 무리인가? 그리고 가는 길에 마르치니에 들러 저녁 식사도 하고 싶네."

'검은 개'의 저주에 대처하는
셜록 홈즈와 왓슨의 환상적인 호흡

지옥을 연상시키는 '검은 개'와 그 개에 의한 한 가문의 끔찍한 저주, 그리고 그것을 이용한 한 인간의 욕망! 사실, 영국에는 대체로 '검은 개'로 통용되는 '개의 형상을 한 검은 괴물'에 관한 수많은 전설이 전해져 내려온다. 옛날 영국의 어머니들은 말을 듣지 않는 어린 아이들에게 '말을 듣지 않으면 검은 개가 잡아 간다!'라는 말로 훈육했고, 현재까지도 영국 지도를 보면 '검은 개의 길'이나 '검은 개 여관' 등 검은 개의 전설에 대한 흔적들이 많이 남아 있다. 영국의 검은 개에 관한 이야기를 수집하고 연구하는 전문가가 있을 정도로, '검은 개'는 영국 국민의 의식 속에 뿌리 깊이 자리 내리고 있다. 영국 작가 조앤 K. 롤링의 〈해리 포터〉 시리즈 작품 중 3편에서도 해리 포터에게 닥친 불길한 기운을 암시하며 검은 개가 등장하고, 디멘터라는 악의 기운은 검은 개의 형상을 띤 채 해리를 계속해서 위협한다. 이렇듯

'검은 개'가 가진 불길한 기운에 대한 암시 효과를 아서 코난 도일은 셜록 홈즈의 상대자로 지목하여 환상적인 모험담을 만들어 냈다. 〈셜록 홈즈〉 시리즈에는 많은 개들이 등장하지만 『바스커빌가의 개』에서처럼 검은 개를 본격적으로 사건의 핵심 요소로 등장시키는 것은 이 작품이 처음이었다. 음산하고도 광활한 황야의 밤에 들려오는 개의 울음소리, 불을 뿜는 개를 보았다는 주민들의 목격담, 그리고 무엇보다도 한 가문에 전해져 내려오는 검은 개의 저주에 관한 끔찍한 전설……. 『바스커빌가의 개』는 이 모든 의혹에 둘러싸인 셜록 홈즈와 그의 친구 왓슨이 더 이상의 희생자를 막기 위한, 그리고 그 저주의 이면에 있는 한 인간의 더러운 욕망을 밝혀내기 위한 투쟁을 그린 이야기이다.

『바스커빌가의 개』는 여러 면에서 작가 아서 코난 도일의 〈셜록 홈즈〉 시리즈 중에서 매우 특별한 작품이다. 첫째로, 이 작품은 셜록 홈즈가 부활한 첫 번째 작품이다. 아서 코난 도일은 1893년에 출판된 단편집 『셜록 홈즈의 회상록』의 마지막 작품 「마지막 사건(The Final Problem)」에서 셜록 홈즈의 죽음으로 이 시리즈를 마무리 지었다. 이 작품에는 홈즈의 영원한 천적 모리어티 교수가 등장하는데, 홈즈가 여러 차례 살해당할 위기를 겪으며 결국 홈즈와 모리어티 교수가 목숨을 건 격투 끝에 두 사람이 함께 폭포 아래로 추락하는 것으로 끝이 났다. 그는 〈셜록 홈즈〉 시리즈로 인해 자신의 다른 작품들이 빛을 보지 못한다는 생각과 다른 일들(그가 정치를 하고 싶어 했다는 설도 있다.)에 대한 욕심으로 〈셜록 홈즈〉 시리즈를 종결시키려 했다. 그는 홈즈를 죽이고 연재를 중단하는 것이 자신이 다시 평화로운 삶을 살 수 있도록 돌아가는 길이라고 생각했다고 한다. 하지만 그렇게 〈셜록 홈즈〉 시리즈를 마무리한 뒤 개인적인 일들의 실패와 〈셜록 홈즈〉 시리즈의 연재를 요구하는 독자들의 계속적인 요청과 비난 등, 여러 가지 이유로 다시 셜록 홈즈 이야기를 집필하기 시작했고, 셜록 홈즈가 되돌아오는 이야기를 담은 「빈집의 모험」이라는 단편과 홈즈가 죽기 직전의 이야기인 『바스커빌가의 개』가 탄생하게 되었다. 홈즈의 부활과 함께 『바스커빌가의 개』는 독자들과 평론가 양쪽 모두에게 그의 다른 어떤 작품보다도 뛰어난 작품으로 인정받아 왔다. 홈즈의 수사는 전작들과 확연히 비교될 정도로 더욱 치밀하고 흥미로워졌으며, 더욱더 어둡고 짙어진 악의 기운은 사람과 말을 삼키는 늪지대를 비롯해 황망한 황야와 불을 뿜어내는 지옥의 개, 그리고 음산한 대저택과 거기에 전해져 내려오는 무서운 전설, 기이하고 음침한 마을 사

〉〉〉

람들, 그리고 그들이 저마다 가지고 있는 비밀들로 무장해 독자들의 열광을 이끌어내기에 충분했다.

사건은 데번셔의 황야 근처에 위치한 바스커빌가(家) 저택의 주인인 찰스 바스커빌 경이 의문사를 당하며 시작된다. 바스커빌 가문에는 검은 개에 관한 끔직한 전설이 전해져 내려오고 있었으며 그 전설에 의하면 바스커빌가 사람들은 그 개에 의해 죽임을 당한다고 알려져 있었다. 찰스 바스커빌 경의 죽음으로 상속자인 헨리 바스커빌 경이 그 저택에 오게 되면서 셜록 홈즈와 왓슨은 찰스 바스커빌 경의 죽음에 대한 의문을 풀고, 헨리 바스커빌 경이 다음 희생자가 되는 것을 막기 위해 힘겨운 사투를 시작하게 된다.

이 사건에서는 주변 사람들이 매우 깊게 연관되어 있기 때문에 주요 등장인물들에 대해 짚고 넘어가 보고자 한다. 찰스 바스커빌은 바스커빌 가문의 현 주인이며 자선 사업가이자 정치인으로 소설의 초반부에 갑작스러운 죽음을 맞게 된다. 헨리 바스커빌은 찰스 바스커빌 경의 조카로서 바스커빌가의 유일한 상속자이며 찰스 바스커빌이 죽자 상속을 위해 캐나다에서 영국으로 오게 되는 젊은 청년이다. 제임스 모티머는 찰스 바스커빌 경의 주치의로서 한때 채링 크로스 병원에서 근무했으나 결혼을 하게 되면서 시골로 내려와 지역 병원을 맡고 있다. 바스커빌 저택에는 집사 존 배리모어와 그의 아내 엘리자베스 배리모어가 있는데, 배리모어는 뛰어난 외모의 소유자이지만 무언가 숨기는 것이 있으며, 그의 아내는 청교도적 성향을 지니고 있는데 아무도 모르는 슬픔을 간직하고 있는 것 같아 왓슨을 신경 쓰이게 한다. 그 외의 주민으로는 황무지 한가운데 외딴 집에 살고 있는 박물학자인 스테이플턴이 있는데, 한때 학교를 운영했으나 부도를 내고 여동생과 시골로 내려와 살고 있는 사람이며, 프랭클랜드는 이런 저런 소송에 휘말려 있는 성격이 괴팍한 노인이다. 프랭클랜드의 딸인 로라 라이언스는 미모가 뛰어난 젊은 여성으로 불행한 결혼 생활을 이어가고 있으며, 사건 현장과는 멀리 떨어진 곳에 살고 있지만 많은 단서를 가지고 있다. 그 외에 셀턴이라는 탈옥수가 등장하는데, 그 범죄의 잔혹함이 정신 이상으로까지 판정되어 무기징역 형을 받고 바스커빌 저택 근처에 위치한 교도소에 수감되어 있던 중 탈옥하여 인근 주민들을 공포에 떨게 하는 인물이다.

앞서 언급했듯 이 작품이 특별한 또 다른 이유는 사건을 해결해 가는 그 모든 과정에서 셜록 홈즈가 보인 조금 다른 행보 때문이다. 자신이 바로 나서지 않고 은둔한 채 사건을 풀어 나가려 했던 점, 그리고 자신을 대신해서 왓슨을 전면으로 내세운 점이다. 다른 많은 작품에서도 변장을 하는 등 자신을 위장하면서까지 단서와 범인을 잡기 위해 노력했던 홈즈이긴 하지만 이번 작품에서는 아예 해당 사건에 관심도, 해결하려는 의지도 없는 것처럼 행동한다. 그리고 그것이 헨리 바스커빌에게는 극 후반부까지 서운함과 불안감을 안겨 주는 원인이 된다. 하지만 뜻밖에도 홈즈는 그 사건 배경의 가장 중심부인 황야 한가운데 요새를 만들어 놓고 그곳에서 지내며 그 누구보다도 사건과 사건에 연관된 사람들을 주의 깊게 관찰하고 그들의 동태를 살피며 사건을 풀어 가고 있었다. 그가 이렇게까지 할 수밖에 없었던 이유는 해당 사건의 범인이 그 누구보다 치밀하고 영리한 자였기 때문이다. "왓슨, 우리의 상대는 매우 영리한 사람이네."(본문 p.58), "왓슨, 런던에서도 했던 말이지만, 지금까지 우리는 늪에 빠져 있는 그자보다 더 위험한 범인을 상대한 적은 없었어."(본문 p.234)와 같이 홈즈는 몇 차례나 이 사건의 범인이 범상치 않은 자임을 강조한다. 하지만 홈즈의 이런 장치는 중도에 왓슨에게 들통 나고 마는데, 그 만남을 기점으로(11장의 바위산 위의 사

256

나이) 이 두 사람은 그 동안 각자 발견한 것들을 나누고 서로 협력하며 사건 해결을 위한 계획에 마지막 박차를 가하게 된다. 흥미롭게도, 그렇게 은둔하며 조사하고 있던 홈즈가 왓슨의 입장에서는 '바위산 위의 어떤 사나이'로 불리며 용의자 선상에 놓여 있던 사람들 중 한 명이었기 때문에, 그 문제가 해결되는 대목은 독자들에게는 시원한 쾌감을 주었으리라 생각한다.

자의 반, 타의 반으로 이 사건의 전면에 나서서 그 어느 때 보다도 열정적으로 사건을 위해 두 발로 뛰고 그 누구보다도 더 많은 고민을 했던 왓슨의 활약은 그야말로 대단하다고 할 수 있다. 왓슨은 홈즈를 대신해서 바스커빌 저택에 헨리 경과 함께 들어가 지내며 저택의 사람들과 마을 사람들을 사건 현장에서 가장 가까이 관찰하며 세심한 조사를 진행한다. 왓슨의 정확하고도 꼼꼼한 조사는 특히 그의 보고서 전문으로 대체한 8장과 9장, 그리고 그의 일기에서 발췌한 부분을 실은 10장에서 두드러진다. 어떻게 보면 왓슨은 작가 아서 코난 도일의 페르소나라고 할 수 있다. 아서 코난 도일의 직업이 의사였다는 사실을 알게 되면 그러한 자신의 직업을 왓슨에게 부여하고, 매우 편중된 지식을 가진 홈즈와는 달리 역사를 비롯한 다양한 분야에 걸쳐 전반

적인 지식을 골고루 갖춘 점, 그리고 출판과 글쓰기에 대한 열정
이 대단한 점 등은 작가 자신의 모습을 왓슨 박사에게 그대로 부
여했다고 짐작할 수 있는 점들이다. 매우 믿음직한 성격이라 홈
즈의 신뢰를 받으며, 까칠하고 극단적인 성격을 가진 홈즈와 달
리 유순하고 온화하며 사람들과 타협하는 성향을 지닌 매우 상
식적이고도 신사적인 성격을 지닌 왓슨은 언제나 사건의 한편에
서 많은 일들을 해냈다. 그리고 이번 바스커빌가의 사건에서 왓
슨은 그 어느 때보다도 더 많은 일을 해내는데, 배리모어 부부
의 비밀을 밝혀낸 것을 비롯해 마을 사람들에게서 들은 이야기
와 그 사람들을 관찰한 내용을 매우 자세하게 홈즈에게 전달하
는 등의 임무는 이 사건에 얽히고설킨 복잡하고도 혼란스러운
단서들과 그것들의 관계를 풀어내는 데 크게 작용했으며, 그로
인해 왓슨은 사건 해결의 기초를 다지는 역할을 충분히 해냈다.
많은 평론가들은 『바스커빌가의 개』가 가치 있는 가장 큰 이유에
대해, 이 작품이 셜록 홈즈의 조력자로서 존 왓슨의 능력이나 성
격 그리고 그의 역할을 가장 잘 드러내고 빛나게 했기 때문이라
고 설명하기도 한다.

　마지막으로, 이 작품을 읽으며 가장 깊이 있게 생각해 봐

야 할 점은, 아서 코난 도일이 이 작품에서 전달하고자 했던 주된 메시지였던 과학과 미신의 대립이다. 과학(science)과 미신(superstition)의 대립은 작품의 처음부터 끝까지 사건을 끌고 나가는 주요 요소 중 하나였다. 홈즈는 철저하게 과학적인 사람이다. 그는 화학이나 물리학에 전문가 이상으로 해박하며, 그동안 모든 사건을 철저하게 과학적인 근거를 바탕으로 조사하는 탐정이었다. 그리고 역시 극 중의 또 다른 과학자 모티머(극중 의사이자 두개골 연구가.)는 과학에서 가장 범인류적 가치를 띄고 있는 의학을 하는 사람일 뿐만 아니라 자신을 '과학자 나부랭이'라고 소개할 정도로 과학을 가까이하고 있는 사람이다. 너무나 해괴한 일이 벌어지기에 자신의 이런 신념에 의심을 품어야 하는지 혼란스러워하는 모습을 보이기도 하는 모티머지만, 어쨌든 이 두 사람은 '바스커빌가의 지주'에 대해서도 그 이면에 무언가 다른 것이 있다는 판단을 내리는 인물들이다. 사건이 진행되는 내내 홈즈는 과학적 조사를 누누이 강조하는데, "왓슨, 사건이 이상하고 기묘할수록 더 주의 깊게 조사할 필요가 있어. 사건을 복잡하고 이상하게 만드는 이런 요소들이 추리를 교란시키기에 우리는 정당하게 고려하고 과학적으로 조사해야 해. 그래야만 사건을 더 빨리 해결할 수 있네."(본문 p.242)와 같이 말함으로써 그의 신념을 명확히 한다. 또한 왓슨의 물음에 이 사건은 '악마의 하수인'이 한 짓이라고 대답하며 범인이 저주 같은 미신적인 요소가 아닌 사람임을 분명히 한다. 왓슨 역시 이 사건을 바라보는 관점을 분명히 하고 있는데, 10월 16일의 일기에서 보면 다음과 같이 서술하고 있다.

하지만 나는 이 세상에서 통하는 평범한 상식을 따르는 사람이기에 도저히 그런 존재를 믿을 수 없다. 그걸 믿는다는 것은, 단순히 지옥의 사냥개라라고 하는 데 그치지 않고 심지어 그 사냥개가 입과 눈에서 지옥의 불꽃을 피운다고 떠들어 대는 이 시골 농부들과 내가 똑같은 지적 수준에 있다는 걸 증명하는 것이다. 홈즈는 이런 황당한 이야기를 귓등으로도 듣지 않을 것이며 나는 그런 홈즈의 대리인이다. (본문 p.147)

반면에 미신을 믿고 있는 인물들도 있다. 대표적으로 극 초반에 죽임을 당한 찰스 바스커빌 경이 있는데, 그는 과학에 조예가 깊은 인물임에도 불구하고 가문에 전해져 내려오는 '검은 개'에 대해서 매우 강한 믿음을 가지고 있었던 것으로 보인다. 그리고 결국 그러한 믿음이 그를 죽음에 이르게 한다. 그의 조카이자 상속자인 헨리 바스커빌 경 역시 '검은 개'에 대해 계속해서 불안한 마음을 지우지 못하는 것이 사실이다. 처음에는 젊은 세대답게 그러한 전설이 현재에도 영향을 끼친다고 여기지 않았지만 상황이 좋지 않은 양상을 보이자 불안해한다. 마을 사람들 역시 그 전설이 말하고 있는 저주, 즉 미신을 믿고 있는데, 이것은 바스커빌 저택 주변의 분위기와 민심에 커다란 영향을 끼쳤으며, 범인이 범행을 계획하고 실행하는 데 매우 큰 도움이 된다.

아서 코난 도일이 〈셜록 홈즈〉 시리즈를 집필하던 19세기 말경과 20세기 초는 과학과 의학이 급진적으로 발전하고 있던 시기였다. 새로운 과학적 사실들이 매 순간 발견되고, 인류의 삶을 통째로 바꿔 놓을 만한 발명품들이 속속 발명되었다. 의학 역시 빠르게 발전했고, 사람들의 의식이 빠른 속도로 깨지며 늘 새로운 것을 받아들여야 했던 격변의 시기였다. 하지만 동시에 전설, 저주, 토속신앙 등 미신적인 것들 역시 여전히 강하게 남아 사람들의 의식을 지배하고 있었으며, 바스커빌가의 개에 관한 저주처럼 실제로 당시 영국뿐만 아니라 거의 모든 사회에서 그러한 미신이 공공연하게 통용되던 시대였다. 아서 코난 도일은 이 작품을 통해 그러한 미신들 역시 어떠한 과학적 요소에 의해

»

파생되는 것이며(범인이 개를 위장하기 위해 사용했던 화학 물질이 그 예가 될 수 있다.) 모든 문제는 과학적 근거와 사실 그리고 합리적인 원인과 결과 등에 의해 파생되고 해결될 수 있다는 것을 다시 한 번 일깨워 주려 했다. 그의 바람대로 이 작품은 '역시 전설이나 저주 같은 것은 없다.'라는 인식을 당시 많은 사람들에게 심어 주는 계기가 되었음을 믿어 의심치 않는다.

－옮긴이 한지윤

《아서 코난 도일 연보》

1859년 5월 22일 스코틀랜드 에든버러에서 찰스 알터먼트 도일과 메리 폴리 부부 사이의 10남매 중 둘째로 태어남.

1876년 의학 공부를 위해 에든버러대학에 입학함. 에든버러대학 병원의 외과 의사이자 자신의 은사였던 조셉 벨은 추후 셜록 홈즈의 추리 능력 가운데 일부 모델이 됨.

1879년 에든버러에서 발행된 주간지 〈챔버스 저널〉에 단편소설 「사삿사 계곡의 미스터리」를 처음으로 발표.

1881년 의학 학사 학위를 받고 에든버러대학을 졸업.

1882년 잠깐 동안의 동업에 실패하고 포츠머스 근교의 사우스시에 병원을 개원.

1885년 루이스 호킨스와 결혼. 매독에 관한 논문으로 에든버러 대학에서 박사 학위를 취득.

1887년 셜록 홈즈가 등장하는 첫 소설인 『주홍색 연구』가 두 번 거절을 당한 끝에 출판업자 워드 로크에 의해 받아들여져 출간되지만 주목받지 못함.

1890년 잡지사 〈리핀콧〉의 의뢰로 썼던, 두 번째로 셜록 홈즈가 등장하는 장편소설 『네 사람의 서명』이 잡지에 실리지만 역시 기대에 미치지 못함.

1891년 런던의 베이커 가 근처의 메릴본에서 잠시 동안 안과를 개원했지만 경영이 악화되어 의사 생활을 포기하고 런던 남동쪽의 사우스노우드로 이사하여 글쓰기에 전념. 잡지 〈스트랜드〉에 「보헤미아의 스캔들」이 실리고 대중들의 열광적인 환영을 받음.

1892년 〈스트랜드〉에 차례로 발표된 단편들을 모은 첫 번째 단편집 『셜록 홈즈의 모험』을 출간.

1894년 아내 루이즈가 결핵에 걸림. 〈스트랜드〉에 발표된 단편들의 두 번째 단편집 『셜록 홈즈의 회상록』을 출간. 여기에 실린 작품 가운데 한 편인 「마지막 사건」에서 셜록 홈즈가 폭포에서 떨어져 죽는 것으로 묘사됨.

1900년 남아프리카에서 일어난 보어 전쟁에 의사로 지원하여 참여하고, 이후 『위대한 보어 전쟁』이라는 논픽션을 출간. 에든버러 선거구에서 자유연합당 후보로 나서지만 당선에 실패.

1901년 셜록 홈즈가 「마지막 사건」에서 사망하기 이전의 이야기인 『바스커빌가의 개』를 〈스트랜드〉에 연재하기 시작.

1902년 기사 작위를 받음. 장편소설 『바스커빌가의 개』 출간.

1903년 〈스트랜드〉에 「빈집의 모험」이라는 단편을 통해 셜록 홈즈가 되살아남.

1905년 셜록 홈즈가 등장한 단편들을 모아 세 번째 단편집 『셜록 홈즈의 귀환』을 출간.

1906년 스코틀랜드에서 또 다시 선거에 나서지만 실패하고, 아내 루이즈가 사망.

1907년 진 레키와 재혼.

1908년 서섹스의 크로버로 이주.

1910년 셜록 홈즈가 등장하는 연극 〈얼룩무늬 끈〉이 런던 아델피 극장에서 상연됨.

1912년 셜록 홈즈가 등장하지 않는 아서 코난 도일의 작품들 가운데 가장 유명한 SF소설이자 챌린저 교수가 등장하는 『잃어버린 세계』를 〈스트랜드〉에 연재하기 시작. 같은 해 10월에 출간.

1915년 셜록 홈즈가 등장하는 마지막 장편소설이자 1년 전 〈스트랜드〉에 연재했던 『공포의 계곡』을 출간.

1917년 〈스트랜드〉에 연재되었던 셜록 홈즈 시리즈의 단편들을 모아 네 번째 단편집 『마지막 인사』를 출간.

1918년 제1차 세계 대전 중 장남 킹슬리가 부상당한 후 폐렴으로 사망. 심령학에 빠지게 된 코난 도일은 심령술에 관한 책을 출간하고 심령술 옹호자로서 새로운 길을 가게 됨.

1924년 자서전 『회상과 모험』 출간.

1927년 〈스트랜드〉에 연재되었던 마지막 단편 소설 「쇼스콤 관」까지 묶은 마지막 단편집 『셜록 홈즈의 사건집』을 출간.

1930년 7월 7일 크로버러 자택에서 71세의 나이에 협심증으로 사망.

아서 코난 도일 1859년 스코틀랜드 에든버러에서 태어났으며, 1881년에 에든버러 의과대학을 졸업했다. 병원을 개원하고 의사로서의 삶을 살다가 1887년 셜록 홈즈가 등장하는 첫 번째 작품 『주홍색 연구』를 발표했다. 1890년 런던으로 이주한 이후, 월간지 〈스트랜드〉에 〈셜록 홈즈〉 시리즈를 연재하기 시작했으며, 이 시리즈가 인기를 끌자 작품 활동에만 전념했다. 오랜 공백기를 거친 후, 1901년 장편소설 『바스커빌가의 개』를 연재하기 시작했고, 독자들과 평단으로부터 아서 코난 도일의 어떤 작품보다 뛰어난 작품으로 인정받았다. 〈셜록 홈즈〉 시리즈는 네 편의 장편소설과 다섯 권의 모음집에 수록된 총 56편의 단편으로 완성되었으며, 아서 코난 도일은 1930년에 협심증으로 세상을 떠났다.

한지윤 1984년 대전에서 태어나 중학교 때 캐나다로 건너갔으며, 브리티시 컬럼비아대학교 영문학과를 졸업했다. 한국문학번역원의 번역가 과정을 거치며 문학 번역을 시작했다. 옮긴 책으로 『나는 자유다』, 『노인과 바다』, 『셜록 홈즈 걸작선』, 『위대한 개츠비』, 『너새니얼 호손 단편선』, 『필경사 바틀비』, 『제인 에어』, 『바스커빌가의 개』 등이 있다.

클래식 보물창고에는
오랜 세월의 침식을 견뎌 낸
위대한 세계 문학 고전들이 총망라되어 있습니다.
세대와 시대를 초월하여 평생을 동반할 '내 인생의 책'을
〈클래식 보물창고〉에서 만나 보세요.

1. 이상한 나라의 앨리스 루이스 캐럴 지음 | 황윤영 옮김

특유의 유쾌한 상상력과 말놀이, 시적인 묘사와 개성적인 캐릭터, 재치 넘치는 패러디와 날카로운 사회 풍자로 아동청소년문학사와 영문학사에 큰 획을 그은 루이스 캐럴의 환상동화.

★ BBC 선정 영국인 애독서 100선   ★ 학교도서관사서협의회 추천도서

2. 키다리 아저씨 진 웹스터 지음 | 원지인 옮김

서간문이라는 독특한 형식과 소녀적 감성이 결합된 성장기이자 로맨스 소설! 20세기 초 사회의 모순을 고발하고 개혁을 주장했던 진보적인 사상은 페미니즘 문학으로서의 의미를 더한다.

★ 학교도서관사서협의회 추천도서

3. 보물섬 로버트 루이스 스티븐슨 지음 | 민예령 옮김

인간이 가진 절대적인 선과 악을 그린 세계 최초의 해양모험소설. 영국 빅토리아 시대의 흥미진진한 꿈과 낭만을 대변하는 동시에 선악의 경계를 아슬아슬하게 줄타기하는 인간의 욕망을 고찰한다.

★ BBC 선정 영국인 애독서 100선

4. 노인과 바다 어니스트 헤밍웨이 지음 | 민예령 옮김

헤밍웨이 문학의 총 결산이자 미국 현대문학의 중추로 일컬어지는 걸작. 생애의 모든 역경을 불굴의 투지로 부딪쳐 이겨 내는 인간의 모습을 하드보일드한 서사 기법과 절제미가 돋보이는 문체로 형상화했다.

★ 노벨 문학상 수상작가   ★ 퓰리처상 수상작   ★ 노벨연구소 선정 세계문학 100선
★ 대학수학능력시험 출제 작품

5. 하늘과 바람과 별과 시 윤동주 지음 | 신형건 엮음

우리나라 사람들이 가장 많이 애송하는 '민족 시인' 윤동주의 문학 세계를 엿볼 수 있는 시와 산문을 한데 모았다. 시대의 아픔을 성찰하며 정면으로 돌파하려 한 저항 정신은 물론이고 인간 윤동주의 맨얼굴을 만날 수 있다.

★ 연세대 필독서 200선

6. 봄봄 동백꽃 김유정 지음

어려운 현실을 풍자와 해학으로 극복한 한국 근대소설의 정수, 김유정의 대표작을 모았다. 원전을 충실하게 살려 아름다운 우리말을 풍요롭게 담고, 토속적 어휘는 풀이말을 달아 이해를 도왔다.

7. 거울 나라의 앨리스 루이스 캐럴 지음 | 황윤영 옮김

『이상한 나라의 앨리스』보다 한층 탄탄해진 구성과 논리적인 비유를 통해 보다 깊고 넓어진 재미와 감동을 선사하는 후속작. 현실 속의 정상과 비정상, 논리와 비논리, 의미와 무의미의 경계를 고찰한다.

★ BBC 선정 영국인 애독서 100선   ★ 명사 101명이 추천한 파워클래식   ★ 학교도서관사서협의회 추천도서

8. 변신 프란츠 카프카 지음 | 이옥용 옮김

현대인의 고독과 불안을 그림으로써 20세기 실존주의 문학의 발전에 커다란 영향을 끼친, 20세기 문학계에서 가장 난해한 '문제작가'로 꼽히는 프란츠 카프카의 대표작을 모았다. 원전에 충실한 번역으로 특유의 문체가 지닌 묘미를 만끽할 수 있다.

★ 서울대 권장도서 100선   ★ 연세대 필독서 200선   ★ 미국대학위원회 SAT 권장도서

9. 오즈의 마법사 L. 프랭크 바움 지음 | 최지현 옮김

영화, 뮤지컬, 온라인 게임 등 다양한 장르로 재생산되어 지구촌 대중문화를 견인함으로써 문화 콘텐츠가 가지는 파급력의 정도를 생생하게 보여 주는 세기의 고전. 짜릿한 모험담 속에 담긴 치유의 기운이 마법 같은 순간을 선물한다.

★ 학교도서관사서협의회 추천도서

10. 위대한 개츠비 F. 스콧 피츠제럴드 지음 | 민예령 옮김

미국 현대 문학의 거장으로 꼽히는 F. 스콧 피츠제럴드의 대표작. 미국에서만 한 해 30만 부 이상 팔리는 스테디셀러로, 재즈 시대를 살았던 젊은이들의 욕망과 물질문명의 싸늘한 이면을 담아 낸 명실공히 미국 현대 문학의 최고작.

★ 〈타임〉지 선정 100대 영문 소설   ★ 미국대학위원회 SAT 권장도서
★ 〈뉴스위크〉지 선정 100대 명저   ★ BBC 선정 꼭 읽어야 할 책

11. 오 헨리 단편선 오 헨리 지음 | 전하림 옮김

평범한 소시민의 일상과 삶의 애환을 따뜻한 시선으로 그린 오 헨리 문학의 정수로 손꼽히는 작품을 모았다. 인도주의적 가치관 위에 부조된 작가적 개성의 특출함을 만끽할 수 있다.

12. 셜록 홈즈 걸작선 아서 코난 도일 지음 | 민예령 옮김

세기의 캐릭터와 함께 펼치는 짜릿한 두뇌 게임. 치밀한 구성과 개연성 있는 전개, 호기심을 자극하는 독특한 설정이 포진되어 있음은 물론, 추리의 과정부터 카타르시스가 느껴지는 결말이 펼쳐져 있는 매력적인 소설.

13. 소공자 프랜시스 호즈슨 버넷 지음 | 원지인 옮김

사랑의 입자를 뭉쳐 만들어 놓은 것 같은 캐릭터를 통해 사랑의 선순환을 형상화한 소설. 순수한 직관과 무한한 잠재력을 지닌 동심의 세계를 느낄 수 있다.

14. 왕자와 거지 마크 트웨인 지음 | 황윤영 옮김

대중성과 작품성을 겸비해 '미국 현대문학의 아버지'로 평가받는 마크 트웨인의 대표작으로 '뒤바뀐 신분'이라는 숱한 드라마의 원조 격인 소설. 부조리하고 불합리한 사회상에 대한 날카로운 비판과 통쾌한 풍자 속에 역사적 지식과 상상력을 담아 냈다.

15. 데미안 헤르만 헤세 지음 | 이옥용 옮김

자신의 내면세계를 향해 고집스럽게 걸음을 옮긴 수인공 싱클레어의 성장을 그린 영원한 청춘의 성서. 철학, 종교, 인간을 끊임없이 탐구했던 작가의 깊이 있는 시선과 인간 내면의 양면성에 대한 치밀한 묘사가 시선을 사로잡는다.

★ 노벨 문학상 수상작가

16. 말괄량이와 철학자들 F. 스콧 피츠제럴드 지음 | 김율희 옮김

재즈 시대의 자유분방한 젊은이들의 풍속도를 그린 F. 스콧 피츠제럴드의 소설집. 1920년대 고동치는 젊은이의 맥박을 생생하게 전달했다는 평가를 받는 작품들을 모았다.

17. 벤자민 버튼의 시간은 거꾸로 간다 F. 스콧 피츠제럴드 지음 | 김율희 옮김

70세의 노인으로 태어나 결국 태아 상태가 되어 삶을 마감하는 벤자민 버튼의 일생을 그린 환상소설을 비롯해 『위대한 개츠비』의 전신이라고 할 수 있는 F. 스콧 피츠제럴드의 작품들을 모았다. 실험적이고 혁신적인 화법으로 생생하게 형상화한 재즈 시대를 만끽할 수 있다.

18. 이방인 알베르 카뮈 지음 | 이효숙 옮김

출간과 동시에 하나의 사회적 사건으로까지 이야기된 알베르 카뮈의 대표작. 부조리하고 기계적인 시스템 속에서 인간이 부딪치게 되는 절망적 상황을 짧고 거친 문장 속에 상징적으로 담아낸, 작품 자체가 '이방인'인 소설.

★ 노벨 문학상 수상작가 ★ 노벨연구소 선정 세계문학 100선

19. 크리스마스 캐럴 찰스 디킨스 지음 | 김율희 옮김

영국의 대문호 찰스 디킨스의 작가 정신과 개성이 고스란히 담겨 있는 대표작. 19세기 영국 사회의 구조적 모순과 크리스마스 정신, 인간성의 회복을 그린 영원한 고전이자 크리스마스의 상징이 되어 버린 소설.

★ BBC 선정 영국인 애독서 100선 ★ 학교도서관사서협의회 추천도서

20. 이솝 우화 이솝 지음 | 민예령 옮김

2,500년 동안 이어져 온 삶의 지혜와 철학을 담은 인생 지침서이자 최고(最古)의 고전! 오랜 세월 인류가 축적해 온 지식과 철학이 함축되어 있으며 남녀노소 누구나 읽을 수 있는 인류의 고전이라 할 수 있다.

21. 수레바퀴 아래서 헤르만 헤세 지음 | 함미라 옮김

작가의 자전적 경험이 녹아들어 있는 헤르만 헤세의 대표적인 성장소설. 총명한 한 소년이 개인의 자유와 개성을 억압하는 딱딱한 교육 제도와 권위적인 기성 사회의 벽에 부딪혀 비극으로 치닫는 이야기를 섬세하게 그리고 있다.

★ 노벨 문학상 수상작가 ★ 서울대 선정 고전 200선 ★ 국립중앙도서관 청소년 권장도서

22. 너새니얼 호손 단편선 너새니얼 호손 지음 | 한지윤 옮김

『주홍 글자』로 유명한 호손은 에드거 앨런 포, 허먼 멜빌과 더불어 미국 낭만주의 문학의 3대 거장으로 꼽힌다. 이 책은 45년간 우리나라 교과서에 실리기도 했던 「큰 바위 얼굴」을 비롯해 호손 문학의 대표 단편소설 11편을 실었다.

23. 에드거 앨런 포 단편선 에드거 앨런 포 지음 | 황윤영 옮김

「검은 고양이」, 「모르그 거리의 살인 사건」 등으로 유명한 에드거 앨런 포는 미국 낭만주의 문학의 거장이자 단편문학의 시조이며 추리 소설의 창시자이기도 하다. 기괴하고 환상적인 소재를 통해 인간 내면의 광기와 복잡한 심리를 치밀하게 형상화했다.

★ 미국대학위원회 SAT 권장도서 ★ 노벨연구소 선정 세계문학 100선

24. 필경사 바틀비 허먼 멜빌 지음 | 한지윤 옮김

장편소설 『모비 딕』의 작가 허먼 멜빌은 에드거 앨런 포, 너새니얼 호손과 함께 미국 낭만주의 문학의 3대 거장으로 꼽힌다. 정체불명의 필경사 바틀비의 '선호하지 않는' 태도와 철학은 갑갑한 현실 속에서 우리에게 깊은 공감과 위로를 이끌어 낸다.

25. 1984 조지 오웰 지음 | 전하림 옮김

『멋진 신세계』, 『우리들』과 더불어 세계 3대 디스토피아 소설로 불리는 걸작으로, 가공의 국가 오세아니아의 전체주의 지배하에서 인간의 존엄을 지키고자 했던 한 인물이 파멸되어 가는 과정을 그렸다. 오늘날에도 여전히 유효한 이 작품 속 경고는 시간이 지날수록 그 힘이 더욱 강력해지고 있다.

★ 뉴스위크 선정 세계 100대 명저 ★ 〈타임〉 선정 '20세기 최고의 책 100선'
★ 노벨연구소 선정 세계문학 100선 ★ 〈모던 라이브러리〉 선정 '20세기 100대 영문학'

26. 걸리버 여행기 조너선 스위프트 지음 | 김율희 옮김

풍자 문학의 거장 조너선 스위프트의 『걸리버 여행기』는 결코 온순하지 않다. 이 작품의 원문은 18세기 영국의 정치와 사회뿐만 아니라 인간의 본성을 신랄하게 풍자하고 있기 때문이다. 이 무삭제 완역본에는 스위프트가 고찰한 인간과 사회를 관통하는 통렬한 아이러니가 고스란히 담겨 있다.

★ 서울대 선정 고전 200선 ★ 미국대학위원회 SAT 권장도서
★ 〈뉴스위크〉지 선정 100대 명저 ★ 노벨연구소 선정 세계문학 100선

27. 헤르만 헤세 환상동화집 헤르만 헤세 지음 | 이옥용 옮김

헤세의 대표적인 동화 16편이 실린 작품집으로, 자기 발견과 자아실현을 위한 갈등과 모색을 독창적이면서도 환상적으로 표현했다. 또한 난쟁이, 마법사, 시인 등 신비로운 인물들과 천일야화, 중국과 인도의 민담, 신화 등 초자연적이면서도 경이로운 이야기들이 다채롭게 펼쳐진다.

★ 노벨 문학상 수상 작가

28. 별 마지막 수업 알퐁스 도데 지음 | 이효숙 옮김

특유의 시적 서정성과 감수성으로 19세기 말 프랑스의 정취를 그려 낸 작가 알퐁스 도데의 단편소설을 모았다. 그의 대표작 『별』부터 전쟁의 비극을 감동적으로 풀어 낸 「마지막 수업」까지 알퐁스 도데의 진면목을 만끽할 수 있는 작품 15편이 들어 있다.

29. 피터 팬 제임스 매튜 배리 지음 | 원지인 옮김

연극, 뮤지컬, 영화 등으로 재탄생되며 100년이 넘는 세월 동안 전 세계 사람들의 사랑을 받아 온 '영원히 늙지 않는' 고전! 어른이 되지 않는 '피터 팬'과 어른이 없는 나라 '네버랜드'를 탄생시킴과 동시에 '피터 팬 신드롬'이라는 말을 낳으며 동심의 상징이 되었다.

30. 제인 에어 샬럿 브론테 지음 | 한지윤 옮김

『폭풍의 언덕』과 함께 '브론테 자매'의 걸작으로 손꼽히는 샬럿 브론테의 대표작으로, 어린 나이에 홀로 고난과 역경을 이겨 내고 오로지 '열정'으로 나이와 신분을 뛰어 넘어 사랑을 쟁취하는 여성, 제인 에어의 삶과 사랑을 자서전 형식으로 그려 냈다.

★미국대학위원회 SAT 권장도서 ★BBC 선정 영국인 애독서 100선 ★연세대 필독도서 200선

31. 폭풍의 언덕 에밀리 브론테 지음 | 황윤영 옮김

에밀리 브론테가 남긴 유일한 소설로, 주인공의 광기 어린 사랑과 복수를 통해 인간 내면의 세계와 본질을 그려 냄으로써 오늘날 세계 10대 소설, 영문학 3대 비극으로 꼽히며 세계문학사의 걸작으로 남은 작품이다.

★미국대학위원회 SAT 권장도서

32. 젊은 베르테르의 슬픔 요한 볼프강 폰 괴테 지음 | 함미라 옮김

독일 문학사를 일거에 드높였다는 평을 받는 세계적인 문호 요한 볼프강 폰 괴테가 젊은 시절의 체험을 바탕으로 써 내려간 자전적 소설. 찬란하지만 위태로운 젊음의 이면성을 격정적인 한 젊은이를 통해 그려 냈다.

★피터 박스올 〈죽기 전에 읽어야 할 100권의 책〉 선정도서

33. 바스커빌가의 개 아서 코난 도일 지음 | 한지윤 옮김

〈셜록 홈즈〉 시리즈 사상 최악의 적수와 벌이는 사투가 팽팽한 긴장감을 자아내며 끝까지 숨 쉬는 것도 잊게 만들 정도로 독자들을 사로잡는다. 독자들과 평론가 양쪽 모두에게 그 어떤 작품보다도 뛰어나다는 평가를 받아 온 아서 코난 도일의 대표작.